KB174444

나는 라말라를 보았다

나는 라말라를 보았다

1판1쇄 | 2014년 8월 25일

지은이 | 무리드 바르구티
옮긴이 | 구정은

펴낸이 | 박상훈
주간 | 정민용
편집장 | 안중철
책임편집 | 윤상훈
편집 | 이진실, 최미정, 장윤미(영업 담당)
업무지원 | 김재선

펴낸 곳 | 후마니타스(주)
등록 | 2002년 2월 19일 제300-2003-108호
주소 | 서울시 마포구 독막로 23(합정동) 1층(121-883)
전화 | 편집_02-739-9929/9930 제작·영업_02-722-9960 팩스_0505-333-9960
홈페이지 | www.humanitasbook.co.kr

인쇄 | 천일_031-955-8083 제본 | 일진_031-908-1407

값 15,000원

ISBN 978-89-6437-211-1 04890
978-89-6437-121-3 (세트)

이 도서의 국립중앙도서관 출판시도서목록(CIP)은 e-CIP홈페이지(http://www.nl.go.kr/ecip)와 국가자료공동목록시스템(http://www.nl.go.kr/kolisnet)에서 이용하실 수 있습니다.
(CIP제어번호: CIP2014024136).

나는 라말라를 보았다

I Saw Ramallah

무리드 바르구티 지음
구정은 옮김

후마니타스

일러두기

1. 한글 전용을 원칙으로 했다. 고유명사의 우리말 표기는 국립국어원의 외래어 표기법을 따랐다. 다만 관행적으로 굳어진 표기는 그대로 사용했으며, 때로 현지 발음을 존중했다. 필요한 경우 한자나 원어를 병기했다.
2. 본문의 대괄호([ ])와 하단의 설명주는 독자의 이해를 돕기 위해 옮긴이가 추가한 것이다.
3. 단행본·전집·정기간행물에는 겹낫표(『 』)를, 영화나 방송 프로그램, 예술 작품에는 가랑이표(〈 〉)를, 시·희곡·노래 제목에는 큰따옴표를 사용했다.

차례

영어판 추천사 6

다리 13
여기는 라말라 56
데이르 가사나 79
마을 광장 102
시간을 산다는 것 125
아빠 아저씨 142
추방 176
재결합 204
날마다 심판의 날 238

옮긴이 후기 242

영어판 추천사

이 책은 오랜 세월을 해외에서 떠돌다 마침내 1996년 여름에야 요르단 강 서안西岸의 라말라를 방문할 수 있었던 한 팔레스타인 망명자가 남긴 간결하고 매우 시적인 기록이다. 이 책은 지금 우리가 보고 있는 팔레스타인 사람들의 '추방'displacement을 가장 실존적으로 보여 준다. 무리드 바르구티는 자신의 말마따나 여기저기를 떠돌며 살고 있는 망명자로서 널리 알려진 시인이고, 그의 아내인 라드와 아슈르Radwa Ashour 역시 이집트의 유명한 소설가이자 학자다. 두 사람은 1960년대 카이로 대학Cairo University에서 함께 영문학을 공부하던 학생이었다. 결혼한 이후 17년 동안 두 사람은 오랜 시간을 떨어져 살았다. 지금도 남편은 헝가리 부다페스트의 팔레스타인해방기구[1] 지부에서 일하고 있고, 아내는 카이로의 아인 샴스 대학Ain Shams University에서 영

---

1 팔레스타인해방기구(PLO) : 야세르 아라파트(Yasser Arafat, 1929~2004)가 창설한 팔레스타인 저항운동 단체. 훗날 오슬로 평화협정으로 수립된 팔레스타인 자치정부(Palestine Authority)에 흡수됐다. 하지만 PLO의 전신이자 핵심 조직이던 파타(Fatah)는 여전히 남아 자치정부의 주축으로 활동하면서 가자 지구의 또 다른 팔레스타인 정치조직 하마스와 대립하고 있다.

문학 교수로 재직하고 있다. 이 책 『나는 라말라를 보았다』는 두 사람이 이렇게 이산가족으로 살게 된 정치적인 이유들, 그전에 바르구티가 30년 넘도록 고향인 라말라로 돌아가지 못한 채 떠돌아야 했던 사연들을 담고 있다. 이 책은 1997년 처음 발표되자마자 아랍 세계 전역에서 뜨거운 호응을 얻었으며 아랍권 최고의 문학상 가운데 하나인 나기브 마흐푸즈Naguib Mahfouz 문학상을 받았다. 이집트의 저명한 문학비평가인 아흐다프 수에이프Ahdaf Soueif가 이 책을 유려하고 우아한 영어로 번역했다는 점도 높이 평가하고 싶다. 수에이프는 『해의 눈으로』*In the Eye of the Sun*와 『사랑의 지도』*The Map of Love*라는 빼어난 영어 소설을 발표한 작가이기도 하다. 재능 있는 두 작가가 이렇게 한 권의 책을 통해 만났다는 것만으로도 이 책은 문학적인 '사건'이라 할 만하다. 여기에 몇 마디 소갯글을 덧붙일 수 있게 된 것은 내게는 큰 기쁨이다.

나 역시 고향인 예루살렘을 떠나 있다가 45년 만에야 방문할 수 있게 된 경험이 있기에,[2] 바르구티가 귀향에서 느꼈을 뒤죽박죽된 감정들, 행복과 후회와 슬픔과 놀람과 분노를 잘 알고 있다. 이 책의 미덕과 힘은, 바르구티가 그 감정들 중 어느 것에도 압도되거나 치우치지 않으면서 생각과 감정의 소용돌이를 고통스러울 정도로 명징하게 그려내고 있다는 점이다. 팔레스타인은 결코 평범한 장소가

---

2 에드워드 사이드(Edward Wadie Said, 1935~2003)는 1935년 당시 영국령 팔레스타인 영토였던 예루살렘에서 태어났다. 미국 시민권자였던 아버지가 미국·이집트·팔레스타인을 오가며 사업을 했기 때문에, 사이드도 예루살렘과 카이로를 오가며 성장했다. 1950년 15세가 되면서 미국으로 옮겨 갔고, 그 후 하버드 대학을 졸업할 때까지 줄곧 미국에서 교육받았다. 성인이 되어서도 미국과 유럽을 기반으로 학술 활동과 교수 생활을 했다. 1970년대부터 팔레스타인인으로서의 정체성을 중시해, 독립국가 건설을 위한 정치 활동에 적극 뛰어들었으나 이스라엘 점령 치하였던 예루살렘에는 가지 않았다. 고향을 다시 찾은 것은 오슬로 협정 이후, 1995년에 이르러서였다고 한다.

아니다. 유일 신앙의 역사와 전통이 생겨나 자란 곳, 모든 정복자들과 문명이 지나치고 명멸해 간 곳이다. 20세기 이후 이 지역에서는 아랍 토착 주민들과 유대인들 간에 양보할 수 없는 싸움이 벌어졌다. 아랍계 주민들은 유럽에서 건너온 유대인들의 시오니스트 운동에 밀려나, 1948년 유대 국가의 건국과 함께 땅을 잃고 쫓겨나는 비극을 겪었다. 1967년 유대인들의 국가는 요르단 강 서안 지구와 가자 지구를 점령했으며 지금까지도 이 땅을 내놓지 않고 있다.[3] 모든 팔레스타인인들은 한때 자신들의 땅이었던 곳이 팔레스타인이라는 존재 자체를 부정하는 새로운 사람들의 땅이 되어 새로운 이름으로 불리는 낯선 현실을 두 눈으로 지켜보고 있다. 팔레스타인으로의 '귀환'은 이런 낯선 상황, 위험한 현실로 들어가게 됨을 뜻한다.

바르구티가 귀환할 수 있었던 것은 야세르 아라파트의 PLO와 이스라엘이라는 국가 사이에서 일어난, 어처구니없게도 '평화 과정'peace process이라 이름 붙은 과정 덕분이었다. 1993년 9월 시작된 이 협상[오슬로 협상]은 내가 이 글을 쓰고 있는 지금(2000년 8월 초)까지도 타결되지 않은 채 계속 진행 중이다. 미국의 중재로 이뤄지고 있는 이 협상은 서안 지구와 가자 지구에서 팔레스타인의 실질적인 주권을 보장해 주는 것도 아니고 유대계와 아랍계 사이에 평화와 화해를 가져다 주는 것도 아니지만, 어쨌든 그 덕에 1967년 집을 떠난 몇몇 팔레스타인인들이 귀환할 수 있었다. 하지만 그 기쁨의 이면에는 『나는 라말라를 보았다』에서 묘사된, 국경 통제소의 풍경 같은 것들이 깔려 있다. 바르구티가 곧바로 알아차렸듯이, 하셈 왕국[4]과 팔레스타인을

3 1994년 이후 요르단 강 서안 지구와 가자 지구는 팔레스타인 자치정부가 통치하게 되었으나 이스라엘이 2014년 현재까지 여전히 상당수 지역을 통제하고 있으며, 유대인 정착촌들을 늘려 사실상 점령지를 확대해 가는 정책을 쓰고 있다.

가르는 요르단 강의 다리에서는 팔레스타인 관리들이 국경을 지키고 있지만, 실제로 그곳을 통제하는 것은 이스라엘 군인들이라는 데에 역설이 숨어 있다. 바르구티가 생생하게 전해 주는 것처럼 "이곳의 주인은 여전히 그들인 것이다." 게다가 바르구티는 자신이 태어나 자란 서안 지구를 방문할 수 있었지만, 그가 이 책에서 강변하듯이 1948년 이 땅에서 쫓겨난 350만 명가량의 팔레스타인 사람 가운데 압도적 다수는 여전히 자신들의 땅으로 돌아가지 못하고 있다.

바르구티의 이 책에는 당연히도 정치적인 내용이 많이 들어 있지만, 그가 말하는 것들은 어느 하나 관념적이거나, 이데올로기적으로 한쪽에 경도돼 있지 않다. 그가 말하는 정치 이야기는 거주와 이동의 자유조차 극히 제한돼 있는 팔레스타인인의 삶 속에서 나온 것이다. 한 나라의 시민으로서, 자신의 국적이 찍힌 여권을 가지고 '나는 누구인가'를 고민할 필요 없이, 원한다면 어디로든 여행할 수 있는 사람들에게는 거주와 이동의 자유가 너무나 당연한 것이겠지만, 팔레스타인인들에게는 그렇지 않다. 팔레스타인인들 중에도 여권을 가진 사람은 많지만 아랍 세계와 유럽, 오스트레일리아, 남·북미 등지에 흩어져 있는 수백만 명의 팔레스타인 난민들은 언제나 특별한 짐을 감내해야 한다. 그것은 추방된displaced 존재, 그리하여 자기 자리가 아닌 곳에 있게 된misplaced 존재로서의 짐이다. 바르구티의 문장들은 머물 수 있는 곳과 머물 수 없는 곳, 가도 되는 곳과 가면 안 되는 곳에 관련된 고민들로 귀결될 수밖에 없다. 어떤 상황이 닥치면 또 얼마나 오래 떠나 있어야 하는지, 지금 내가 여기에 있지 않다면 어

---

4 하솀 왕국(Hashemite Kingdom) : 예언자 무함마드의 후손을 자처하는 하솀 왕가의 나라, 즉 요르단을 지칭한다.

떤 일이 일어날지를 그는 끊임없이 생각한다. 그의 형 무니프는 프랑스에서 불의의 사고로 숨졌다. 도와주거나 곁에 있어 줄 이가 아무도 없는 상황에서 일어난 고통스러운 죽음이었다. 이 책에는 암살당한 팔레스타인 저항문학의 대명사 가산 카나파니Ghassan Kanafani와 카투니스트 나지 알 알리Naji al-'Ali의 이야기도 등장한다. 아무리 예술적 재능을 타고났다 한들, 팔레스타인 사람인 이상 그 누구도 갑작스러운 죽음이나 의문의 실종 따위에서 자유로울 수 없다. 그래서 이 책에는 귀환의 기쁨과 자축이 넘치면서도 애도와 슬픔의 어조가 간간이 묻어난다.

이 책에는 심오한 진실이 담겨 있다. 시처럼 직조織造된 문장에는 삶에 대한 긍정이 배어 있다. 놀랍게도 바르구티의 글은 비통함이나 비난과는 거리가 멀다. 그는 이스라엘이 저지른 짓들에도 불구하고 그들을 욕하거나 장황하게 비난하지 않는다. 이스라엘과 보조를 맞추면서 저 기묘한 평화 과정에 참여하고 있는 팔레스타인 지도부를 공격하지도 않는다. 팔레스타인의 구릉진 풍경에 점처럼 박힌 유대인 정착촌들의 존재를 드러내는 한편, 이른바 '평화 중재자'들에게는 골치 아픈 일이겠지만, 라말라나 데이르 가사나 같은 곳들은 팔레스타인 땅임이 너무나 분명하다는 불편한 진실을 짚어 낼 뿐이다. 그는 이 책에서 자신의 성姓인 '바르구티'의 어원에 대해서도 밝히고 있지만 비아냥거리려는 의도 따위는 조금도 없다. '바르구티'는 팔레스타인의 최대 성씨로, 2만5천 명이 넘는다. 나도 잘 몰랐는데, 지은이는 '바르구티'의 어원이 아랍어로 '벼룩'이라는 사실을 스스로 들춰낸다. 이 미천한 의미를 듣고 나니 오히려 그의 이야기에 인간적인 매력과 통렬한 재미가 더해지는 것 같다.

'귀환'과 '재결합'의 한가운데에 상실이 존재하고 있음이 드러나는 순간 『나는 라말라를 보았다』의 의미는 한층 선명해진다. 상실이야말로 그의 시를 이루는 실체이며, 그의 이야기를 낙관으로 채워 주는 존재다. 이렇게 해서 그는 상실에 대한 저항과 항변을 확장해 간다. 그는 말한다. "점령은 공포와 핵미사일과 장벽과 경비병 들로 둘러싸인, 이해하지 못할 머나먼 대상을 사랑해야 하는 세대를 우리에게 남겼다."라고. 그러므로 그의 시와 산문은 장벽과 경비대를 부수고 그를 '자신만의 팔레스타인'으로 이끌어 주는, 귀환의 동반자가 된다. 라말라에서 그는 자신의 팔레스타인을 발견한다. 한때는 예루살렘을 둘러싼 조용한 교외였던 라말라는 최근 몇 년 새 팔레스타인의 중심 도시로 변했다. 상대적으로 이 도시는 자치를 누리고 있고 인구가 증가하면서 문화적인 활동도 빠르게 늘고 있다. 다시 새롭게 활기를 찾아가는 라말라를 재발견함으로써 망명 작가 바르구티는 자신의 '추방'이 어떻게 계속해서 새로운 양태로 변형돼 가는지를 새삼 깨닫는다. "한번 뿌리 뽑히는 경험을 하는 것만으로 사람은 영원히 뿌리를 잃게 된다." 이렇게 해서 즐거움과 기쁨의 순간은 다시 그를 귀환이 아닌 망명자의 위치로 돌려보낸다.

2000년 8월 11일 뉴욕에서

에드워드 사이드

다리

다리 위는 몹시 덥다. 이마의 땀방울이 안경테를 타고 렌즈까지 흘러내린다. 뿌옇게 김이 서려, 내 눈앞의 풍경, 내가 기대하고 있는, 내가 기억하는 풍경을 가리고 있다. 지금 내 앞에 보이는 풍경 위로 나의 삶, 이곳에 오기 위해 그토록 애써 왔던 나의 인생이 겹쳐 보인다. 지금 나는, 요르단 강을 건너고 있다. 발밑에서 나무다리의 삐걱거리는 소리가 들려온다. 내 왼쪽 어깨에는 작은 가방이 걸려 있다. 나는 보통 때와 같은, 아니 보통 때와 같아 보이는 모습으로 서쪽을 향해 걷는다. 세상을 뒤에 남겨 두고, 나의 세상을 향해.

내가 기억하는 이 다리의 마지막 모습은 30년 전 라말라를 떠나 요르단의 수도인 암만으로 가던 때다. 나는 암만에서 다시 카이로의 대학으로 돌아갔다. 나는 그때 카이로 대학 4학년생으로 마지막 학기를 보내고 있었다.

1967년 6월 5일 아침에 라틴어 졸업 시험이 있었다. 졸업까지는 얼마 남지 않은 상황이었다. 이틀 뒤에는 소설, 그다음에는 극작 시험. 그러고 나면 반드시 대학을 졸업하라는, 형 무니프와의 약속을 지키고, 대학을 졸업한 아들이 하나라도 있었으면 하던 어머니의 바람도 이뤄 드릴 수 있을 것이었다. 그전에 치렀던 유럽 문명사, 시, 문학비평, 번역 과목의 시험은 평이했다. 고향이 눈앞에 가까워지고 있었다. 시험 결과가 나오면 나는 암만으로 돌아갈 것이고, 내가 건너온 그 다리를 다시 건너 라말라로 돌아갈 것이다. 부모님은 내가 졸업장을 안고 돌아올 날을 기다리면서 알 리프타위 씨의 건물에 있는 우리 아파트를 새로 꾸며 놨다는 편지를 보내오셨다.

강당 안은 몹시 덥다. 시험을 치르는 동안 땀이 눈썹을 지나 안경테를 타고 흘러내린다. 렌즈에서 잠시 멈췄던 땀방울이 라틴어 시험지로 떨어진다. 알투스altus, 알타alta, 알툼altum.[1] 밖에서 들리는 저 소음은 뭘까? 폭발? 이집트군이 기동훈련을 하고 있나? 요 며칠 우리 사이에서는 온통 전쟁 얘기들만 오갔었는데. 전쟁이 일어났나? 나는 휴지로 안경을 닦고 답안지를 검토한 뒤 자리에서 일어난다. 감독관에게 답안지를 낸다. 천장에 칠해진 노란 페인트가 갈라져 학생들이 앉아 있는 책상과 시험지 위로 떨어진다. 감독관은 지겹다는 듯 천장을 올려다본다. 나는 교실을 나간다.

나는 카이로 대학 문학부 건물로 걸어간다. 아이샤 여사가 야자나무 아래에 세워 둔 차 안에 앉아 있다. 남편이 죽은 뒤 중년의 나이가 되어 대학에 들어온 늦깎이 동급생이다. 그녀가 프랑스어 억양이 섞인 목소리로 다급하게 나를 부른다. "무리드! 무리드! 전쟁[제3차 중동 전쟁]이 났대. 우리[아랍 군대]가 전투기 스물세 대를 떨어뜨렸대!"

나는 자동차 문에 기대어 라디오를 듣는다. 아흐마드 사이드Ahmad Sa'id의 열광적인 목소리가 라디오로 흘러나온다. 애국적인 찬가들이

1 '높다'는 뜻을 지닌 라틴어 단어의 변형들.

울려 퍼진다. 학생들 한 무리가 우리 주위로 몰려든다. 확신과 의심이 섞인 논평들이 오간다. 나는 오른손에 들고 있는 펠리칸 잉크병을 꽉 움켜쥔다. 시험을 볼 때마다 쓰던 것이다. 그때 왜 내 팔이 원호를 그렸는지, 왜 온 힘을 다해 잉크병을 야자나무 둥치에 내다 꽂아서 유리병을 산산조각 내 남빛 잉크로 잔디밭을 물들였는지는 지금도 잘 모르겠다.

아흐마드 사이드는 라디오방송인 〈아랍의 소리〉Voice of the Arabs를 통해 내게 말한다. 이제 라말라는 나의 것이 아니라고, 나는 그곳으로 돌아갈 수 없다고 말한다. 그곳은 함락됐다고.

나머지 시험들은 연기됐다. 몇 주가 지나서 시험은 재개됐다. 나는 졸업한다. 영문학부 학사 학위를 받는다. 하지만 이 졸업장을 걸어 둘 벽이 내게는 없다는 사실을 깨닫는다.

조국에서 전쟁이 일어나고 있는 동안 나라 밖에 있게 된 사람들은 어떻게든 돌아가기 위해 가능한 한 모든 방법을 동원해 본다. 국제적십자위원회를 통해 팔레스타인에 있는 친척들과 연락하려 애쓰는 사람들도 있고, 내 동생 마지드처럼 밀입국의 위험을 무릅쓰는 사람들도 있다.

이스라엘은 수백 명의 노인들에게는 팔레스타인 귀국을 허가했지만 수십만 명의 젊은 사람들을 들여보내지는 않는다. 세상은 우리에게 새로운 이름을 붙인다. 나지힌naziheen, 추방된 사람들.

추방은 죽음과 같다. 그런 일은 남들에게나 일어나는 거라고, 다들 그렇게 생각한다. 67년[2] 여름에 나는, 나 자신도 남들에게나 일어

2 지은이가 전쟁과 점령이 일어난 특별한 해라는 뜻에서 일부러 '67년'으로 표기한 부분은 바꾸지 않고 두었다.

나는 일이라고 늘 생각했던, 추방된 떠돌이가 되었다.

떠돌이는 어디에 가든 주거지 등록을 갱신해야 하는 사람이다. 그는 주거지 등록 신청서의 빈칸을 채우고 인지印紙를 사 붙인다. 그는 끊임없이 '증거'를 제출해야 하는 사람, 언제나 "어디 출신입니까?"라는 질문을 받아야 하는 사람이다. 혹은 "당신네 나라는 여름에 더운가요?"와 같은 질문을 받을 수도 있다. 떠돌이는 자기가 머무는 나라의 자세한 사정에는 관심을 갖지 않는다. 그건 그들의 '국내 정책'일 뿐임을 곧 깨닫게 되기 때문이다. 하지만 그는 그 '국내 정책'의 영향을 가장 먼저 받는 사람이기도 하다. 그 나라 사람들에게 좋은 일이 일어났을 때 함께 기뻐해 줄 필요는 없지만, 그 나라 국민들이 두려워하는 일이 일어나면 그도 두려워한다. 시위가 일어나기라도 하면, 비록 그날 자기 방 밖으로 한 걸음도 나서지 않았더라도, 언제나 그는 '시위에 끼어드는 불순분자'가 되어 버리기 때문이다. 떠돌이는 존재하는 장소와의 관계가 어긋나 있는 사람이다. 그는 그곳에 다가가려 하지만 그 장소는 그를 곧바로 밀쳐 낸다. 떠돌이는 일관된 내러티브를 가질 수 없는 사람, 순간만을 사는 사람이다. 그에게는 모든 순간이 잠깐이자 영원이다. 기억조차 그의 명령에 저항한다. 그는 자기 안에 숨겨진 고요한 곳에 머문다. 자신의 비밀을 감추기 위해 조심하고, 그것을 캐내려는 사람들을 경계한다. 그는 이렇게 또 다른 삶의 편린들 속에 살지만, 이 삶은 그를 충족시켜 주지 않는다. 떠돌이는 전화벨 소리를 반가워하면서도 두려워한다. 친절한 이들은 그에게 "여기가 네 두 번째 집이고, 친척들과 같이 산다고 생각해."라고 말한다. 떠돌이라는 사실 때문에 무시를 당하기도 하고 동정을 받기도 한다. 동정을 받는 것이 멸시당하는 것보다 더 견디기 힘들다.

그 월요일 정오에 나는 추방당했다.

그때의 나는, 나 같은 떠돌이들이 저마다의 나라 수도에 살고 있음을 깨달을 만큼 철이 들어 있었던가? 외국군에 점령된 나라의 사람들을 이해할 수 있었던가? 먼 옛날 아부 하얀 알 타우히디[3]는 우리의 미래를, 20세기 후반부 내내 우리가 이렇게 떠돌게 되리라는 것을 알고서 그런 글을 썼을까? 왜 이 세기의 후반부는 전반부보다 이토록 길게만 느껴지는 것인가? 나는 알 수 없다.

하지만 내가 아는 것이 있다. 이방인들은 다시는 예전으로 되돌아갈 수 없다는 것. 설령 되돌아간다 치자. 이미 끝나 버린 일일 뿐이다. 사람이 추방당한다는 것은 천식에 걸리는 것과 같다. 둘 다 치료법이 없다. 그 사람이 시인일 때 상황은 더 나쁘다. 시라는 것 자체가 '낯설게 하기'의 과정이기 때문이다. 천식은 어디에서 오는 것일까? 내가 두 시대의 간극을 넘어 경계선을 밟을 수 있도록 '저쪽 편'(팔레스타인 경찰들이 저들을 그렇게 불렀다)에서 허락해 주기를 바라며 한참을 기다리는 사이에 내게 찾아온 이 기침과 발작은 천식의 징후일까?

나는 암만을 떠나 이 다리의 요르단 쪽 검문소에 이르렀다. 내 동생 알라아가 운전해 주었다. 알라아의 아내인 엘함과 어머니도 함께 왔다. 우리는 아침 9시 15분에 슈마이사니에 있는 집에서 나와 10시가 되기 전 이곳에 도착했다. 저들이 허락한 마지막 경계선인 이곳에서 나는 가족들과 작별 인사를 했고, 그들은 암만으로 돌아갔다.

나는 정확하게 다리 맨 끝에 설치된 대기실에 앉았다. 요르단 관

---

3 아부 하얀 알 타우히디(Abu Hayyan al-Tawhidi, 930~1023 추정) : 중세 아랍의 철학자·시인. 고대 그리스의 플라톤 사상을 재해석한 인물로, 『빌려 온 빛』(*Al-Muqabasat*) 등의 저작을 남겼다.

리에게 다음 절차는 무엇인지 물었다.

"여기서 기다리고 있다가, 저쪽에서 신호가 오면 다리를 건너가면 됩니다."

잠시 동안 방 안에서 기다리던 나는 이 기다림이 길어질 것임을 곧 알아차렸다. 나는 문가에 서서 강물을 바라보았다.

강폭이 좁다는 사실은 놀랍지 않았다. 요르단 강은 언제나 물줄기가 가늘었다. 어릴 때부터 이미 알고 있었다. 나를 놀라게 한 것은, 오랜 시간이 지나면서 이제는 아예 물 없는 강이 되었다는 사실이었다. 물이 거의 없었다. 자연마저 이스라엘과 결탁해 강물을 훔쳐 갔다. 예전에는 물소리가 들렸지만 지금은 주차해 놓은 자동차처럼 소리 없는 강이 되어 버렸다.

강 저편이 또렷이 눈에 들어온다. 눈에 들어온 것은 나를 보는 눈들이다. 오래도록 떠나 있다가, 나보다 먼저 강을 건넜던 친구들은 이곳에서 눈물을 흘렸다고 내게 말했었다.

나는 울지 않았다.

가슴에서 눈으로 이어지는 감각이 살짝 마비되어 버렸다. 이렇게 기다리고 있는 동안 내 얼굴이 어떤 모양을 하고 있는지 내게 말해 줄 사람은 곁에 아무도 없다.

나는 다리를 바라본다. 내가 과연 저 다리를 건너게 될까? 마지막 순간 어떤 문제라도 생기는 건 아닐까? 저들이 나를 다시 돌려보내 줄까? 절차적인 실수 같은 걸 걸고넘어지지는 않을까? 내가 정말 이 다리를 건너, 내 앞에 펼쳐진 강 저편의 언덕들을 밟을 수 있는 걸까?

지금 내가 서있는 요르단의 이 땅과 다리 건너편에 있는 팔레스타인 땅은 지형학적으로는 아무 차이가 없다.

다만, 저쪽은, '점령지'Occupied Territory[4]일 뿐.

1979년이 끝나 갈 무렵 나는 시리아의 다마스쿠스에서 열린 아랍 작가연맹 회의에 참석했었다. 주최 측에서는 우리에게 쿠나이테라[5]를 보여 주었다. 호위 차량들과 함께 그곳으로 이동해 간 우리는 이스라엘군이 파괴한 도시를 볼 수 있었다. 우리는 이스라엘 국기가 휘날리는 철조망 밖에 서있었다. 나는 철조망 너머로 손을 뻗어, 점령된 골란 땅에서 자라고 있는 야생 관목 줄기를 붙잡았다. 나는 나무줄기를 흔들며 곁에 서있던 후세인 무루와에게 말했다. "여기가 점령지로군, 아부 니자르.[6] 내 손으로 이렇게 잡을 수도 있는데!"

라디오에서, 신문과 잡지와 책에서, 연설과 축제와 국제회의에서 '점령지'라는 말을 해마다 반복해서 보고 듣다 보면 마치 그곳은 지구의 끝에 있어서 도저히 다가갈 수 없는 것처럼 느껴진다. 하지만 아는가? 점령지는 너무나 가까이에, 손닿는 곳에 실재하고 있다는 것, 손수건처럼 손으로 잡아 볼 수도 있다는 것을.

후세인 무루와의 눈에 그 대답이 있었다. 침묵, 그리고 눈가에 맺힌 눈물.

---

4 팔레스타인 땅과 이집트의 시나이반도, 시리아의 골란 고원은 1967년 이스라엘에 무력 점령되었다. 시나이반도는 이후 이집트에 반환되었고, 골란 고원도 이스라엘과 시리아 간에 반환 협상이 진행 중이다. 국제사회는 점령지 모두를 원소유주에게 반환하도록 촉구했으나 이스라엘은 이를 받아들이지 않고 있다. 팔레스타인 영토의 경우, 1992년 오슬로 평화협정에 따라 이스라엘이 요르단 강 서안 지구와 가자 지구에서 일부 철수하고 자치정부가 세워졌다. 그러나 지금도 사실상의 점령 상태가 이어지는 지역이 많다.

5 쿠나이테라(Qunaytera) : 골란 고원에 위치한 소도시로 오스만튀르크 제국 시절 건설됐다. 1967년 6월 '6일 전쟁'(제3차 중동전쟁을 가리키며 67년 전쟁으로도 불린다) 때 이스라엘군이 골란 고원을 점령하면서 함께 점령됐다. 1973년 제4차 중동전쟁(욤 키푸르 전쟁) 때 잠시 시리아가 되찾았으나 이듬해 다시 이스라엘 수중에 떨어졌다. 그 뒤로 지금까지 유엔 감시군(UNDOF)의 통제 아래 있으나 사실상 폐허처럼 버려진 도시가 됐다.

6 아부 니자르 : '니자르의 아버지'라는 뜻이다. 아랍어 아부(Abu)는 아버지라는 뜻이지만 '미스터'처럼 남성들에 대한 경칭으로도 사용된다. 여기서는 후세인 무루와를 지칭한다.

그리고 지금 여기서 나는 그 대답을 다시 보고 있다. 요르단 강의 서쪽 기슭을. 저것이 바로 '점령지'인 것인가? 나는 여러 해 전 후세인 무루와에게 했던 말을 되풀이하고 싶지만, '점령지'는 뉴스에서나 보고 듣는 말이 아니라는 얘기를 하고 싶지만 지금 내 곁에는 그 말을 들어 줄 사람이 없다. 눈에 보이는 것은 땅과 자갈과 언덕과 바위로 이뤄진 뚜렷한 실체다. 색깔이 있고 온도가 있고 초목이 자라는 곳.

오감五感에 와 닿는 물리적인 실체가 저기 있는데 누가 감히 저 땅을 추상명사로 만들어 버린단 말인가?

점령지는 이제 저항 시인들이 노래한 '그리운 땅'이 아니다. 정당들의 구호에 등장하는 항목도 아니고, 논쟁이나 은유도 아니다. 그것은 전갈이나 새나 우물처럼 손에 닿는 것, 분필 자국이나 발자국처럼 눈에 보이는 존재로서 지금 내 앞에 펼쳐져 있다.

나는 나 자신에게 묻는다. 우리가 저곳을 잃었다는 점 외에, 저 땅에 과연 특별한 무언가가 있을까?

저곳은 그저, 다른 땅과 똑같은 땅일 뿐이다.

우리가 저 땅을 노래하는 것은 오로지 저 땅을 빼앗겼다는 굴욕을 기억하기 위해서다. 우리는 과거의 신성한 무언가를 노래하는 대신에 '점령'으로 인해 날마다 새롭게 침해당하는 자존감을 노래할 따름이다.

여기 지금 내 눈앞에, 창조의 날 이래로 이어져 온 땅이 펼쳐져 있다. 나는 혼잣말을 한다. "땅은 사라지지 않는다." 아직도 나는 그곳에 이르지 못했다. 그저 눈으로 보고 있을 뿐이다. 내 처지는, 곧 큰 상을 받을 거라는 언질을 받았지만 아직 그 상을 손에 쥐지 못한 사람과 비슷하다.

나는 아직도 요르단 측에 머물러 있다. 시간이 흘러간다. 다시 대기실로 돌아온다. 달라진 것은 아무것도 없다. 나는 의자에 앉아 종이 뭉치를 꺼낸다. 그것들을 훑어보며 시간을 보낸다. 짧은 풍자시들과 아직 시가 되지 못한 스케치들, "존재들의 논리"The Logic of Beings라는 표제를 달고 내 아홉 번째 시집으로 묶여 나올 원고들이다. 문장들을 한번 훑어본 뒤 다시 가방에 넣는다. 기다리는 동안의 불안감은 내 작업에 대한 불안감에서 나온 것이기도 하다. 시집이 출판되기 전에, 시를 쓸 당시의 열정은 식어 버리고, 머잖아 내 통제를 벗어날 문장들의 가치를 의심하게 되는 것이다.

시가 내 손가락 밑에 머물면서 꼬리에 꼬리를 물고 이미지와 말들을 만들어 내는 동안에만 나는 시를 사랑한다. 그 과정이 끝나고 나면 확신은 사라지고 두려움이 밀려온다. 자신의 작품에 한껏 매료돼 있던 창작자로서의 만족스러운 순간은 끝나 버린다.

첫 번째 시집을 펴낸 이후로 계속 그렇다. 지금도 그때의 일이 생생히 기억난다.

대학 4학년이었던 나는 졸업을 앞두고 있었다. 나는 도서관 계단에서 라드와에게 내 시를 읽어 주었다. 그녀는 내 시가 좋다며 내가 언젠가 반드시 시인이 될 거라고 얘기해 주곤 했다. 어느 날 나는 라샤드 루슈디[7]가 만드는 『시어터 매거진』의 파루크 압둘 와하브에게 시 한 편을 보내 실어 달라고 부탁했다. 그러고는 며칠 동안 공포에 시달렸다.

---

7 라샤드 루슈디(Rashad Rushdi, 1915~83) : 이집트의 영문학자로 카이로 대학과 리즈 대학에서 영문학을 공부했고 카이로 대학 교수로 일했다. 영문학 작품을 아랍어로 번역해 이집트뿐만 아니라 아랍권 전역의 지식인들에게 소개하는 데에 큰 역할을 했다. 극작과 무대예술에도 관심이 많아 여러 편의 서구 연극 작품을 카이로의 무대에 올렸다. 『시어터 매거진』(*Theater Magazine*)은 그가 1960~66년에 편집장을 맡아 펴냈던 문화 잡지다.

그에게 전화를 걸어 내 시를 다시 돌려 달라 해볼까 하는 생각을 날마다 했지만 그렇게 하면 나를 나약하고 우유부단한 사람으로 볼까 봐 꺼려졌다. 대학에서 그를 만났을 때에는 내 시를 어떻게 생각하느냐는 질문이 턱밑까지 차올랐지만 마지막 순간에 간신히 참았다. 시가 내 손을 떠난 그 순간부터 나는 그 시가 마음에 들지 않았고, 출간돼서는 안 된다고 생각했다. 지금 생각해 봐도 그 시는 정말로 형편없었다.

시간은 흘렀고, 1967년 6월 5일, 그날이 되었다.

전쟁이 길어질 것 같아서, 빵을 좀 비축해 놓으려고 빵집에 갔다. 빵집 앞에는 줄이 길게 늘어서 있었다. 인도를 넘어 차도까지 늘어선 줄에 서있자니, 바로 옆 작은 책방에 쌓여 있는 신문과 잡지와 책들이 눈에 띄었다. 수십 종류의 잡지들 속에서 『시어터 매거진』이 눈에 들어왔다. 나는 그것을 사들고 와 책장을 넘기며 내가 쓴 시를 찾아보았다. 마침내 찾아냈다. "무리드 알 바르구티: '멀리 있는 병사에게 보내는 사과'." 이 무슨 우연의 일치란 말인가?

내 첫 번째 시는 참 기묘한 날짜에 맞춰 출간된 것이다. 잡지 표지에는 ['6일 전쟁'이 발발한] '1967년 6월 5일'이라는 날짜가 박혀 있었다. 한번은 한 기자가 내게 이 날짜에 대해 물은 적이 있었다. 나는 그에게 첫 시에 대한 이야기를 들려주며 농담 삼아 이렇게 덧붙였다. "내가 그 시를 쓴 바람에 아랍이 전쟁에서 지고 팔레스타인 땅을 잃어버린 거 아닌지 몰라요."

우리는 웃었다. 하지만 마음으로는 웃지 않았다.

나는 다시 대기실을 나온다.

나는 대기실과 강 사이의 비좁은 공간을 거닌다. 풍경을 자세히 들여다본다. 관찰하는 것 외에는 달리 할 일이 없다.

물에 바싹 붙어 있는 사막 지대. 전갈 같은 태양.

"태양의 눈에게 말해 다오……." 여기서 멀지 않은 곳의 사막에서 길을 잃었던 한 남자의 비가悲歌가 마음속에 떠오른다. 1967년 6월 19일, 자말렉[8]에 있던 내 방문을 두드리는 노크 소리가 들린다. 낯선 모습과 옷차림. 볕에 검게 그을린 남자가 서있다. 나는 마치 구름을 타고 내 품으로 뛰어내린 사람이라도 되는 양 그를 끌어안는다. "어떻게 여기까지 왔어요, 칼리[9] 아타?"

그는 시나이의 사막을 열나흘 동안 걸어왔다. 6월 5일부터 계속해서 걸었던 것이다.

"우린 싸운 게 아니었어. 공습을 시작하고 한 시간 만에 그들이 우리의 무기를 다 부수고 전투기로 우리 뒤를 쫓았지……."

그 무렵 막 60대에 접어든 삼촌은 요르단군의 장교였고, 쿠웨이트에 파견돼 군 훈련관으로 일하고 있었다. 67년 전쟁이 벌어지자 그는 쿠웨이트군 대대와 함께 이집트군을 지원하려 이집트로 이동했다. 삼촌의 군대는 이집트군의 지휘를 받아 다흐슈르[10]에 진을 쳤는데, 다음 단계가 무엇인지는 모른다고 했다.

나는 삼촌 말고는 되돌아오는 병사를 보지 못했고, 그 사실 하나만으로도 충분히 슬펐다. 한 사람만 봐도 전부 알 수 있었다. 패배했다는 것을.

정오다. 기다리는 시간이 1분씩 길어질 때마다 내 긴장감도 높아져 간다. 내가 강을 건널 수 있도록 저들이 허락해 줄까? 왜들 이렇게

---

8 자말렉(Zamalek) : 이집트 카이로 시내의 지역 이름. 여의도처럼 나일 강 한가운데에 위치한 작은 섬으로 강변과는 다리들로 연결돼 있다.

9 칼리(Khali) : 아랍어로 삼촌, 아저씨라는 뜻이다.

10 다흐슈르(Dahshur) : 카이로 남쪽으로 40킬로미터 떨어진 곳에 위치한 사막 도시.

늪는 걸까?

그 순간 내 이름을 부르는 소리가 들린다. "짐을 들고 강을 건너시오."

마침내! 나는 여기에서, 작은 가방을 메고, 다리를 건너고 있다. 30년간의 망명 생활 끝에, 몇 미터밖에 안 되는 이 나무다리를.

이 칙칙한 나무다리가 어떻게 한 민족 전체에게서 꿈을 빼앗을 수 있었을까? 어떻게 자기 집에서 커피 한잔 마시겠다는 바람을 모든 세대들에게서 빼앗을 수 있었을까? 우리는 어째서 이 다리 하나 때문에 그 모든 인내와 죽음을 감내해야 했을까? 이 다리는 어떻게 우리 모두를 망명지와 천막촌과 정당political parties[정치조직들][11]과 겁에 질린 속삭임으로 내몰았던 것일까?

네게 고마워하지는 않겠다, 이 짧고 변변찮은 다리야. 우리에게 그런 무시무시한 일을 저지른 네가, 바다나 대양도 아니라니. 보기만 해도 몸이 움츠러드는 무시무시한 괴물들과 맹수들로 가득한 산맥도 아니라니. 하지만 네게 감사한다, 다리야. 다른 행성에 있지 않은 것을, 낡은 메르세데스를 타고 30분 만에 올 수 있는 거리에 있어준 것을. 주홍빛 용암을 내뿜는 화산으로 만들어진 것이 아니라, 미천한 목수들의 손으로 만들어진 것이어서 고맙다. 귀 뒤에 담배를 꽂고 입으로는 손톱을 깨물던 목수들이 너를 만들었지. 작은 다리야, 네게 고맙다고 말하지는 않겠다. 내가 지금 네 앞에 서있다는 사실을 부끄러워해야 하는 것이냐, 아니면 네가 내 앞에 있음을 부끄러워해야 하는 것이냐? 너는 순진무구한 시인의 눈앞에 떠있는 별,

11 지은이는 정치조직들도 모두 정당이라고 표현했다. 팔레스타인 자치정부가 세워지기 전까지는 사실상 모두 정치조직이었으며, 의회가 있는 지금은 파타나 하마스 등이 정치조직이자 정당이다.

아니 그보다는, 몸이 마비된 자 앞에 놓여 있는 계단. 대체 이 망설임은 무얼까? 나는 너를 용서하지 않으며, 너는 나를 용서하지 않는다. 발밑에서 나무가 삐걱거리는 소리.

페이루즈[12]는 이 다리를 '귀환의 다리'라 부른다. 요르단 사람들은 '킹 후세인 다리'King Hussein Bridge라 하고, 팔레스타인 자치정부는 '알 카라마 건널목'al-Karama Crossing이라고 부른다. 버스 기사나 택시 기사, 보통 사람들은 '알렌비 다리'Allenby Bridge라고 부른다. 내 어머니와 외할머니, 아버지, 움 탈랄[13] 숙모는 그냥 간단하게 '다리'라고만 부른다.

서른 번의 여름을 보낸 뒤 이제 나는 다리를 건넌다. 1966년 여름, 그리고 1996년 여름.

여기, 이 금지된 널판들 위를 걸으며, 나는 내 모든 인생을 놓고 나 자신과 이야기하고 있다. 소리도 없이, 쉴 새 없이 내 인생을 재잘거린다. 이미지들, 너저분한 삶의 장면들이 순식간에 나타났다가 사라진다. 기억이 앞으로 갔다 뒤로 갔다 하면서 파열해 버린다. 이미지들이 떠올라서는 완전한 모양으로 가다듬을 틈도 주지 않고 자기들 멋대로 형태를 만든다. 혼돈의 형태.

오래전 어린 시절. 친구들과 적들의 얼굴. 나는 다른 대륙에서 건너와 그들의 언어를 말하며 그들의 경계선에 다가가는 사람. 안경을 쓰고 어깨에 작은 가방을 멘 사람. 이것들은 다리를 덮은 널판. 이건 그 위를 걷는 내 발걸음. 나는 지금 시詩의 땅을 향해 걷고 있다. 방문자? 난민? 시민? 손님? 나도 모른다.

---

12 페이루즈(Fayrouz, 1932~) : 본명은 나우하드 와디 하다드(Nouhad Wadi Haddad). 레바논 출신의 여가수로, 아랍권 전역에서 인기를 끌었다.

13 움(Umm)은 어머니를 뜻하는 아랍어이지만 '마담'처럼 여성들에 대한 경칭으로도 쓰인다.

정치적인 순간이라고 해야 하나? 아니면 감정적인 순간? 아니면 사회적인? 실용적인? 초현실적인? 이 순간을 맞고 있는 것은 몸인가? 아니면 마음인가? 나무가 삐걱거린다. 인생에서 지나쳐 간 순간들이 안개 사이로 나타나서는 숨었다가 다시 모습을 드러낸다. 이 가방을 던져 버리고 싶어지는 건 왜일까? 다리 밑에는 물이 거의 없다. 물 없는 강. 마치 강물이 두 역사 간의, 두 신념 간의, 두 비극 간의 경계선에 존재하고 있음을 미안해하는 것 같다. 바위들로 가득한 눈앞의 풍경. 백악白堊, 군대, 사막. 치통처럼 쓰라리다.

요르단 깃발이 여기 있다. 빨강과 흰색, 녹색. 아랍 혁명을 상징하는 색이다. 몇 미터 더 가자 이스라엘 깃발이 있다. 나일 강과 유프라테스 강을 닮은 푸른 선 사이에 놓인 다윗의 별.[14] 한 줄기 바람이 두 깃발을 흔든다. "흰 것은 우리의 행동, 검은 것은 우리의 전투, 푸른 것은 우리의 땅……."[15] 마음속에 시 구절이 떠오른다. 하지만 눈앞의 풍경은 계산서처럼 살풍경하다.

발밑에서 널판들이 삐걱거린다.

유월의 오늘 공기는 유월의 어제 공기처럼 끓어오른다. "오, 나무로 만든 다리여……." 갑자기 페이루즈가 떠오른다. 이 노래는, 그녀의 노랫말답지 않게 너무나 직선적이다. 그런 가사가 어떻게 지식인들과 농부들과 학생들과 군인들과 촌부村婦들과 혁명가들의 마음을 파고들 수 있었을까? 민중에게는 자기 자신의 목소리를, 남의 입을 통해 들을 필요가 있었던 것일까? 사람들은 자기들 안에 있는 것을, 자기들 밖의 목소리를 통해 듣기를 좋아하는 걸까? 침묵하는 민중은

---

14 이스라엘 국기 한가운데 그려져 있는, 삼각형 두 개를 엇갈려 놓은 별 모양.

15 중세 아랍 시인 사피 알 딘 알 힐리(Safi Al-Din Al-Hilli, 1277~1349)의 시에 등장하는 구절.

그렇게 해서 자신들을 대신해 이야기할, 상상 속 금지된 의회의 대변인들을 뽑는다. 사람들이 직설적인 시를 원하는 때는 불의의 시대, 공동체가 침묵하는 시대다. 행동하거나 말할 수 없는 시대. 속삭이며 넌지시 말하는 시들은 자유로운 사람들이나 향유할 수 있는 것이다. 큰 소리로 말할 수 있는 시민들, 목소리를 내는 일을 남에게 맡길 필요가 없는 사람들 말이다. 문학비평가들은 아랍식 머리쓰개 위에 카우보이모자를 쓰고 반쯤 감은 눈으로 서구의 이론을 따라 하고 있는 것뿐이라고, 나는 나 자신에게 말한다(이 진부한 모자의 비유가 지금 내게 떠오른 이유는 무엇일까). 야물커[16]를 쓴 이스라엘 병사가 서있다. 이것은 문학적 비유가 아닌 진짜 모자다. 그는 강 서쪽 편에 외롭게 서 있는 검문소 문에 기대어 있다. 저기서부터 이스라엘 관할 지역이 시작된다. 그가 어떤 느낌으로 서있는지 나로서는 알 도리가 없다. 그의 얼굴에는 어떤 생각도 나타나 있지 않다. 나는 닫힌 문을 쳐다보듯 그의 얼굴을 쳐다본다. 이제 나의 발은 강의 서안에 와있다. 나무다리는 내 뒤에 있다. 나는 흙 위에, 땅 위에, 잠시 멈춰 선다. 나는 다 죽어 갈 무렵 뭍을 발견하고 "땅, 땅! 땅이다!"를 외쳤던 콜럼버스도 아니고, "유레카!"를 외쳤던 아르키메데스도 아니다. 이기고 돌아왔다며 땅에 엎드려 입을 맞추는 승전병도 아니다. 나는 땅에 입을 맞추지 않는다. 울지도 않는다. 슬프지도 않다.

하지만 이 쇠약한 황무지에 서있자니 그의 얼굴이 내 앞을 스쳐 지나간다. 저기 멀리, 내 손으로 그를 뉘이고 묻었던 무덤에서 그가 웃으며 나타난다. 어두운 묘지에서 나는 그를 마지막으로 끌어안았고, 추모하러 온 이들이 나를 잡아당겼다. "무니프 압둘 라제크 알 바르

---

16 야물커(yarmulke) : 유대교 남성들이 기도할 때나 경전을 읽을 때 쓰는 머리쓰개.

구티, 1941~93.” 묘비 아래 그를 홀로 남겨 두고 나는 떠났다.

나는 몇 걸음 걷는다.

군인의 얼굴을 쳐다본다. 일순간 그는 고용된 일꾼, 불만과 지루함에 시달리는 피고용인처럼 보인다. 아니다. 그는 긴장한 채 경계를 서고 있다(혹시 나는 내 나라가 처한 상황을 그에게 투사하고 있는 걸까). 아니, 그것도 아니다. 나 같은 팔레스타인 사람 수천 명이 가방을 들고 여름을 맞아 이곳을 방문하거나 혹은 돈을 벌기 위해 암만으로 떠나는 모습을 지켜보는 건 그에게는 날마다 되풀이되는 일상일 뿐이다. 하지만 나는 처지가 다르다.

나는 나 자신에게 묻는다. 어째서 이 세상 사람들은 모두가 ‘나는 처지가 다르다’고 생각하는 걸까. 자기가 상황이 나쁘더라도 남과 다르다는 게 좋은 걸까? 우리가 결코 벗어날 수 없는 자기중심주의인 것일까? 30년 만에야 이곳을 다시 지나가게 된 것이니, 내 경우는 ‘다르다’고 말하는 게 합리화될 수 있지 않을까? ‘점령’하에서 사는 사람들은 다리를 오갈 수 있다. 망명자들 중에서도 방문 허가증이나 가족 재결합 허가증을 가진 이들은 통행이 허용된다. 30년 동안 나는 두 종류의 허가증 가운데 아무것도 얻지 못했다. 저 군인이 그걸 알까? 그런데 나는 왜 그가 그걸 알아주길 바라고 있는 걸까?

마지막으로 이곳을 떠나던 때에는 내 안경알이 이렇게 두껍지 않았고 머리칼은 완전히 검은 색이었다. 기억의 무게는 가벼웠고, 기억력도 좋았다. 그때 나는 소년이었다. 하지만 지금은 아버지, 이곳을 마지막으로 건너던 때의 나와 비슷한 나이의 아들을 둔 아버지다. 그때는 멀리 떨어진 나라에 있는 대학에 가기 위해 내 나라를 떠나고 있었지만, 지금 나는 그 대학에 다니는 아들을 뒤에 두고 이곳으로 돌아왔다.

당시 이곳을 떠날 때에는 내가 라말라에 머물 권리가 있다는 것을 아무도 의심하지 않았다. 이번 방문에서 나는 내 아들이 라말라를 볼 권리를 얻을 수 있게 하려면 어떻게 해야 하는지를 물어야 한다. 아들에게 난민 증명서와 추방 증명서를 받아 줄 수 있을 것인가? 아들은 어디로 옮겨가 본 적도 없고 난민 신청을 해본 적도 없다. 자신의 조국 바깥에서 태어나 자랐을 뿐이다.

지금 나는 망명지를 떠나 돌아간다. 그들의 나라? 나의 조국? 서안 지구와 가자 지구? 점령지? 사람들이 이름도 없이 '그 지역'이라고 부르는 곳? 유대와 사마리아? 자치정부? 이스라엘? 팔레스타인? 이름에서부터 이토록 혼란스러운 나라가 세상에 또 있을까? 오래전 내가 이곳을 떠날 때에는 나도 분명했고 모든 것이 분명했다. 지금 나는 확신이 없고 흐릿하다. 모든 것이 모호하고 흐릿하다.

야물커를 쓴 군인은 모호하지 않다. 적어도 그의 총은 반짝반짝 빛나고 있다. 그의 총은 나의 개인적인 역사다. 그것은 내 추방의 역사인 것이다. 그의 총이 시의 땅에서, 땅의 시에서 우리를 떼어놓았다. 그의 손은 땅을 붙들고 있지만, 우리는 신기루를 쥐고 있다.

하지만 그 역시 어떤 면에서는 모호하다. 그의 부모는 작센하우젠[17]에서 왔을까, 다카우[18]에서 왔을까? 아니면 뉴욕의 브루클린에서 갓 도착한 새 정착민이려나? 아니면 중부 유럽? 북아프리카? 라틴아메리카? 혹시 체제에 불만을 품고 러시아에서 이리로 온 망명자인가? 아니면 여기에서 태어나, 자기가 왜 여기에 있는지 의심 한 번 해

17 작센하우젠(Sachsenhausen) : 독일 베를린 북쪽에 있던 나치의 정치범 수용소. 1936~45년 수많은 유대인들이 이곳에 갇혀 고초를 겪거나 목숨을 잃었다.

18 다카우(Dachau) : 독일 뮌헨 근처에 있던 나치의 유대인 수용소.

보지 않은 사람일까? 자기네 나라가 전쟁을 벌이는 동안, 아니면 우리의 끊임없는 봉기를 자기네 국가가 진압하는 과정에서 우리네 사람들을 죽여 본 적이 있을까? 그저 피할 수 없어서 병역 의무를 수행하고 있는 것일까? 누구 저 사람의 인간성을 시험해 본 사람 없소? 저 개인의 인도주의 말이오. 나는 그의 직업이 갖고 있는 비인도성을 샅샅이 알고 있다. 그는 점령군 병사이고, 그의 처지는 어떻게 보든 나와는 다르다. 특히 이 순간에는. 나의 인간됨을 그가 알아볼 수 있으려나? 그의 빛나는 총 그림자 아래를 매일 지나가는 팔레스타인인들의 인간됨을?

우리는 같은 곳 위에 서있지만 그의 손에는 가방이 들려 있지 않다. 그는 국제적 정통성을 인정받으며 공중에서 자유로이 펄럭이는 두 개의 이스라엘 국기 사이에 서있다.

"차가 올 때까지 여기서 기다리시오."

그가 아랍어로 말한다.

"차가 나를 데리러 어디로 오지요?"

"국경 경비소요. 모든 절차는 거기서 이루어집니다."

나는 기다린다.

그의 작은 방, 내가 생각했던 것보다는 덜 깨끗하고 덜 말쑥한 방 안에는 관광포스터들이 붙어 있다. 이스라엘의 아름다움을 묘사한! 내 눈은 마사다 요새[19] 사진에 가서 멈춘다. 저들의 신화에 따르면, 저들은 마지막 한 사람이 숨질 때까지 마사다 요새에서 저항했고 끝

---

19 마사다(Massada) 요새 : 이스라엘 남동부에 있는 고대 유적. 기원후 70년 유대 왕국이 로마군에게 함락될 당시 유대인들이 마지막으로 항전했던 요새다. 20세기 들어 건국된 이스라엘은 유대 민족의 용기를 상징하는 곳으로 이 요새를 부각시키고 관광지로 만들었다.

까지 굴복하지 않았다고 한다. 우리의 길목에 저 포스터를 걸어 둔 것은 이 땅에 영원히 머물겠다는, 우리에게 보내는 메시지일까? 그냥 포스터일 뿐일까, 면밀히 계산해 걸어 둔 것일까?

나는 방 안을 둘러본다. 낡은 의자 두 개. 네모난 탁자. 왼쪽 귀퉁이가 깨진 거울. 히브리어 신문들. 작은 부엌, 차나 커피를 끓일 수 있는 간단한 전기스토브. 표준적인 국경 수비대원의 방이다. 우리에 맞서, 우리의 나라를 방어하는 수비대원.

그가 나를 조사하리라 생각했다. 그런데 그는 아무 말도 하지 않았다.

만약 그가 내게 무어라 말한다면, 혹은 무언가 묻는다면 그의 말에 응해야 하나? 아니면 못 들은 체하고 있어야 할까? 나는 이 의자에 앉아 내내 침묵하고 있지만, 주변에서는 끊임없이 목소리들이 들려온다. 그 속에서 내가 그의 음성을 구분해 낼 수 있을까? 지금 내 앞에 있는 문을 통해 차례로 들어오는 사람들, 내 옆에 서있는 방 안 사람들에게, 이 다리는 두 세계를 잇는 다리다. 그들이 슬픔과 기쁨을 느끼며 살아가는 세계, 그리고 내가 곧 보게 될 세계.

이 사람들은 영원한 침묵 속에 떨고 있는데, 그 속에서 내가 저 군인의 목소리에 귀를 기울여야 하는 걸까? 지금 여기서? 이 다리를 열기 위해 사람들이 머나먼 땅에서 죽어 가고 미처 이곳에 이르기도 전에 순교해야 했음에도?

죽은 자들은 문을 두드리지 않는다. 노년에 시력을 잃었던 내 외할머니는 시인이었다. 그녀는 마을에 결혼식이나 장례식이 있으면 운韻에 맞춰 기쁜 노래, 슬픈 노래를 불렀다. 새벽마다 할머니가 속삭이듯 기도하던 음성을 기억한다. 어떤 시집이나 산문집에서도 본 적 없는 기도문, 오직 외할머니의 것이었던 말들. 그녀가 잠자리에 들면 나는 침대로 가 곁을 파고들었다. 그러고는 마법의 주문 같은 기도문을 들려 달라고 조른다. 음악처럼 기도문을 들으면서 나는 따뜻한 잠 속에 빠져든다. 수업 시간에도, 지겨운 교과서의 책장을 넘길 때에도, 내 어린 시절 최초의 적敵이었던 구구단을 외울 때에도 그 음악은 늘 나와 함께했다.

암만의 바야디르 와디 알 사이르의 무덤에 남겨진 내 아버지. 가느다란 눈매에 조용하고 성품이 고요했던 분, 세상의 폭력에 멍들면서도 세상에 만족했던 분이었다.

죽음으로 파괴된 나의 형 무니프. 저들은 그의 아름다운 마음과 뜻을 파괴했다. 그들은 라말라를 다시 보리라던, 단 며칠만이라도 다시 보고파 하던 그의 꿈을 무너뜨렸다.

그리고, 하지미야[20] 전체를 뒤흔든 폭탄으로도 침묵시킬 수 없었던 가산 카나파니.[21]

사무실에 앉아 인슐린 주사를 팔뚝에 꽂은 채로 나와 라드와를 반갑게 맞던 가산. 그의 어깨 너머 벽은 포스터들로 덮여 있었고, 밖에서는 천둥번개가 치고 있었지. 그런데 내가 녹색 옷을 입은 저 병사의 말에 귀를 기울여야 한다고?

가산의 방에 걸려 있던 포스터는, 이 대기실에 붙어 있는 포스터와는 너무 달랐다. 체 게바라의 베레모에 달려 있던 별. 레닌의 이마

---

20 하지미야(Hazimiya) : 레바논 수도 베이루트에 있는 거리 이름.

21 가산 카나파니(Ghassan Kanafani, 1936~72) : 팔레스타인의 저항 시인. PLO의 대변인을 지냈으나 나중에는 노선 차이로 갈라서, 또 다른 저항 기구인 팔레스타인인민해방전선(PFLP) 창설을 주도했다. PFLP의 기관지 『알 하다프』(*Al Hadaf*)의 편집장을 역임하기도 했다. 『당신들에게 남은 것』(*Ma Tabaqqa Lakum*)(1966), 『움 사아드』(*Umm sa'd*)(1969) 등의 저항문학 작품을 남겼다. 국내에는 『뜨거운 태양 아래서』(윤희관 옮김, 열림원, 2002)가 번역·출간돼 있다. 1972년 베이루트에서 이스라엘 정보기관 모사드의 차량 폭발 공격으로 암살됐다.

에 새겨진 물음표. 도둑맞은 이름을 되찾기 위한 펜과 붓을 수놓은 그림. 고삐 풀린 말이 액자 안에서 뛰어오르고 있었다. 아시아·아프리카·라틴아메리카의 민족해방운동 지도자들의 사진과 구호, 팔레스타인을 이끌어 갈 인물들의 글과 사진 들.

지금 가산은 고향인 아크레[22]에 더 가까워졌을까, 더 멀어졌을까?

나는 아직 10대에 불과한 이스라엘 병사가 머무는 이 방의 포스터와, 베이루트에 있던 가산의 사무실에 붙어 있던 포스터들을 비교해 본다. 서로 다른 세계. 가산의 세계는 네루다[23]의 시와 카브랄[24]의 연설, 레닌의 뻗어 올린 손, 파농[25]의 비전. 소설가라면 이런 빛깔로 자신의 꿈을 채색하고 싶어 했을 군청색과 살굿빛과 오렌지빛. 하지만 무지개는 사그라지고 재앙과 상실의 어두운 전조가 하늘을 가득 채웠지. 그리고 여기는? 나는 벽과, 벽에 붙은 그림들을 바라본다. 저것은 내 나라의 풍경이다. 하지만 이 금지된 국경에 저 풍경들이 얹혀진 이유와 맥락을 생각하면, 포스터들이 나를 공격해 오는 것 같은 느낌이다. 나지 알 알리[26]가 내게 주었던 커다란 그림이 떠오른다.

---

22 아크레(Acre) : 기원전 1500년 페니키아 시대부터 교역 도시로 발달했던 지중해 연안의 항구. 현재의 이스라엘 북부에 위치해 있다.

23 파블로 네루다(Pablo Neruda, 1904~73) : 1971년 노벨문학상을 수상한 칠레의 시인.

24 아밀카르 카브랄(Amilcar Lopes Cabral, 1924~73) : 서아프리카 기니비사우의 좌파 혁명운동가.

25 프란츠 파농(Frantz Fanon, 1925~61) : 프랑스 출신의 정신과 의사, 반식민주의 투사. 프랑스령 마르티니크에서 태어나 제2차 세계대전 때 프랑스군으로 참전했으나, 알제리의 정신병원에서 의사로 일하면서 반(反) 식민 투쟁에 눈뜨게 된다. 흑인에 대한 차별, 식민지에 대한 차별에 항거하며 알제리 민족해방전선(FLN)에 뛰어들었고 알제리 혁명정부에서 일하기도 했다. 알제리 독립 직전인 1961년 백혈병으로 미국에서 사망했다.

26 나지 알 알리(Naji al-'Ali, 1938~87) : 팔레스타인 출신의 저명한 만평 작가. 쿠웨이트에서 발행된 『알 시야사』(*al-Siyasa*) 신문을 비롯해 여러 매체에 이스라엘을 비판하는 만평을 그렸다. 그가 그린 풍자만화의 캐릭터인 한달라(Hanthala)는 아랍권 전역의 사랑을 받으며 이스라엘에 대한 저항의 상징이 되었다. 1987년 7월 22일 영국 런던의 사

나지 알 알리는 라드와와 나를 베이루트 해변에 있는 '마이애미'라는 레스토랑으로 초대했다. 저녁 식사를 마칠 무렵 그는 자동차에서 커다란 그림을 꺼내 왔다. "자네의 시와 함께 『앗사피르』[27]에 실렸던 거야. 자네 가족에게 주려고 원래 그림보다 더 크게 다시 그렸다네."

라드와와 나는 그의 차를 타고 시돈[28]에 있는 그의 집을 방문한 뒤 보 리바주 호텔의 우리 방으로 돌아왔다.

한 어린아이의 얼굴이 그림의 복판을 채우고 있다. 양 갈래로 땋은 소녀의 머리는 수평으로 뻗쳐 있다. 한 갈래는 오른쪽, 한 갈래는 왼쪽으로. 갈래머리는 끝부분으로 가면서 철조망으로 변한다. 그림의 테두리에까지 뻗은 머리카락 뒤로는 어두운 하늘.

나지 알 알리의 죽음은 오래된 죽음, 그러나 여전히 새로운 죽음이다. 그의 눈에 어리던 미소, 그의 마른 몸. 런던 교외에 있는 그의 무덤가에 섰을 때 무너진 내 가슴속에서 들려오던 울음소리. 흙더미를 쳐다보던 나는 "안 돼!"라는 한 마디를 내뱉었다.

내 목소리는 속삭임에 가까웠다. 그래서 내 팔을 어깨에 두른 채 내 앞에 서서 자기 아버지의 무덤을 바라보던 아홉 살배기 우사마조차 그 말을 듣지는 못했다. 하지만 그 말을 내뱉음으로써 이제 나는 그 말이 나오기 이전의 고요로는 되돌아갈 수 없게 됐다.

'안 돼'라는 그 말은 끝나기를 거부했다.

무실에서 또 다른 쿠웨이트 신문 『알 카바스』(*al-Qabas*)의 만평을 그리던 중 저격당해 5주 뒤 숨을 거뒀다.

27 『앗사피르』(*As-Safir*) : 레바논의 대표적인 아랍어 일간지. 범(凡)아랍주의·좌파 성향의 지식인 탈랄 살만(Talal Salman)이 1974년 창간했다. '앗사피르'는 '대사'(大使)라는 뜻이다.

28 시돈(Sidon) : 레바논의 유명한 고대 유적 도시이자 항구. 현재는 영어식 표기이기도 한 사이다(Saida)라는 이름으로 불린다.

그 말은 자라났다.

그 말은 일어섰다.

나는 소리 내어 울고 있다. 오래도록, 끝나지 않는 울음을.

다시는 그 말을 집어넣을 수 없다. 그때 함께 있던 우사마와 주디와 라얄과 칼리드와 위다드 형수와 내 위로 내리던 이슬비처럼 그 말은 공기 중에 매달려 있다. 마치 심판의 날까지 하늘에 머물러 있겠다는 듯. 머나먼 하늘, 희지도 푸르지도 않던, 우리의 하늘이 아니었던 그 하늘…….

위다드 형수의 오빠가 내 어깨를 꽉 붙잡더니 내게 말했다. "제발, 무리드. 진정해라, 내 아우야. 진정해. 굳건히 서있어야지."

흐느껴 울다가 반쯤 정신을 잃을 뻔했던 나는 퍼뜩 마음을 가다듬었다. 나는 손으로 입을 막았지만, 어느새 내 입에서는 나약한 말이 새어 나왔다. "굳게 서있어야 하는 건 우리가 아니라 그라고요!"

우리는 묘지를 떠나 윔블던에 있는 나지 알 알리의 집으로 갔다.

그의 가족들은 나더러 그의 방에 머물라고 했다. 나는 미처 끝내지 못한 그의 그림들, 스케치들 틈에서 잠을 잤다. 나는 그가 직접 만든 나무 의자와 책상, 작업대를 보았다. 책상에서 이어진 작업대는 창문과 맞닿는 높이에 있어, 마당과 하늘이 내다보였다. 창에는 커튼이 없어, 바깥세상의 시선으로부터 지켜 주는 것이 아무것도 없었다. 위다드가 커튼을 만들어 주었지만 나지는 "트인 공간이 좋다."면서, 창을 가리면 숨이 막히는 것 같다며 뜯어냈다고 한다. 그가 너른 공간을 좋아했다는 위다드의 말을 듣자니, 컴컴한 그의 무덤 풍경이 내 귓속으로 뛰어드는 것 같았다.

나는 그의 방에서 자며 그의 가족들과 일주일을 함께 보냈다. 그의 작은 책상에 놓인 백지와 펜으로 나는 그에 대한 글을 썼다. 그의 삶과 그림과 죽음에 대해. "늑대가 그를 먹어 치웠다"라는 제목의 시였다. 그의 그림 중 가장 유명한 작품의 제목이기도 했다. 나중에 이라크 예술가 디아 알 아자위와 몇몇 친구들이 런던의 화랑에서 그를 추모하는 전시회를 열었을 때 나는 개막식에서 그 시를 낭독했다.

화랑 입구에는 세 명의 젊은 남자들이 일렬로 서서, 나지를 추모하고 그의 그림들을 구경하러 오는 사람들을 맞고 있었다.

순교자 나지 알 알리의 아들 칼리드.

순교자 가산 카나파니의 아들 파이즈.

순교자 와디 하다드[29]의 아들 하니.

모두들 한창 젊음을 꽃피울 나이. 입구에서 이들을 포옹하는데 입술이 타들어 갔다. 이 듬직한 어깨들, 명민하고 지적인 눈매들, 누가 이들을 장례식장으로 내몰았던가? 허가받지 않은 살인자들 때문에 파괴당한 어린 시절을 보낸 이들이, 어찌 그 유년의 폐허 속에서 이토록 든든한 청년으로 자라났을까?

칼리드가 내게 두 친구를 소개해 주었고, 나는 두 청년과 인사를 나누었다. 그들의 음성을, 음색을 듣고 싶었다.

그날 밤 그들의 모습은 내게는 현실이라기보다는 마치 소설 속의 한 장면 같았다. 우리 전통에서는, 이렇게 입구에 서서 문상객이나 축하객을 맞아 인사를 하는 것은 가족이나 정치조직 내에서 유명한 사람들의 몫이다. 그날 그들을 보면서 나는 이런 생각을 했다. 이제 이 세 젊은이들로 인해 '유명한 사람들'이라는 말의 정의가 바뀌었다고, 그들을 보기 전까지는 한 번도 생각해 보지 않았던 신선하고 놀

29 와디 하다드(Wadi' Haddad, 1917~78) : 팔레스타인 해방 투사로, 67년 전쟁 이후 PFLP에서 일했다. 1978년 3월 옛 동독에서 모사드에 의해 독살된 것으로 알려져 있다.

라운 의미로 바뀌었다고.

다가올 날들에 대한 기대감에 떨리는 마음을 안고, 나는 팔레스타인 역사를 통틀어 가장 용감했던 예술가의 무덤을 뒤로한 채 부다페스트로 돌아갔다.

그들의 얼굴은 13세기의 어두운 성당들 안에서 반짝반짝 빛나던, 안드레이 루블료프[30]의 그림들처럼 내 맘을 맴돈다. 여기 이 국경 수비대원의 방은 어둡지도 않고, 주위가 텅 비어 있지도 않다. 이렇게 더운 날은 처음인 것 같다. 아니면 내가 지금 열이 나기 시작한 건가? 아부 살마[31]가 방으로 들어온다. 무인[32]과 카말[33]이 방으로 들어온다. 그들의 마음속에 들어 있던 시들은 점점 자라나, 그들이 들고 있던 종이보다도 커진다. 무니프와 나지가 되돌아온다. 일순간 긴장감이 방 안을 채운다. 얼굴들, 환상, 목소리들이 나타났다가 사라진다. 나는 그들을 바라보고, 목소리에 화답한다. 그대들과 완전히 하나가 된다. 그리고 다시 완전히 혼자가 된다. 이 특별한 날을 혼자서 맞은

---

30 안드레이 루블료프(Andrei Rublyov, 1360~1430 추정) : 중세 러시아 화가. 그리스정교회 성당들의 종교화들을 많이 그렸다.

31 아부 살마(Abu Salma; Abd al-Karim al-Karmi, 1906~80) : 팔레스타인 시인. 하이파에서 태어나 법학을 공부하다가 그곳이 이스라엘에 점령되자 시리아의 다마스쿠스로 건너갔다. 이스라엘군의 점령을 비판하고 팔레스타인 민족의 슬픔을 노래한 시들로, 1978년 아시아·아프리카작가회의의 로터스 국제문학상을 수상했다.

32 무인 브세이소(Mu'in Bseiso, 1926~84) : 팔레스타인 시인. 가자에서 태어났으나 이집트로 건너가 카이로에서 공부했으며, 팔레스타인이 이스라엘에 점령되자 이집트를 기반으로 문학 활동을 했다.

33 카말 나시르(Kamal Nasir, 1925~73) : 팔레스타인 시인. 베이루트의 아메리카 대학을 졸업한 뒤 라말라에서 기자 생활을 하다가 1956년 요르단 의회에 진출했다. 1967년 이스라엘이 팔레스타인을 점령한 뒤 PLO에 합류해 해방 투쟁에 뛰어들었다. 베이루트에서 이스라엘에 의해 암살됐다.

나를 용서하게, 친구들!

이 모든 혼란도 나의 몫인가? 가버린 이들은 내 곁에 있으면서, 동시에 없다. 사해死海의 소금기에 둘러싸인 이 권태감.

나는 기다리는 데에는 익숙하다. 아랍의 어떤 나라를 가든 내겐 입국이 수월하지 않다. 오늘도 역시나 나는 쉽게 들어갈 수가 없다.

자동차가 도착했다.

나는 천천히 그리로 걸어갔다.

키가 크고 창백한 운전기사의 셔츠 단추는 풀려 있다. 아랍어로 나에게 뭐라고 말하는 것 같다. 말을 길게 하지 않아 아랍인인지 이스라엘인인지는 모르겠다. 점점 더 혼란스러워진다. 이스라엘에서 일하는 아랍인들은 쉽게 알아볼 수 있는데. 저 사람은 '이스라엘 내 아랍 노동자'일까? 아니면 아랍어를 할 줄 아는 이스라엘인일까?

궁금증이 오래 가지는 않았다. 우리는 경계선 초소에 도착했다.

그는 요르단 디나르 화로 운임을 받아 갔다.

나는 공항 대기실 같은 커다란 홀로 들어갔다. 팔레스타인 경찰과 이스라엘 경찰들이 보였다.

서안으로 가는 사람들을 심사하는 창구들, 그리고 가자로 가는 사람들을 심사하는 창구들.

많은 사람들.

홀은 좁은 전자 검색대로 이어져 있었다. 이스라엘 경찰이 내게 시계나 열쇠, 동전 같은 금속성 물건을 꺼내어 플라스틱 접시에 올려놓으라고 말했다.

검색대를 통과했다. 이제 내 앞에는 무장한 이스라엘 관리가 서있다. 그는 나를 멈춰 세우고 내 짐 속의 종이 뭉치에 대해 묻더니, 그것들을 훑어보고 내게 돌려주었다.

긴장을 조금이라도 누그러뜨리려고 내가 먼저 질문을 던져 보기로 했다. "이제 나는 어디로 갑니까?"

"당연히, 팔레스타인 관리에게로 가죠."

그는 가까이에 있는 방을 가리켜 보였다.

팔레스타인 관리는 이스라엘 관리처럼 내 종이 뭉치를 꺼내어 손에 들고 넘기더니 그걸 다시 아까 그 이스라엘 관리에게 넘긴다. 이스라엘 관리는 내게 계산된 것 같은 웃음을 지어 보이더니 기다리라고 말한다. 나는 그에게 어디로 가야 하는지 묻는다.

"팔레스타인 관리에게 가야죠, 물론."

나는 방에 앉는다. 팔레스타인 관리가 왔다 갔다 하면서 내게는 눈길도 주지 않는다.

나는 얼이 빠진 것 같았다. 관리는 조용히 자기 자리에 앉았다. 그 방에는 우리 둘뿐이었지만 둘 다 각각 혼자였다.

그 방에서 나는 '그곳'으로, 즉 우리 각각의 내면에 있는 침묵과 자기반성의 숨겨진 공간으로 움츠러드는 나 자신을 발견했다. 외부에서 벌어지는 일들이 이해할 수 없거나 부당하다고 느껴질 때 나만의 피난처가 되는 어둡고 은밀한 공간. 그리로 들어가면 마치 비밀의 커튼을 친, 나만의 사령부에 들어와 있는 것 같다. 나는 필요할 때면 그 커튼을 쳐 바깥세상으로부터 나의 내면을 지킨다. 내가 생각한 것과 관찰한 것들을 확실하게 이해하기가 어려울 때에는, 자동적으로 재빠르게 커튼을 쳐 차단하는 것이 내 생각과 보고들은 것을 보전하는 유일한 방법이다.

나는 다른 이들과의 대화가 끼어들 틈이 없는 그 텅 빈 공간으로 들어갔다. 저 관리가 만들어 낸 이 기묘한 상황을 놓고 오래도록 고민할 필요는 없었다. 이 상황은, '협정'이 그에게 아무런 결정 권한을 주지 않았기 때문에 일어나는 것임이 분명했다. 보안과 세관과 행정 절차의 모든 권한은 저들의 일, '저쪽 편의 일'이었다.

한 시간 정도 지나 저쪽 관리, 아까와는 다른 관리가 나타났다.

관리는 나를 다른 방으로 데려갔고, 거기에는 민간인 복장을 한 남자가 앉아 있었다. 그의 앞에는 질문들이 담긴 서식이 놓여 있었다. 통계를 내기 위한 질문들일 것이다. 그는 내게 정치적인 문제는 하나도 묻지 않았다. 그는 파일을 열고 내 답지를 넣었다.

"가서 가방을 찾으시오."

컨베이어 벨트를 타고 가방이 도착할 때까지의 또 다른 기다림.

홀 안은 다리를 건너온 사람들과 나처럼 가방을 찾기 위해 기다리는 사람들로 북적였다. 오른편에 있는 방에서는 주인을 찾은 가방들이 검색을 기다리고 있었다. 마분지 상자들, 살림 도구들, 텔레비전과 냉장고, 선풍기, 양털 담요. 모양도 크기도 제각각인 이부자리와 보따리와 가방 들. 나는 여행을 하면서 짐 때문에 겪게 되는 번거로움이 싫다. 내가 알지도 못하는 물건을 찾겠다며 수색하는 관리들에게 내 가방을 열어 내용물을 보여 주는 것이 혐오스럽다.

징집병으로 보이는 금발의 이스라엘 소녀가 컴퓨터에 입력된 짐의 숫자와 여권 번호들을 느릿느릿 맞춰 보고 있다. 나는 내 여권을 건네면서 내 짐은 가방 하나뿐이라고, 홀 가운데에 쌓인 가방들 틈에서 곧바로 알아볼 수 있다고 말한다. 하지만 그녀는 내게 기다리라 말한다.

잠시 뒤 그녀는 내게 수하물 찾는 곳으로 가라는 몸짓을 한다.

나는 내 작은 가방을 들어올린다. 커다란 문으로 나간다.

나는 건물을 벗어나 길가로 나간다…….

문들의 문,

열쇠 없는 빈손. 그러나 우리는 들어간다,

낯선 죽음으로부터 도망쳐 탄생한 난민들

그리고 우리가 떠나온 우리 집으로 들어가는 난민들.

기쁨에 가려진 생채기들은

눈물이 흘러 떨어지기 전엔 보이지 않는다네.

두 걸음을 걷고 멈춰 선다.

여기 나는, 내 발로 이 흙을 밟고 서있다. 무니프는 이르지 못했던 이곳. 싸늘한 기운이 등줄기를 타고 내린다. 아직 완전히 안심하기엔 이르다. 외로움을 느끼기에도 아직 이르다.

망명의 문은 이상한 방향에서 우리를 향해 열려 있다!

다른 나라들이 아닌 이 나라 쪽으로 우리를 이끌어 간다.

나는 이 땅의 흙 위에 서있다. 이 땅의 대지 위에.

내 나라가 나를 이끌어 간다.

지금 이 순간만큼은, 팔레스타인은 망명한 여성들이 나라를 잊지 않기 위해 목에 걸고 다니는 황금 메달이 아니다. 여성들이 팔레스타인 지도 모양의 목걸이를 만들어 목에 걸고 다니는 걸 볼 때마다, 캐나다 여성들이나 노르웨이 여성들 혹은 중국 여성들도 자기네들 나라 지도 모양의 목걸이를 하고 다닐지 궁금해지곤 했다.

한번은 친구에게 그런 얘기를 했다. "여자들이 이브닝드레스 위에 차는 목걸이에서 팔레스타인 지도 메달을 떼어 내고 황금빛 꾸란[34]

34 이슬람 경전의 현지어 발음에 맞는 표기는 '꾸란'이다. 근래에는 알파벳 표기도 영어식인 'Koran'에서 아랍어식인 'Qur'an'으로 바뀌고 있다.

메달도 떼어 낼 때, 지루한 일상 속에서 팔레스타인 거리를 바삐 걸으며 셔츠 컬러와 신발에 묻은 흙먼지를 닦아 낼 때, 여름날 그 무더위 속에 머무르게 생겼다며 투덜거릴 때, 그때 비로소 우리는 그 땅에 이르렀다고 할 수 있겠지."

그 땅이 지금 당신 앞에 있다. 당신, 오래도록 그곳에 이르려 여행해 온 당신 앞에. 잘 바라보길.

건물 맞은편 인도 위에서 나는 첫 번째 팔레스타인인을 만난다. 아주 분명하고 이해하기 쉬운 직무를 수행하고 있는, 나이 든 마른 남성이 벽 가장자리 그늘에 작은 탁자를 놓고 앉아 있다. 유월의 열기를 피하기 위해서다. 큰 소리로 나를 부른다. "어이, 형제, 이리 오시오. 버스 승차권을 사셔야지."

이런 말을 들을 때처럼 날 외롭게 만들 때도 없다. 형제애를 모두 빼버리고 남은 '형제'라는 단어. 나는 그의 얼굴을 흘깃 쳐다본다.

나는 요르단 돈으로 승차권 값을 냈다. 두세 걸음 옮긴 뒤 나는 멈추어 섰다. 나는 다시 그를 향해 돌아섰다. 그러고 나서 버스를 타기 위해 달렸다. 아니다. 정확히 말하면 달린 것은 아니었다. 보통 때처럼, 완전히 보통 때처럼 걸었다. 그런데 내 안의 무언가가 달리고 있었다. 나처럼 다리를 건너온 이들이 버스를 채우기 전에 나는 좌석에 가서 앉았다. 나는 운전기사에게 우리가 어디로 가는지 물었다.

"아리하[35]에 있는 휴게소로 갑니다."

드디어 내가 여기, 팔레스타인으로 들어가고 있다. 하지만 여기

---

35 아리하(Jericho) : 요르단 강 서안에 있는 도시. 기독교 성서에는 '여리고'로 쓰여 있지만 아랍어로는 아리하, 히브리어로는 예리호, 영어로는 제리코라는 발음에 가깝다. 한국어 공식 표기는 예리코.

이 이스라엘 국기들은 뭔가?

나는 버스 유리창을 통해, 검문소를 지날 때마다 그들의 깃발이 나타났다 사라지는 모습을 내다본다. 몇 미터 간격으로 그들의 국기가 나타난다.

인정하고 싶지 않은 좌절감, 완전히 채워지지 못하는 안도감.

내 눈은 창문을 떠나지 않는다. 이미 지나가 버린 과거의 이미지들도 내 눈에서 떠나지 않는다.

이 느린 버스 안에서, 67년 이후 처음으로 우리 가족이 한데 모였던 카라반 호텔에서의 아침 식사를 마치 어제 일처럼 떠올린다.

전쟁이 끝난 뒤, 1968년 여름이었다. 나는 쿠웨이트에서 일하고 있었다. 어머니와 내 막내 동생 알라아는 라말라에 살고 있었다. 아버지는 암만에 계셨고, 마지드도 요르단 대학에 다니고 있었다. 무니프는 카타르에서 일하고 있었다.

모든 통신수단을 총동원해 며칠간 연락을 취한 끝에 우리는 암만에서 만나기로 했다. 우리 가족은 차례로 암만의 자발 알 루웨이브다에 있는 카라반 호텔에 도착했다. 3층인가 4층인가 되는 작지만 우아한 호텔이었다.

전쟁으로 가족이 뿔뿔이 흩어진 이래 처음으로 부모님과 형제들을 만나는 거였다. 우리는 나란히 이어진 방 세 개를 빌렸다. 우리는 잠도 자지 않았다. 그러다 해가 뜨면, 마치 아침이 태양계의 불청객이라도 되는 듯이, 아침이 오리라고는 기대하지도 기다리지도 않았던 듯이 깜짝 놀라곤 했다.

그 여름에 먹은 아침밥처럼 맛있는 아침 식사는 먹어 보지 못했다.

그토록 신산한 몇 달을 보낸 뒤에 온 가족과 함께할 수 있게 되다니. 경이로운 일이었다. 우리는 서로를 바라보면서, 마치 난생처음이라는 듯이 서로의 존재를 확인했다. 매일 우리는 어머니의 모성을 새로 발견하고, 아버지의 부성을 새삼 깨닫고, 형제들 간의 형제애를 느끼고, 부모님 슬하의 아들들로 되돌아갔다. 가장 신기한 것은 우리 중 아무도 이런 감정을 입 밖에 내어 말하지 않았다는 것이다. 함께 있다는 기쁨이 호텔 안에 퍼져 우리를 둘러싸고 있었다. 아무도 그걸 말로 표현해 드러내고 싶어 하지 않았다. 마치 비밀을 지키라는 지시를 받은 사람들처럼.

호텔이라는 사실, 호텔에서 만나기로 한 발상 자체가 이것이 임시 회동일 뿐이며 곧 끝나 버릴 만남임을 확실하게 보여 주고 있었다. 첫날부터 만남은 헤어짐에 대한 두려움으로 변했다. 긴장감이 행복감 사이에 섞여 들었다.

샐러드 하나를 주문할 때도 올리브기름을 넣을지 말지, 의견을 모을 수가 없었다. 누구는 음식을 잘게 썰어 주길 원했고, 누구는 큰 덩이로 주길 바랐다.

가장 큰 갈등은 가족들끼리 소풍을 가기로 했을 때에 불거졌다. 누구는 암만에 사는 친척들을 찾아가 보자고 했고 누구는 아예 밖에 나가지 말자고 했다. 한쪽에서는 또 다른 곳을 제안했다. 그래도 재미있었다. 누구였는지는 기억나지 않지만 누군가는 항상 농담을 했다. 지금도 그때의 분위기가 생생하게 기억난다.

카라반 호텔에서 다시금 내 형제들과 부모를 이해할 수 있었다. 모두가 제각각, 내가 완전히 이해할 수 없는 자신들만의 새롭고 예외적인 환경 속에 살아가고 있었다. 그리고 다른 이들도 있었다. 저항할 수 없을 만큼 고집을 부리면서 결국 나를 쿠웨이트로 보내 버린 아타 삼촌. 그래서 나는 쿠웨이트의 한 기술전문대학에서 일자리를 잡았다. 대학을 졸업한 뒤에까지 형 무니프에게서 지원을 받는다는 건 상상할 수 없는 일이기도 했다. 나는 가르치는 일을 전혀 좋아하지 않았지만 상황이 좀 더 확실해질 때까지 임시변통으로 교편을 잡았다.

67년 이후, 우리가 하는 모든 일은 '상황이 좀 더 확실해질 때까지' 하는 일시적인 일이다. 그 뒤 30년이 지나도록 상황이 좀 더 확실해진 것은 없다. 심지어 지금 내가 하고 있는 일조차도 내겐 확실하지가 않다. 어찌어찌 이 자리에 오게 됐지만, 이리로 나를 내몬 충동에 대해서는 아무 판단을 하지 않는다. 판단을 한다면 그건 이미 충동이 아닐 테니까.

1948년 대재앙[36]이 일어나자 팔레스타인 난민들은 이웃나라들로 뿔뿔이 흩어져 '임시로' 피난처를 찾았다. 게릴라 대장들은 암만과 베이루트에서 '임시로' 무기를 구해 '임시로' 싸웠고 튀니지의 수도인 튀니스와 다마스쿠스에 '임시로' 옮겨 갔다. 우리는 팔레스타인 해방을 위해 '임시로' 투쟁 계획을 짰고, 그들은 우리에게 오슬로 평화협정을 '임시로' 받아들인 거라 말했다. 임시로, 임시로. 모두가 자기 자신에게, 그리고 남들에게 '상황이 좀 더 확실해질 때까지'라는 말들을 했다.

아버지는 요르단군에 복무하고 있었기 때문에 움직일 수 없는 처지임에도, 어린 알라아는 점령당한 서안으로 함께 가자고 아버지와 형제들에게 조른다.

어머니는, 계획을 짠다는 것이 영 터무니없는 상황임에도, 가족들의 인생을 위한 계획을 짜고 싶어 한다. 어머니는 온 식구들을 위한 대안을 모색하는 데에 열중해 있다.

---

36 이스라엘의 건국, 즉 '재앙'이라는 뜻의 알 나크바(al Nakba)를 가리킨다.

이 모든 어려움과 가족의 이산에 맞서려는 의지가 너무나 강렬하다 보니 피로에 찌든 어머니의 얼굴에는 다시 활기가 돈다. 거의 세 모꼴에 가까운 어머니의 두 눈은 짧은 아침의 몇 시간이 지나 졸음이 최고조에 이를 때조차도 생기 있게 빛난다.

아버지의 침묵은, 모두가 거들고 나서지 않아도 어차피 결말은 정해져 있다는 뜻으로 비친다. 어떨 때에는 아버지의 침묵 위에 인도의 현자들 같은 인내심이 겹쳐 보인다. 언제나 손끝을 달싹거리며 문제의 해법을 찾고 뭔가를 요구하는 어머니는 아버지의 이런 침묵 때문에 더욱 신경이 날카로워진다.

아버지의 가늘고 검은 두 눈은 웃을 때 말고는 감정을 드러내는 일이 없다. 형제들 중에는 나만이 아버지의 가늘고 검은 눈을 물려받았다. 무니프와 마지드와 알라아는 모두 어머니를 닮아 초록빛 눈을 가졌다. 깜짝 놀랄 만큼 빼어난 외모의 젊은 무니프. 나이는 스물일곱이지만 동생들에게는 어버이의 몫을 하고 있다. 무슨 문제든 해결하기 위해 나서고, 언제나 주저 없이 모든 희생을 감내하는 형.

마지드는 늘 키가 큰 편이었지만 더 커졌다. 마지드는 비극 속에서도 유머를 끌어내는 재주가 있다. 그 애는 출판하거나 발표하지도 않을 거면서(뛰어난 글도 많이 썼는데 아직 하나도 발표하지 않았다) 시를 쓰고, 그림을 그리고, 조각을 한다. 열정적이고 명민하다.

막내 알라아는 엔지니어링을 공부하고 싶어 한다. 철학을 사랑하고, 지역 방언으로 된 시를 쓰곤 한다. 류트[37] 연주법을 배우고 싶어 한다. 피부는 희고 머리칼은 아프리카계처럼 곱슬곱슬한, 독특한 미

---

37 류트(lute) : 6~13개의 줄이 있는 현악기의 하나. 중세와 근대 이슬람 음악에서 유행한 우드('ūd)에서 유래해 중세에 유럽으로도 퍼졌다.

남이다. 어려서부터 지금껏, 머리가 희끗해져 가는 지금까지도 어린 아이 같은 면을 간직하고 있다.

가족들은 흩어져 있었기에, 하나가 되는 법을 배웠다. 가족이 만날 때면 우리 네 아들은 다시 부모님 밑에서 어린아이로 돌아간다. 이미 우리는 아버지가 되어 부모님께 손자 손녀까지 안겨 드렸음에도 말이다.

두 주가 지나고 우리는 각자의 장소로 돌아갔다.

우리는 어머니가 아버지, 마지드, 알라아와 함께 암만에서 살아야 한다는 데에 생각을 모았다. 하지만 어머니는 우선 그곳, 이제 완전히 빼앗긴 땅이 된 팔레스타인에서 살 권리를 박탈당하지 않고 거주자 등록을 갱신하기 위해 라말라로 돌아가야 했다.

점령 치하일지언정, 어떤 상황에서든 시민권을 지키는 것이 중요하다. 어머니는 지금도 점령지의 주민이고, 그곳의 신분증을 늘 들고 다닌다. 하지만 그들[이스라엘 점령 당국]은 무니프와 내가 어머니와 재결합할 수 있게 해주는 허가증은 한 번도 내주지 않았다.

그때 이후로 우리 가족이 모두 모인 것은 10년이 지난 뒤, 무니프가 카타르를 떠나 프랑스로 가기 전 카타르 도하에서였다.

버스가 갑자기 멈추어 나는 깜짝 놀랐다. 생각했던 것보다 훨씬 일찍 도착한 셈이었다. 짐꾼들이 차창 밑에서 소리를 지르고 있었다. 팔레스타인에서는 모든 거리가 얼마나 짧은지, 나는 새삼 기억을 떠올렸다.

나는 가방을 들고 버스에서 내렸다.

여기가 아리하의 휴게소다.

여기서, 도착한 사람들은 각기 다른 마을들로 흩어진다.

여기에는, 팔레스타인 깃발들뿐이다.

도시 이름이 적힌 표지판들 밑에 택시들이 줄지어 서있다. 라말라, 나블루스, 예닌, 툴카렘, 알 칼릴, 가자, 그리고 예루살렘.

정류장마다 기사들이 요금을 놓고 승객과 실랑이를 하고, 떼밀고, 목청을 높인다. 젊은 팔레스타인 경찰이 나타나고, 싸움은 조용히 끝난다.

자동차는 라말라를 향해 간다.

나는 승객 일곱 명을 태운 낡은 메르세데스의 뒷자리에 앉아 있다.

가는 내내 나는 벙어리처럼 말이 없다. 혹여 내가 살면서 수다스러운 적이 있었던가? 열병에 걸리듯, 그렇게 내 삶과 덜커덕 조우한 적이 있었던가? 나는 온몸으로 말하고 있지만, 내 몸은 잠든 것처럼 혹은 침묵하고 있는 것처럼 보이겠지.

여기 내 동포들이 있는데, 왜 나는 그들에게 말 걸지 않는 것일까?

나는 이집트의 대학 친구들에게 팔레스타인은 나무와 덤불과 야생화로 덮여 있는 푸른 땅이라고 말하곤 했다. 그런데 저 언덕들, 헐벗은 바위산은 무엇인가? 내가 사람들에게 거짓말을 해온 셈인가? 아니면 이스라엘이 다리로 이어지는 도로를 옮겨, 내가 기억하지 못하는 이 지루한 길로 바꾸었단 말인가?

내가 빼앗긴 땅 바깥에 살면서 팔레스타인을 이상적인 이미지로 그려 왔던 것일까? 나는 '타밈이 여기에 와본다면 내가 묘사한 나라와는 딴판이라고 생각할 텐데.'라고 혼잣말을 했다.

운전기사에게 이 길이 오래전부터 이런 형상이었는지 물어보고 싶었지만 그러지 않았다. 무언가가 목구멍에 울컥하고 걸리면서 기분이 잦아들었다.

혹시 내가 올리브 숲으로 둘러싸인 데이르 가사나의 풍경을 묘사하면서 팔레스타인 전체의 모습인 양 나 자신을 납득시키고 있었던 것일까? 아니면 라말라에 있는 아름답고 호화로운 여름 휴양지를 떠올리면서 팔레스타인의 모든 곳이 그랬던 것처럼 착각하고 있었던 건가?

나는 팔레스타인의 농촌에 대해 제대로 알고 있기나 했던 걸까? 차는 계속 움직이고 있고, 나는 운전사의 왼편과 내 오른편 차창 밖을 줄곧 내다본다. 이 이스라엘 깃발은 뭐지? 우리는 이미 좀 전에 우리 '지역'으로 들어왔는데. 이곳저곳 할 것 없이 모두 이스라엘이 만든 유대인 정착촌들이다.

통계는 아무 의미가 없다. 협상을 위한 토론과 연설과 제안과 비난과 논리와 지도들, 그리고 협상 대표들의 변명들. 우리 모두 정착촌이라는 것에 대해 듣고 읽어서 알고 있지만, 그런 것들은 아무 의미 없다. 우리 눈으로 직접 봐야 한다.

계단처럼 비탈져 서있는 흰 돌집들. 한 집 뒤에 또 한 집, 가지런히 늘어선 줄. 든든한 바탕 위에 굳건히 서있다. 어떤 블록은 아파트 구역, 어떤 블록은 타일 지붕으로 된 단독주택 구역이다. 멀리서 내 눈에 들어온 풍경이다.

저 집들 내부의 삶은 어떤지 궁금해진다.

저 정착촌에는 어떤 사람들이 살고 있을까? 이곳에 오기 전에는 어디에서 살았을까? 저 담장 뒤에서 저들의 아이들도 공을 차며 놀까? 저 창문 뒤에서 남자들과 여자들이 사랑을 나눌까? 사랑을 나눌 때에도 양옆에는 총을 놓아두고 있을까? 언제라도 꺼낼 수 있도록 침실 벽에 기관총을 걸어 두고 있을까?

우리가 텔레비전에서 봐온 그들은 항상 무장한 모습을 하고 있다.

그들은 정말 우리가 두려운 것일까, 아니면 우리가 그들을 두려워하는 것일까?

저들 중 누군가가 연단에 올라 '정착촌을 뒤흔드는 행위'라는 말을 입에 담는 걸 들으면 배꼽이 빠질 정도로 웃음이 터져 나온다. 이 집들은 레고나 메카노 따위로 만들어진 아이들 장난감 성채가 아니다. 정착촌은 이스라엘 그 자체다. 이스라엘이라는 발상, 이데올로기, 땅, 그리고 속임수와 변명. 우리 땅이었지만 그들이 차지한 곳. 정착촌은 저들이 가장 먼저 취하는 형상, 저들의 책이다. 정착촌은 우리가 그곳에 존재하지 않기에 세워질 수 있었다. 정착촌은 팔레스타인 디아스포라 그 자체인 것이다.

나는 혼잣말로 오슬로의 협상가들은 정착촌의 진정한 의미를 몰랐던 거라고 중얼거린다. 그렇지 않았다면 그 협정에 서명했을 리 없다고.

차창 밖을 내다보면 깜짝 놀라지 않을 수 없다. 오른쪽에 펼쳐지던 좁고 낡은 길이 어느새 넓고 매끈하고 우아한 도로로 변해 있다. 반짝반짝 빛나는 아스팔트 도로가 세련된 건물들로 가득한 언덕길로 이어진다. 이제 정착촌으로 들어온 것이다.

왼쪽으로는 또 다른 정착촌과, 그리로 이어지는 또 다른 멋진 도로가 보인다. 그리고 세 번째, 네 번째, 열 번째 등.

정착촌 입구들마다 이스라엘 깃발이 걸려 있고 표지판에는 히브리어가 쓰여 있다.

이 모든 걸 누가 지었나?

내가 다리를 건너올 적에 이스라엘 리쿠드당의 베냐민 네타냐후 Benjamin Netanyahu 대표는 총선 결과 자신과 리쿠드당의 승리가 확정되기를 기다리고 있었다. 저 정착촌들을 지은 것은 과거의 집권당인 노동당이다.

벤 구리온[38] 시절 이래로 노동당은 우리 땅에 자기네 정착촌들을 계속해서 건설해 왔다. 리쿠드당은 바보같이 새 정착촌을 지을 때마다 잡음을 일으킨 것뿐이다.[39] 그와 반대로 영리하게 우리 땅을 빼앗은 노동당의 행태를 보면 오래전에 들었던, 자동차 도둑의 우화가 떠오른다. 이 도둑은 차를 훔친 다음 날 주인을 찾아가 다시 돌려주고 간다고 한다. 차 안에는 정중한 사과의 글이 남겨져 있다. 도둑은 애당초 차를 훔칠 생각은 없었다면서, 다만 연인과의 데이트를 위해 하룻밤 자동차가 필요했을 뿐이라고 주장한다. 차 안에는 그의 사과와 진심을 뒷받침해 주는 영화 관람권 두 장이 놓여 있다.

차 주인은 미소를 머금으며, 사랑에 빠진 남자 혹은 도둑의 예의 바른 태도에 호감을 느낀다.

그날 저녁 차 주인은 도둑이 준 티켓을 들고 극장으로 간다.

밤늦게 돌아와 보니 집 안에 있던 값비싼 물건들은 모두 사라지고 없다.

살인범은 실크 스카프로 당신을 죽일 수도 있고, 도끼로 머리를 박살 내 죽일 수도 있다. 어쨌든 당신이 죽는다는 결론은 마찬가지다.

노동당과 자동차 도둑의 비유가 완전히 들어맞는 것은 아니다. 하지만 지능적인 도둑과 어리석은 도둑의 역할 분담은 시오니스트 프로젝트가 시작될 때부터 정해져 있던 것이었다. 이스라엘에는 언제

---

38 다비드 벤 구리온(David Ben Gurion, 1886~1973) : 폴란드 출신의 유대인 지도자로 시오니즘을 주창해 이스라엘 건국을 주도했으며 초대 총리와 국방 장관을 지냈다.

39 팔레스타인 지역에 유대인 정착촌을 짓는 정책은 강경 우파인 리쿠드당의 아리엘 샤론(Ariel Sharon, 1928~2014)이 주택건설부 장관이던 1980년대 중반부터 시작됐다. 이 때문에 정착촌 건설은 리쿠드당의 정책으로 알려져 있다. 하지만 바르구티는 이미 그 이전에 중도·온건파로 알려진 노동당이 집권하던 시절부터 이스라엘은 팔레스타인 땅을 빼앗아 유대인 거주 지역을 만들어 왔음을 지적하고 있다.

나 이 두 그룹을 대변하는 이들이 있다.

어떤 경우에든 승자는 그들, 이스라엘이다. 교묘한 책략과 무자비한 전술을 모두 동원해 그들이 이익을 챙긴다.

온건파들은 극단주의자들을 통해 새로운 언어를 배우고, 극단주의자들은 온건파들을 통해 사탕발림을 섞어 말하는 법을 배우게 마련이다. 집 주인인 우리는 언제든, 어떤 방식으로든 가진 것을 빼앗길 수밖에 없다.

어떻게 우리는 그들이 자기네 도시를 짓도록 놔두었던가? 이런 요새들을? 이런 병영들을? 그토록 여러 해 동안?

바시르 알 바르구티[40]는 몇 해 전 내게 이런 말을 했었다. 데이르 가사나에 있는 자기 집 발코니에서 유대인 정착촌의 불빛들을 보다 보면 그것들이 해마다 점점 더 늘어나 결국 마을을 둘러싸게 된 것을 알 수 있다고. 우리가 오래도록 침묵하는 사이 정착촌들은 점점 커져서 모든 곳으로 뻗어 나갔다.

정착촌은 잘 짜인 양탄자이고, 우리 팔레스타인에 남은 것은 양탄자 위 여기저기에 흩어져 있는 그림들이다. '마지막'이라던 지난번 협상[1993년 오슬로 협상]에서 저들은 우리의 집들을 남겨 주었지만, 여전히 우리 마을들을 서로 이어 주는 길들을 저들이 점령하고 있다. 수많은 검문소 중 어디에서든 그들은 우리를 멈춰 세우고 복종을 요구할 수 있는 것이다.

예루살렘에 대해 말하자면, 나는 그곳에 들어갈 수도 없고 볼 수도 없다. 라말라로 가는 길은 원래 예루살렘을 지나게 되어 있었지

---

40 바시르 알 바르구티(Bashir Al Barghouti, 1931~2000) : 팔레스타인 좌파 정치인 겸 언론인.

만 그들은 길을 복잡하게 꼬아 놓고 이리저리 방향을 바꿔 우리가 차창을 통해서조차 예루살렘을 볼 수 없게 만들었다.

이제는 VIP 카드를 가진 팔레스타인 지도자와 함께 가야만 예루살렘에 들어갈 수 있다. 이스라엘이 발행한 VIP 카드를 지닌 사람 중에, 자기 손님이 아닌 사람을 예루살렘에 동행해 데려가려는 사람은 없다. 나는 아직까지 예루살렘에 나를 데려가 줄 사람을 찾지 못했다.

알 샤라파 광장에 도착했을 때 나는 기사에게 혹시 힐미 알 무흐타디 박사의 집을 알고 있는지 물었다. 기사가 대답했다. "하지만 그 양반은 몇 해 전에 돌아가셨는데요."

"알고 있습니다."

사실은 나는 모르고 있었다. 하지만 아부 하짐은 자기 집이 힐미 알 무흐타디 박사의 집 바로 맞은편에 있다고 했으니 그리로 가는 수밖에 없었다.

나는 덧붙였다. "그 근처에 있는 집에 가는 길입니다."

아부 하짐은 우리와 마찬가지로 리프타위 빌딩에 살았지만 나중에 이사를 갔다. 아부 하짐은 내게, 그리고 그전에는 무니프에게 자기 집 위치를 상세하게 일러주었지만 나는 너무 정신이 없어서 그에게서 들은 것을 기억할 수가 없었다. 게다가 내가 라말라에 도착했을 때는 이미 어두워진 뒤였다.

운전기사가 말했다. "알 마나라에 있는 무흐타디 박사의 병원은 아는데, 집은 모르겠네요."

뒷좌석에 앉아 있던 숙녀 분이 나더러 정확하게 어느 집을 찾는지 물었다.

"아부 하짐이라 불리는 무기라 알 바르구티의 집입니다."

그녀는 내게 아부 하짐의 아내 이름을 물었다.

"파드와 알 바르구티예요. 인아시 알 우스라 소사이어티[41]에서 일하고 있어요."

그녀는 파드와를 알고 있고 파드와와 함께 일한 적도 있지만 집은 어디인지 모른다고 했다.

뒷자리에 앉아 있던 또 다른 승객이 기사에게 말했다.

"다음번 좌회전 길에서 누군가에게 물어보시오. 내 생각엔 그 의사 집이 이 근처인 것 같은데."

기사는 좌회전을 한 뒤 행인에게 길을 물으려고 차를 세웠다. 저녁 8시 반이었다. 자동차가 멈추는 순간, 나를 부르는 목소리가 들려왔다.

"암무[42] 무리드, 암무 무리드. 어서 오세요. 우리 여기 나와 있어요."

어느 틈에 아이들이 내 주변에 몰려들었다.

"아버지는 어디 계시니?"

그 순간 파드와가 나왔다. 아부 하짐은 짐을 싣고 다리 쪽에서 오는 차가 집 앞에 멈춰서는 걸 보고, 암만에 있는 내 어머니에게 전화를 걸러 갔다고 했다.

어머니는 내가 무사히 도착했다는 전화가 오기를 온종일 기다리고 있었을 터였다. 어머니는 무니프가 다리 바로 앞에까지 갔다가 끝내 되돌아가야 했던 일을 늘 기억하고 있다. 아침에 다리 앞에서 작별 인사를 할 때에도 어머니의 얼굴에는 희망과 좌절감이 뒤섞여

---

41 인아시 알 우스라 소사이어티(In'ash Al Usra Society) : 팔레스타인 전통문화 보존 운동을 하는 시민단체.

42 암무('Ammu) : 아랍어로 삼촌, 아저씨라는 뜻이다.

있었다.

카이로에 있는 라드와와 타밈도 내가 라말라에 도착했다는 연락을 낮부터 기다리고 있을 것이었다.

"우리 모두 한낮부터 발코니에 나와 있었어요."

아부 하짐의 딸 아비르가 말했다. "전망대 같았어요. 아빠랑 엄마는 1층 발코니에, 삼하고 나는 3층에. 무사히 도착하셔서 정말 다행이에요."

아부 하짐이 두 팔을 벌리고 내게 오고 있었다.

백발의 그는 두 팔을 뻗쳐 들고 내 쪽으로 달려왔다. 행복한 만남이 나를 향해 달려오고 있었다. 차가 멈춘 곳에서부터 그의 집에 이르는 길의 3분의 2 지점에서 우리는 얼싸안았다.

나는 어머니를, 암만에 있는 알라아와 엘함을, 카이로에 있는 라드와와 타밈을 향해 소리쳤다. "나 라말라에 왔어요."

그리고 내 눈에 가장 먼저 들어온 것은, 아부 하짐의 발코니 벽에 걸려 있는 검은 액자 속 무니프의 사진이었다.

여기는 라말라

라말라에서 맞는 첫 아침. 나는 일어나자마자 창문을 연다.

"저 우아한 집들은 뭐예요, 아부 하짐?" 라말라와 비레[1]를 내려다보는 자발 알 타윌의 언덕을 가리키며 내가 물었다.

"정착촌."

그러더니 덧붙이듯 묻는다. "차? 커피? 아침 준비돼 있어."

고향과 새롭게 관계를 맺는 것이 이런 식으로 시작되다니! 마주 대하는 모든 것에 정치가 숨어 있다. 하지만 라말라와 비레에는 유대인 정착촌 말고도 다른 것들이 많이 있다. 유년기와 청년기를 보낸 고향에 30년 만에야 돌아온 사람은 닭들이 보릿겨를 어르듯 마음을 얼러 기쁨을 북돋우려 애쓰게 된다. 왜 그런 기쁨을 북돋우고 스스로를 납득시켜야 하는 걸까? 돌아온 것 자체로는 기쁨이 크지가 않아서? 펼쳐진 장면 속에 뭔가 완전치 않은 것이 있어서? 귀향의 약속을 완성시킬 뭔가가 빠져 있어서? 내 마음에 너무 무거운 짐이 있어

1 비레(Al Bireh) : 요르단 강 서안의 팔레스타인 도시. 라말라의 북쪽에 붙어 있고, 예루살렘에서는 9킬로미터 떨어져 있다. 서안의 중앙에 위치하며, 남과 북을 잇는 경제 중심지다.

서? 이런 친근함이 아직 낯설기 때문에? 지금 이 장단은 춤추는 장단인가, 쭈그리고 앉아 있어야 할 장단인가? 음악이 마음에 안 드는 걸까, 연주자가 싫은 걸까?

기쁨에도 훈련과 경험이 필요하다. 먼저 첫걸음부터 시작해야 한다. 라말라는 아직 기쁨을 줄 준비가 덜 되어 있다. 이 도시는 현재의 모습에 만족하고 있고, 그동안 잘 헤쳐 나왔다는 사실을 알고 있다. 가까이에 있는 것은 가까운 것이고 멀리 있는 것은 멀리 있는 것이다. 라말라는 자신만의 길을 걸어왔다. 때로는 자신이 품은 사람들의 뜻대로 움직이기도 했지만, 적들의 뜻대로 움직일 때가 더 많았다. 라말라는 고통을 겪었고, 참아 냈다. 지금 이 도시는 내 어깨에 기대어 잠시 쉬려고 기다리고 있는 것일까, 아니면 내가 이 도시의 품안에서 피난처를 찾고자 하는 것일까?

혼란스러운 만남. 주는 자는 누구이고 받는 자는 누구인지. 사내들은 자기 여자에게 이런 말을 하곤 한다. 사랑은 주는 이와 받는 이 사이에서 벌어지는 혼란스러운 역할 다툼이라고. 사랑에 대해 우리는 그렇게 말한다. 참으로 맞는 말이다. 그런데 지금 문제가 되는 것은, 나 자신에게 자발적인 회유('자발적인 회유'라는 게 존재할 수 있을까)를 해가며 기쁨을 북돋우려고 애써야 하는 상황이다. 내가 다녔던 샤리알 이자아 초등학교에도 가보고, 리프타위 빌딩에 있는 칼리 아부 파크리의 집에도 가본다. 내가 살았던 집들과 하자[2] 움 이스마일의 집에도 들른다. 어릴 적 다녔던 길, 무니프가 다시 걸을 수 없는 길을 걸어 본다. 암만 교외의 무덤에 누워 있는 무니프. 귀향을 허가받지 못했다는 것, 그것이 결국 그를 죽였다. 3년 전 그들은 하루를 꼬박

2 하자(Hajja) : 메카 순례(Haj)를 마친 여성의 경칭. 남성의 경우는 하지[Haj(j)i].

기다리게 만든 뒤에 저 다리에서 그를 되돌려 보냈다. 몇 달 뒤에 형은 다시 시도했지만 이번엔 몇 초 만에 곧바로 퇴짜를 맞았다. 3년이나 지났지만 어머니는 아직도 그 일을, 마지막으로 형과 함께했던 다리 위에서의 그 순간을 잊지 못한다. 형은 열여덟 살에 떠나온 팔레스타인으로 다시 돌아가기만을 애절하게 바랐다.

팔레스타인 가정에서 맏형이 차지하는 위치에 대해 이야기할 필요가 있을 것 같다. 맏아들은 사춘기를 지나면서부터 한집안의 형이자 아버지이자 어머니로서, 모든 일에 조언해 주는 역할을 맡는다. 항상 자신보다는 다른 가족을 생각해야 하는 아이, 갖기보다는 주어야 하는 아이, 집안 어른들과 아이들 모두를 살피면서 출중한 능력을 보여 줘야 하는 존재.

그의 죽음은 일가족 전체의 삶을 송두리째 무너뜨렸다. 형은 이 마지막 관문까지 왔지만, 문은 열리지 않았다.

나는 이곳, 한 뼘의 땅에 발을 딛는다. 그의 발이 결코 닿지 못할 땅이지만, 대기실의 거울 속에서 나를 바라보는 것은 그의 얼굴이다. 라말라의 거리, 그 거리들을 걸으면서도 나는 형의 모습을 본다. 형은 이 거리를, 가슴을 앞으로 내밀며 분주히 걸어간다. '다리'의 당국에 내 종이 뭉치를 건넨 뒤로 형의 얼굴은 항상 나와 함께였다. 내가 보는 풍경은 형의 것, 바로 무니프의 풍경이다.

여기서 그는 기다렸다. 여기서 그는 두려움을 느꼈다. 여기서 그는 낙관적인 기분이 되었다. 여기서 그들이 형에게 물었다. 여기서 그들은 어머니더러는 들어가라고 하고 형은 들어가지 못하게 했다. 여기서 어머니와 형은 헤어져야 했다. 다리를 넘어 라말라를 향해 서쪽으로 여행을 계속해야 했던 어머니, 동쪽의 암만으로 갔다가 다시 프랑스의 망명지로 돌아가야 했던 형. 형은 6개월 뒤에 프랑스에서 숨졌다. 그때 나이가 불과 52세였다. 여기서 어머니는 군인들에게 소리를 질렀을 것이다. "그렇다면 나도 아들과 함께 되돌려 보내주시오." 여기서 어머니는 아들의 어깨를, 아들은 어머니의 어깨를 부둥켜안고 울었다. 여기서 어머니는 아들에게 마지막이 되어 버린 작별 인사를 했다.

데이르 가사나에 도착한 순간부터 나의 손은 그의 손이었다. 다르 라드Dar Ra'd에 있는 옛집으로 우리는 함께 걸었다. 30년 만에 처음으로 고향 집 문지방을 넘을 때 나를 전율케 한 그 떨림은, 비 오던 날 암만 교외의 안개 낀 묘지에 멍하니 형의 주검을 내려놓던 때의 떨림과 같은 것이었다.

데이르 가사나에 도착하기 전에 나는 라말라에서 미리 준비돼 있던, 주민들을 위한 시 낭송회에 참석해야 한다.

데이르 가사나에 들어선 때는 밤이었다. 길은 길었다. 1967년 나는 이 길을 걷기 시작했다. 어제 새벽부터 오늘 새벽까지 나는 쉬지 않고 걸었다.

이곳, 완고한 봄의 끝자락은 부끄럼 많은 여름에 자리를 내주지 않은 채 늦도록 남아 있다. 봄은 다채로운 빛깔들을 어깨에 지고 앞으로 나아간다. 이슬 맺힌 차가운 대기. 봄날의 미묘한 옅은 초록빛은 여름이 되어야 짙푸른 빛깔로 완성될 것이다.

혼란스러운 도시, 소리 없이 열린 야생의 공간, 인티파다[3]를 일으

---

3 인티파다(intifada) : 이스라엘의 억압에 맞선 팔레스타인의 민중봉기를 가리키는 말. 여기서는 1987년 가자 지구 자발리아(Jabalya) 난민촌에서 이스라엘군 지프가 팔레스타인인 네 명을 치어 죽인 뒤 일어난 '제1차 인티파다'를 가리킨다. 1993년까지 계속된 제1차 인티파다는 야세르 아라파트와 PLO로 상징되는 '명망가 위주의 무장투쟁 운동'

킨 젊은이들의 구호, 초등학교에서 나는 특유의 냄새. 분필 맛. 내 고향 사람들인 우스타즈 아흐마드 살리흐 압둘 하미드와 아흐마드 파루드의 목소리, 그리고 상황을 정확히 말하는 재주가 있었던 또 한 명의 똑똑한 학생. 지금 우리를 둘러싼 (혹은 지금은 없는) 이 분위기를 뭐라고 표현할 수 있을까? 한편으로는 이데올로기들과 서로 각축하는 의견들과 정치 이론들, 그리고 또 다른 한편에는 아부 하짐의 집으로 이어지는 언덕의 3분의 1을 뒤덮고 있는 저 푸른 무화과나무들, 그 사이의 격차를 어떻게 설명할 수 있을까?

내가 바라보고 있는 이 창은 30년 전에 만들어진 것이다. 라말라를 떠나 있던 30년이라는 세월과 아홉 권의 시집. 마을 무덤가 버드나무 아래에서 눈물 맺힌 눈으로 이 집을 바라볼 때의 그 거리감. 나는 이 창가에서 내 인생을, 내 어머니가 내게 준 하나뿐인 나의 인생을, 저 머나먼 부재不在의 지점으로 떠나야 했던 부재자의 인생을 바라본다. 기쁨을 누려야 할 이 창가에서 왜 나는 비가와 같은 기억들을 곱씹고 있는 것일까?

그들이 여기에 있다. 지금 창밖을 내다보고 있는 내 곁에 그들도 와있을까? 내가 보고 있는 것들이 그들에게도 보일까? 그들에게 기쁨을 주었을 대상들을 보며 나도 함께 기뻐하는 건가? 그들이 비웃는 것은 내게도 멸시의 대상, 그들이 반대하는 것은 내게도 반대의 대상인가? 그들, 순교자들은 이곳에서는 현실의 일부이며, 자유를 위해 싸웠던 투사들과 인티파다의 젊은이들이 흘린 피 또한 현실이

에서 벗어나 팔레스타인에서 자생적으로 일어난 비무장 대중운동이었다는 점에서 큰 의미가 있다. 2000년 말에는 이스라엘 극우파 정치인으로 뒤에 총리가 된 아리엘 샤론이 예루살렘의 이슬람 성지 알 아크사 모스크를 일부러 방문해 팔레스타인인들을 자극하면서 '제2차 인티파다'가 일어나 몇 년간 계속됐다.

다. 이곳에서 내 마음에 떠오른 것들을 순교자들의 펜으로, 눈처럼 흰 그들의 종이 위에 그려낼 수 있을까? 그들은 월트 디즈니가 만들어 낸 창작물이나 알 만팔루티[4]의 상상에서 나온 존재들이 아니다. 살아 있는 사람들은 나이를 먹지만 순교자들은 갈수록 젊어진다.

삼나무와 소나무로 둘러싸인 라말라. 물결치는 구릉, 스무 가지 아름다움의 언어를 발하는 초록 빛깔, 항상 다른 아이가 더 커 보이고 더 세어 보였던, 유년의 학교들. 교육대학들. 하셈 왕족. 친구들. '저 애들도 우리를 보지 않는 척하면서 한쪽으로는 우리가 설레어 하는 걸 알고 곁눈질하고 있는 것이 틀림없어.' 그렇게 생각하면서 상급반 여학생들을 몰래 훔쳐보며 다녔던 라말라 중학교. 조그만 커피숍들. 알 마나라 광장. 아부 하짐의 얘기로는 시내 중심가의 교통 체계가 바뀌면서 알 마나라 광장이 없어졌다고 했다. 광장 자리에 교통 신호등이 들어섰다는 것이다. 낙서. 인티파다의 꽃, 인티파다의 투명한 무기, 지문처럼 선명한 낙서들.

앞으로도 30년을 몇 번이나 더 보내야 오지 못할 사람들이 다시 돌아올까? 나의 귀향, 혹은 다른 누군가의 귀향이 무슨 의미가 있을까? 그들의 귀향, 내쫓긴 수백만 명의 귀향이야말로 진정한 귀향이다. 우리의 사자死者들이 남의 땅에 묻혀 있다. 살아 있는 우리는 남의 국경에 막혀 있다. 이 세상 다섯 대륙의 어느 곳에서도 찾아볼 수 없는 기묘한 경계선이 그어진 그 다리 위에서, 나는 타인의 경계선에

---

4 무스타파 루트피 알 만팔루티(Mustafa Lutfi al-Manfaluti, 1876~1924) : 이집트 만팔루트 태생 수필가·소설가. 근대 아랍 설화문학의 아버지로 불린다. 유럽, 특히 프랑스의 영향을 받아 유럽의 소설과 민담을 아랍식으로 각색한 단편소설을 썼다. 수필집 『나자라트』(*Nazarat*)와 『무흐타라트』(*Mukhtarat*), 사후 출간된 단편소설집 『아바라트』(*Al-Abarat*) 등이 있다.

묶여 있는 나의 기억들에 압도당하고 만다.

그러니 새로울 게 뭔가? 이곳의 주인은 여전히 그들인 것이다. 그들이 우리에게 허가증을 내준다. 그들이 우리의 서류를 검사한다. 그들이 내 정보를 파일로 만든다. 그들이 나더러 기다리라고 한다. 그렇다면 지금 나는 나만의 국경을 갈구하는 것인가? 나는 국경이 싫고, 경계선이 싫고, 통제가 싫다. 몸과 글과 행동과 국가의 경계선들. 나는 팔레스타인을 위한 경계선을 정말로 바라는 것일까? 그 경계선은 다른 경계선보다 과연 나을까?

국경선에서 곤란을 겪는 것은 이방인들만이 아니다. 시민권자들도 고초를 겪기 십상이다. 국경에서의 심문에는 한이 없다. 조국을 위한 국경 따위는 없다. 지금 내가 원하는 국경이라고 한들, 훗날에는 내가 미워하는 경계선이 될 것이다.

라말라는 이상하다. 여러 가지 문화, 여러 가지 얼굴. 남성적인 것도 아니고 근엄한 것도 아니고. 맨 먼저 유행에 열광하는 도시. 데이르 가사나에서처럼 라말라에서도 나는 다브카[5]를 구경했다. 10대 시절에 나는 데이르 가사나에서 탱고를 배웠다. 알 안카르 당구장에서 포켓볼을 배웠다. 라말라에서 나는 시를 쓰기 시작했고 왈리드 극장, 두냐 극장, 자밀 극장에서 영화를 사랑하게 됐다. 라말라에서 지내며 크리스마스와 서양력의 새해 축하 분위기에도 익숙해졌다.

여자애들과 남자애들이 루카브의 가든 카페로 몰려다녀도 이상하게 여기는 사람은 없었다. 흰 자갈이 깔려 있고 나무가 심어진 그 카페에서 우리는 초콜릿 무스와 피치 멜바[6]와 바나나 스플리츠[7]와 밀

---

5 다브카(dabka) : 요르단·시리아·레바논·팔레스타인 등지에 널리 퍼진 아랍 전통 춤.
6 피치 멜바(peach melba) : 바닐라 시럽에 데친 복숭아. 디저트로 먹거나 아이스크림 따위에 얹어 먹는다.

크셰이크를 먹었다.

라말라 공원이나 비레 공원, 나움 공원에서 밤늦도록 가족이나 친구들과 시간을 보내기도 했다. 우다 호텔과 하르브 호텔의 우아한 테이블에 앉아 페즈[8]를 쓴 유명 인사들의 얼굴을 알아보며 즐거워했고, 나르길레[9]의 긴 파이프를 입에 물고 정치에 대해 토론했다. 라말라와 그 쌍둥이 도시 격인 비레의 거리, 공원, 레스토랑 등은 반짝거릴 정도로 깔끔했었다.

그리고 라말라에서 나는 난생처음으로 시위라는 것을 알게 됐다. 예루살렘과 나블루스를 비롯한 다른 도시들에 발맞춰 우리도 바그다드 협정[10]에 반대하는 시위를 벌였다. 그때까지도 어린애들처럼 반바지 차림으로 돌아다녔던 우리는 같은 또래 학생인 라자 아부 아마샤가 시위 도중에 순교했다는 소식을 듣고 큰 충격을 받았다. 무니프가 신발 안에 불법 유인물을 숨겨 가지고 다니는 것을 나는 알고 있었다. 무니프는 검문을 피할 수 있는 어린 소년이었기 때문에 유인물을 나를 수 있었다. 사촌 바시르가 체포됐다는 뉴스를 듣고 우리는 이웃한 리프타위 빌딩에 살고 있던 그의 어머니를 찾아가 위로하며 소식을 묻기도 했다.

---

7 바나나 스플리츠(banana splits) : 세로로 자른 바나나에 아이스크림이나 견과를 얹은 디저트용 케이크.

8 페즈(fez) : 검은 술이 달린 터키식 모자.

9 나르길레(narghile) : 아랍식 물담배.

10 바그다드 협정(Baghdad Pact) : 미국과 북대서양조약기구(나토)의 중재 아래 결성된, 냉전 초기 중동의 친미 반공 안보 조약. 1955년 터키 주도로 체결돼 이란·이라크·파키스탄·영국 등이 가입했다. 중동에서 소련의 영향력을 차단하는 것이 목적이었고, 본부는 바그다드에 있었다. 1959년 이라크가 왕정이 무너지면서 탈퇴했고 미국이 준회원으로 대신 가입했다. 미국은 중앙조약기구(CENTO)라는 기구로 개편하고 터키로 본부를 옮겼다. 1979년 이란혁명 뒤 해체됐다.

우리는 또 글러브 파샤[11]의 해임을 지지하고 요르단군의 '아랍화'를 요구하는 시위를 했으며, 일련의 정치적 사건들이 일어난 뒤 요구 사항이 이뤄졌을 때에는 기쁨에 겨워 춤을 췄다. 우리 10대들도 공산당, 바트당,[12] 무슬림형제단[13] 등 여러 정파들을 따라 입장이 갈렸다. 우리는 술레이만 알 나불시[14]를 총리로 밀어올린 선거 결과에 지지를 보내기도 했고, 〈아랍의 소리〉 라디오 방송을 틀어 놓고 가말 압둘 나세르[15]의 연설을 몰래 들었다. 요르단 왕실의 지배 아래 있었기 때문에, 그 방송을 들었다는 사실이 알려지면 의심을 사 조사를 받을 게 뻔했기 때문이다.

그리고 라말라에서 우리는 수에즈운하를 국유화하기로 한 나세르의 결정을 듣고 환호했고, 시나이 전쟁[수에즈전쟁]과 포트사이드[16]의

---

11 존 배곳 글러브(John Bagot Glubb, 1897~1986) : 영국 출신의 군 장교로 요르단이 건국된 뒤 후세인 국왕을 도와 요르단군을 훈련시키는 역할을 맡았다. 영국을 등에 업고 실질적인 지배자로 군림한다는 비판이 나와 해임되었으나, 그 뒤에도 후세인 국왕의 친구이자 조언자로 남았다. 오스만튀르크 제국의 고위 관리를 가리키는 '파샤'라는 호칭을 붙여 글러브 파샤(Glubb Pasha)로 흔히 불렸다.

12 바트(Ba'ath)당 : 아랍민족주의와 범아랍주의를 내세우며 1940년 시리아에서 설립된 정당. '바트'는 부활·부흥을 의미한다. 주변 아랍 지역들로 퍼져 나가 시리아와 이라크에서 집권당이 됐으나 이라크 바트당은 2003년 사담 후세인 정권이 무너지면서 해체됐고, 시리아에는 여전히 남아 있다.

13 무슬림형제단(al-Iikhwan al-Muslimun) : 1928년 이집트 신학자 하산 알 반나(Hasan al-Banna)가 창설한 이슬람 정치 운동 조직.

14 술레이만 알 나불시(Sulayman al-Nabulsi, 1908~76) : 팔레스타인 나블루스 태생의 요르단 정치가. 요르단 사상 유일하게 의회의 지지를 받아 선출된 총리로 1956~57년 재직했으나 반 왕실 쿠데타에 연루됐다는 의혹을 받아 물러났다.

15 가말 압둘 나세르(Gamal 'Abd al-Nasser, 1918~70) : 범아랍주의를 주창했던 이집트 초대 대통령.

16 포트사이드(Port Said) : 이집트 북동부의 항구도시로, 수에즈운하의 지중해 쪽 출입구다. 이집트가 운하를 국유화한 뒤, 1956년 수에즈전쟁이 일어나자 프랑스군과 영국군의 공격을 받았다.

저항 소식에 귀를 기울였다. 이집트와 시리아가 통합돼 아랍연합공화국[17]이 탄생한 것을 축하했고, 연합이 얼마 못 가 해체됐을 때에는 눈물을 훔쳤다. 우리, 라말라의 어린 학생들은, [아랍연합공화국이 생산한] 알 카히르al Qahir, 알 자피르al Zafir 미사일 계획으로 우리(아랍)의 힘이 강해지는 꿈을 꾸며 한껏 고무됐고, 이집트에서 나온 '사회주의적 결의안'이라는 낯선 용어가 무슨 뜻인지 궁금해했다.

아침이면 신문팔이 아부 알 하바이브의 목소리가 우리를 깨웠다. 그는 여름에나 겨울에나 영국군이 입던 긴 코트를 땅에 질질 끌고 다니면서 "『알 디파』*Al-Difa'*(방어)! 『알 지하드』*Al-Jihad*(성전)! 『필라스틴』*Filasteen*(팔레스타인)!"이라며 신문들 이름을 외쳤다. 그가 팔던 세 종류의 신문은 나중에 모두 폐간됐다. 아부 알 하바이브 또한 리프타위 빌딩에 있던 자기 집 앞에서 유탄에 맞아 숨지는 운명을 맞았다. 사람들은 1967년 6월의 그 침울했던 아침, 평생 거리를 돌며 외치고 다니던 그 신문지들에 덮인 채 긴 코트 차림으로 숨져 있는 그를 발견했다. 아부 알 하바이브의 고향은 어디였을까? 그는 어떤 민족 출신이었을까? 모두가 그를 알고 있었지만, 그에 대해 아는 사람이 아무도 없었다. 그는 추방 명령을 받았지만 라말라를 떠나지 않았고, 결국 유탄에 숨졌다. 그는 라말라의 시민이었을까, 아니면 그냥 떠돌이였을까? 신문팔이와 내가 다른 점은 무엇인가? 당신을 죽인 것은 유탄인가, 아니면 신문의 헤드라인인가?

---

17 아랍연합공화국(United Arab Republic) : 나세르 이집트 대통령 주도로 잠시 세워졌던 이집트-시리아 연합국가. 1958년 2월 출범이 선포됐으나 1961년 시리아에서 군사 쿠데타가 일어난 뒤 해체됐다. 이집트는 1971년까지 이 이름을 사용하다가 결국 국호를 이집트아랍공화국으로 바꿨다.

나이를 먹고 좀 더 현명해진 지금, 우리 땅 서안이 우리 민족을 난민처럼 다루는 것을 우리는 어떻게 설명할 수 있을까? 그래, 우리 민족, 1948년 이스라엘에 밀려 지중해 바닷가 도시와 마을들에서 쫓겨난, 우리 땅 안에서 다른 한 구석으로 밀려나 우리의 도시와 마을에서 사는 사람들, 우리가 난민이라고 부르는 사람들! 우리는 그들을 이주자라고 불렀다! 누가 그들에게 용서를 빌 수 있을까? 이 엄청난 혼란을 누가 누구에게 설명할 수 있단 말인가? 데이르 가사나처럼 작은 마을에서조차 우리는 어릴 적에 '이주자', '난민'이라는 말을 듣고 자랐다.

우리는 그런 말에 익숙했고, 거리낌 없이 그런 말을 썼다. 그 말의 의미에 대해 어째서 스스로 의문을 가지지 않았던 걸까? 우리가 그런 말을 쓸 때 어른들은 왜 아무도 꾸짖지 않았을까?

피해자를 탓하고픈 마음이 내 안에서 다시 살며시 싹튼다. 다른 사람들, 점령자, 식민주의자, 제국주의자 들을 비난하는 것으로는 충분치 않다. 재앙은 아름다운 풍경 위로 갑자기 유성이 쏟아지듯 그렇게 사람들의 머리 위로 떨어지는 게 아니다. 우리에게도 잘못은 있다. 멀리 보는 지혜가 없었던 것이 잘못이었다. 우리가 늘 무고한 피해자였던 것은 아니다. 하지만 그렇다고 해도, 이 모든 악의 시작이자 끝인 저들의 근원적인 범죄가 지워지는 것은 아니다. 누군가로부터 잘못을 찾아내야 하는데 여의치 않을 때에는 남의 탓을 하고 싶어지는 법이다. 한 걸음 한 걸음 우리가 뒤로 물러서야 했을 때마다 내가 우리 쪽의 결점, 우리의 시詩에서 잘못된 부분을 헤집으려 하는 것은 그런 이유에서다. 나는 나 자신에게 묻는다. 고향에 가게 되면 내 시에 나타난 감정들이 좀 더 세련되고 정교해질 수 있을까? 시인이라는 존재는 공간 속에 사는 걸까, 시간 속에 사는 걸까? 우리의 조국은 우리가 보낸 시간이라는 형태를 띠고 있다. 어쩌면 내가 잘못 생각했던 것일 수도 있다. 나짐 히크메트[18]의 말은 별로 믿지 않았었는데. 망명 생활을 하면서 내가 겪어야 했던 고통쯤은, 고향에 있는 내 친구들도 다 겪어 왔다. 엄살떠는 소리 따위 참을 수 없다.

어떤 개념을 가지고서 시를 쓴다는 그 개념 자체에 불편함을 느끼는 걸까? 그런 이유에서 나는 시라는 것을 노래라기보다는 하나의 구조물로 보는지도 모르겠다. 나는 연인에게조차 그 흔한 낭만주의 시 같은 것을 지어 줄 수 없는 사람이다. 내게 먼저 다가와 주지 않는 사람과는, 상대가 남자이든 여자이든 쉽게 친구가 되질 못한다. 조금만 피곤해지겠다 싶어지면 나는 사람과의 관계를 쉽게 포기해 버린다. 내가 말하는 피곤한 친구란 비난하고 꾸짖는 사람, 설명하기 힘든 걸 설명하라 하고 매사를 자기가 이해할 수 있기를 바라는 사람이다. 내 실수를 용서해 줄 때에는, 자기가 내 실수를 용서해 주었다는 사실을 반드시 느끼고 넘어가게 만드는 사람. 가족의 경우라면 선택의 여지가 없지만 친구는 내가 고를 수 있으니, 그런 피곤한 친구를 사귀는 어리석음에 스스로 뛰어들고 싶지 않다.

내가 또 하나 불편함을 느끼는 것은 집단에 속하는 일이다. 나는 어떤 정치조직이나 정당에도 가입할 이유를 느끼지 못했고, PLO의 어떤 정파에도 속해 본 적이 없다. 그런데 나라를 잃은 사람의 경우

---

18 나짐 히크메트(Nazim Hikmet, 1902~63) : 터키의 시인·극작가·소설가. 공산주의자라는 이유로 박해를 받아 젊은 시절의 대부분을 감옥에서 보냈으며, 결국 터키 국적을 박탈당한 뒤 폴란드 국적으로 살았고, 망명지였던 소련에서 숨을 거뒀다. 한국전쟁 때 터키의 파병에 반대한 것으로도 잘 알려져 있다. 일본 히로시마를 읊은 "죽은 계집아이", "일본의 어부" 등의 시와 희곡 "다모클레스의 칼", 소설 "로만티카" 등 많은 작품을 남겼다. 2009년 1월 비로소 복권돼 사후에나마 국적을 회복할 수 있었다.

이런 태도는 미덕이 아닌 악덕이 된다.

그뿐만 아니다. 나는 여러 정치조직이나 정파로부터 공개적 혹은 암묵적으로 가입을 권유받았지만 모두 거부했다. 그리고 다양한 방식으로 그에 대한 대가를 치러야 했다. 그들이 내게 접근해 오는 이유는 내가 가진 무언가를 보면서 그들이 나에게 흥미를 느꼈고, 나를 끌어들일 만한 가치가 있다고 생각했기 때문일 것이다. 그들은 내가 필요하고, 나 또한 자기들과 함께하길 바란다는 암시를 준다. 나는 그들의 호의에, 나를 그토록 중요한 인물로 봐준 것에 정중히 감사를 표한다. 그러고는 정치조직에 가입하는 것보다는 혼자서 활동하는 쪽이 더 좋다고, 그냥 내 성격대로 살아가는 편이 나을 것 같다고 말한다. 그 순간 갑자기 그들은 나를 자기들의 적, 혹은 완전히 무가치한 사람으로 취급하기 시작한다.

내게는 온갖 정파에 속한 친구들이 있고, 그들은 내가 '무조건적인 지지'라는 걸 도통 이해하지 못하는 위인임을 알고 있다. 나는 채소 가게에서 내 손으로 토마토 1킬로그램을 '뽑을' 권리가 있다. 그것과 마찬가지로 나는 내 이름을 걸고 나를 대변할 정부나 정치인을 '뽑을' 권리가 있는 것이다. '파벌'tribe의 결정이라면 무엇이든 따르고 받아들이는 것이, 내게는 불가능하다. 나는 옳고 그름이나 종교적으로 허용된 것인지 아닌지를 가지고 판단하지 않는다. 내 판단 기준은 심미적이다. 세상에는 옳지만 추한 일들이 있다. 설혹 내게 그렇게 할 권리가 있더라도 나는 그런 일들은 하지도 않고 따르지도 않을 것이다. 반면에 아름다운 실수들도 있다. 그런 경우라면 나는 주저 없이 내키는 대로 그 길을 갈 것이다. 그러나

언제나 만족함에 누를 끼치는 것들은 있고

시작한 것이 끝을 맺기도 전에 결국 그런 일이 일어나고야 마니.

꿈속에 빠져 있는 동안에도 내 마음과 목구멍에 걸려 있는 이 작은 응어리는 어디에서 온 것일까? 정확히 말하면 나는 '돌아온' 것이 아니다. 여기서 우리는 정치 문제로 돌아가게 된다. 패배한 자들은 정치에서도 제외되는가? 정치 문제에는 낄 권리가 없는 걸까? 프랑스어·영어 비평에 익숙한 아랍의 비평가들이 이 문제는 어떻게 그냥들 그렇게 넘어가는지? 패배자들을 위한 예술, 패배자들을 위한 정치를 정의해 주는 이는 아무도 없다. 비평가들은 정치란 '팩트'(사실)라고 말한다. 저마다의 처지에서 느끼는 희로애락이 포함된 '현실'은 '팩트'와 다르다는 점을 마치 모르는 것처럼 말이다. 또한 정치란 과거와 현재와 미래라는 세 가지 시간을 포괄한 삼각형이라는 사실도 모르는 듯하다. 그들은 정치란 저녁 뉴스에서 듣는 것처럼 정부나 정당 혹은 국가가 내리는 결정이라고 말할 뿐이다.

가족들이 함께하는 아침 식사도 정치다. 누구는 아침 식탁에 있지만 누구는 없다. 누구는 이런저런 이유로 자리에 함께하지 못한다. 앞에 놓인 잔에 커피를 따르면서 누구는 누구를 그리워한다. 예를 들어 당신은 아침 식사를 함께할 수 있는가? 매일 함께 앉아 있던 이 의자에서 영원히 떠나가 버린 당신의 아이들은 지금 어디에 있는가? 오늘 아침 당신은 누구를 그리워하고 있는가? 당신은 어떤 리듬을 따라 인생에서 약속된 즐거움을 향해, 혹은 이번만은 이겨내 보고 싶은 대결의 자리로 달려가는가? 편지도 자주 보내오지 않는 아이들을 생각하며 찌그러진 안경을 쓰고 앉아 감청색 겉옷을 뜨고 있는 어머니, 이 어머니가 그리워하는 아이들은 어디에 있나? 영광스러운 고독을 즐기며, 바깥세상 따위는 내겐 필요 없다고, 잠깐 동안이라도 품위 있게 대화를 나눌 사람은 어디에 있나? 등나무 의자 위에 놓인 신문을 읽으며 잠시나마 가져 보았던 나의 환상은 어디로 갔나? 오늘 나는 무엇을 용서하려고 이토록 연습을 하고 있는 것인가? 누구를 무어라 비난하려 하는 것인가? 마음속에서 지워 버리고 싶은 비난은 또 무언가? 지금 내가 엄청난 실수를 하고 있다고 위협하며 나의 이 밤을 망치는 자는 누구인가? 권위를 앞세우고 운전기사와 하인과 든든한 경호원들을 내세워, 산만하지만 달콤한 나의 일상을 무너뜨리는 자는 누구인가? 이 작고 반짝거리는 타이완제 찻숟가락을 수입해 온 건 누구인가? 스톡홀름에서 소박한 잡동사니들을 싣고 바다를 건너온 거대한 화물선들은 누구의 것인가? 우리의 어머니들과 누이들이 눈물과 꽃잎과 빗방울이 떨어지는 저 음습한 묘지로 가져갈 꽃다발, 저 장사꾼들은 어떻게 그 꽃을 팔아 엄청난 돈을 벌어 세련된 집을 짓고 살게 되었나? 무덤가에서는 어째서 침묵마저도 젖어 있는 것일까. 식탁 위에 놓인 커피 잔의 숫자, 잊고 있던 무언가가 갑자기 나타나는 일, 너무 자세히 생각이 날까 봐 두려운 기억, 하지만 결국에는 눈앞에 나타나고야 마는 기억, 그런 것이 정치다. 정치에서 멀찌감치 떨어져 있는 것도 정치다. 정치는 아무것도 아닌 동시에 모든 것이다.

"아뇨, 설탕은 넣지 마세요, 아부 하짐. 나중에 배가 고파져도 괜찮아요."

3년 전 그가 무니프에게 말했었다. "아부 가산[무니프], 베란다는 널 맞이할 준비가 되어 있어."

아부 하짐은 무니프가 됐든 내가 됐든 고향을 방문하게 된다면 자기 집이 아닌 다른 곳에서 묵는 일은 절대로 있을 수 없다고 주장했었다. 그의 집, 이곳 베란다에 걸린 검은 액자에는 무니프의 사진이

들어 있다. 나는 여전히 외지를 떠돌고 있는 무니프의 세 아이들, 가산과 가다와 가디르를 떠올린다. 아버지 없이 고향에서 추방되어 떠돌게 된 아이들. 자기 아버지 대신 내가 돌봐 주겠다고 하면 내 제안을 그 애들이 받아들이려나? 그 애들 인생에, 시 나부랭이나 쓰는 삼촌이 끼어들 자리가 있으려나? 그 애들이 날 얼마나 잘 알고 있는지도 궁금하다. 그 애들은 나와 마지드와 알라아, 그리고 어머니가 자기들 삶에서 한자리씩 차지하게끔 해줄 것이다. 나는 인생을 살아오면서, 누군가를 사랑하려면 그 사람이 원하는 방식으로 사랑을 주어야 한다는 것을 배웠다. 나는 형이 죽은 뒤 조카들에게 이렇게 말했었다. "나를 집에 있는 사전이라고 생각하렴. 언제든 필요할 때면 찾아볼 수 있는 사전 말이다."

나는 파드와에게 언제 일하러 나가는지 물었다. 파드와는 일주일 휴가를 냈다고 말했다. 나 때문에 일부러 그랬다는 걸 알고 나니 가슴이 뭉클했다. 나는 파드와에게 그냥 일하러 가라고 했다. 그녀는 이삼일만 쉬다가 나가겠다고 대답한 뒤 화제를 바꾸었다.

"당신이 여기 와서 움 칼릴이 너무 기쁘대요. 오늘 밤이나 내일 당신을 보러 온다고 했어요."

"움 칼릴이 당신네 단체를, 아라파트가 PLO 운영하는 것보다 더 잘 운영한다던데 사실인가요?" 나는 농담을 던졌다.

"움 칼릴은 정말 대단해요." 파드와가 웃으며 말했다.

"아부 하짐, 신문은 어디서 구해요?" 나는 물었다. "신문 좀 보고 싶은데."

"사람들이 신문지로 뭘 싸서 오곤 해. 그러면 그걸 보는 거지."

후삼이 참깨 빵과 타임[19] 케이크를 가지고 들어왔다.

"무리드는 아침을 안 먹는대요. 나까지 힘들게 만드네. 무리드한테 먹으라고 말 좀 해줘요."

후삼이 나를 팔레스타인 행정 사무소에 데려가 신분증을 만들어 주기로 했다. 타밈의 입국허가증도 만들어야 한다.

잠시 뒤에 아니스가 아침 식사를 들고 찾아와 세 번째로 권했다. 후무스[20]와 끓인 콩, 그리고 이번에도 참깨 빵.

"아부 알 운스[아니스], 차를 유리컵에 마실래요, 잔에 마실래요?" 아부 하짐이 아니스를 향해 물었다. 아부 하짐은 터져 나오는 웃음을 참으며, 나를 향해 짓궂은 눈길을 던졌다. 오랫동안 비밀로 해온 것을 터뜨려 버리겠다는 협박이 담긴 눈길이었다. 나는 결국 웃음을 터뜨렸다. 파드와, 그다음엔 아부 하짐이 따라 웃었다. 후삼과 아니스가 놀라서 쳐다봤지만, 그들에게 우리의 웃음 뒤에 숨겨진 이야기를 털어놓지는 않았다.

라말라에서 중학교를 다닐 때의 일이다. 글쓰기 대회에서 내가 처음으로 상을 받았다. 아부 하짐은 하시키야 중학교의 대강당에서 열린 시상식에 나와 함께 갔다. 거기서 학생들이 학과목이나 운동 종목 등 여러 분야의 상을 받았다.

학생들은 차례로 단상에 올라가 교장 선생님과 악수를 하고 상을 받았다. 파커 만년필이나 작은 가죽 가방, 책, 시계 같은 것들이었다.

내 이름이 호명되어 단상에 올라갔는데, 교장 선생님은 악수를 하고는 상을 건네주는 대신에 단상 한쪽에 있던 커다란 종이상자를 가리켰다. 내가 상자 쪽으로 가는 걸 보더니 아부 하짐이 관중들 사이

---

19 타임(thyme) : 근동 지방에서 자라는 콩의 한 종류. 혹은 그 콩을 가지고 만든 요리.
20 후무스(Hummus) : 백리향속(屬)의 식물. 잎과 줄기를 향신료로 쓴다.

에서 뛰어나와 무대로 올라왔다. 예상 밖의 큼지막한 상을 들어 올리는 나를 도와주려는 거였다. 밖에는 비가 퍼붓고 있었다. 애정 가득한 아부 하짐은 날 자랑스러워하며 우리 집이 있는 리프타위 빌딩까지 자기가 들어다 주겠다며 고집을 부렸다. 집에 도착할 무렵 우리는 온몸이 흠뻑 젖어 있었다. 우린 상자 안에 뭐가 들어 있는지 추측해 보기 시작했다.

찻잔 세트였다. 도자기 잔과 잔 받침과 주전자까지 갖춰진 48피스짜리 찻잔 세트였는데, 하나하나 직접 그린 그림으로 장식되어 있었다. 같은 건물 안에 살고 있었던 아부 하짐은 그 뒤로도 수시로 우리 집을 드나들었다. 하지만 언제나 평상시와 다름없이 유리컵에 차를 마셨다. 그러던 어느 날 친척 한 분이 어린 두 딸(어렸다고는 해도 결혼하려면 할 수 있는 나이였다)과 함께 방문했다. 갑자기 우리 집 식탁에 그 대단한 찻잔 세트가 등장했다. 그러자 아부 하짐이 차를 마시지 않겠다고 거절했다.

"나야 뭐 유리컵이면 충분한 사람이니까!"

그의 입에서 이야기가 쏟아져 나왔다. "내가 내 어깨로 짊어지고, 그렇게 퍼붓는 비를 홀딱 맞으면서 저걸 들고 왔다고! 그런데 찬장에 집어넣고 정작 마실 자격이 있는 사람한테는 꺼내 놓지도 않더니! 세상에 이런 법이 어디 있습니까!"

그날부터 그 찻잔 세트가 나오는지, 안 나오는지가 우리 어머니가 손님의 중요도를 판단하는 지표가 되었다. 하지만 전쟁이 끝나고 우리 식구들이 세계 곳곳으로 뿔뿔이 흩어지면서 어머니는 그 역사적인 찻잔 세트를 제대로 간수할 수도 없게 되고 말았다.

나는 아니스, 후삼과 함께 팔레스타인 행정 사무소 건물로 가서 '재결합' 신분증명서를 내고 30년 전 기한이 만료된 내 시민권을 살리는 신청을 했다.

아니스는 자기가 일하는 계획·국제협력부로 가야 했다. 그의 사무실은 라말라와 예루살렘 사이에 위치한 알람에 있었다. 아니스는 차를 몰고 떠났고, 내가 라말라에 있는 동안 안내해 주기로 한 후삼이 나를 떠맡았다.

우리는 행정 사무소에서 시민권 업무를 담당하고 있는 관리를 찾아갔다. 순간 나는 내 눈을 믿을 수가 없었다. 베이루트에 있는 동안 절친한 친구로 지내던 아부 사지였던 것이다. 탁 트인 성격에 관대하고 남을 잘 돕는데다 용감하기까지 한 사람이었다. 우린 마치 모든 희망을 포기한 채 헤어졌다가 마침내 다시 만나 생사를 확인한 사람들처럼 서로 꼭 끌어안았다.

"사람들 상대하는 일에 자네처럼 딱 알맞은 사람을 배치해 놓은 걸 보니 여기 일이 제대로 돌아가고 있는 게 분명하구먼, 아부 사지."

내 솔직한 생각이었다. 나는 그에게 서류들을 건넸다. 타밈이 팔레스타인에 들어오려면 출생증명서가 필요했다. 그런데 나는 그걸 가져오지 않았다. 라드와에게 보내 달라고 부탁해야 한다.

서류가 모두 준비되려면 하루 내지 이틀쯤 걸릴 것 같았다. 우리는 건물을 나섰다.

여기서 어머니는 해가 질 때까지 서서 이스라엘군 점령 책임자가 서류 쪼가리들을 내주길 기다렸다. 도하, 카이로, 베이루트, 혹은 부다페스트에 흩어져 있는 아들들이나 쿠웨이트에 있는 남동생, 아니면 암만에 모인 가족들을 만나러 갈 때마다 어머니는 입국허가서를 다시 받아야 했다. 어머니는 여기서 우리 아들들이 당신을 찾아올 수 있도록 '재결합' 허가서를 받으려고 기다렸지만 번번이 거절당했다. 라말라가 점령된 이래로 수많은 팔레스타인인들이 날마다 비통함 속에 기진해 가며 허가서를 받던 곳이 바로 이곳이다. 그 모든 문제는 아직도 복잡하게 얽혀서 다 풀리지 않은 채 남아 있다. 하지만 1967년 이후 우리가 당해야 했던 그 모든 수모를 지켜본 이곳에서, 그래도 지금은 웃음 속에 만남이 이뤄지고 있다.

하기야 이스라엘 점령하의 삶은 낙원과는 거리가 멀었으므로 그보다는 나은 것이 당연하다.

"우리 일은 우리 방식대로 하는 거지."

누가 이렇게 말하면 옆에서 누군가가 꼭 덧붙인다. "하지만 '점령' 때문에……."

그러면 아무 할 말이 없어진다.

'점령'이라는 것은 내 일을 내 방식대로 하지 못하게 만든다. '점령'은 삶과 죽음의 모든 국면에, 갈망과 분노와 욕망에, 거리를 걸을 때조차 끼어든다. 어디를 오가든 '점령'은 끼어든다. 시장에 갈 때에나, 응급실에 갈 때에나, 바닷가, 침실, 아니면 머나먼 나라의 도시로 갈 때에나.

여기서 만나 본 사람들은 한결같이, 늦게까지 밖에 머물 수 있고, 친구나 친척 집에서 진탕 놀 수 있어서 너무 좋다고 입을 모은다. 하지만 이곳에서는 그런 것도 다 일시적이다. 안전하다는 느낌도 일시적이기 때문이다.

이스라엘은 언제든 내키는 대로 원하는 지역을 폐쇄해 버린다. 자기네들이 정한 폐쇄 이유가 사라질 때까지 그 지역에 사람들이 출입하는 걸 막는다. 폐쇄의 '이유'는 언제나 있다. 그들은 도시와 도시를 잇는 길을 바리케이드로 막는다. 나는 여기 와서 '마흐숨'mahsum이라는 단어를 처음 들었다. 히브리어로 장벽을 뜻하는 말이라고 한다.

팔레스타인 사람들이 이제 막 맛보게 된 자유로운 느낌은 일시적인 것일 뿐이다. '주민'과 '송환자'를 어떻게 구분할 것인지를 놓고 토론이 한창이다. 토론은 앞으로도 오랫동안 계속될 것이다. 새로 들어선 팔레스타인 자치정부와 주민들의 관계는 아직도 불분명한 채로 남아 있다. 비르 제이트 대학 교수들 말로는 정치, 경제, 사회, 인권, 개인의 권리 등의 틀 안에서 일어날 수 있는 모든 상황을 다룰 만한 법률이 만들어질 때까지 '주민'과 '송환자'를 둘러싼 논쟁이 계속될 것이라고 한다.

내가 여기 와서 가장 먼저 만나고 싶었던 사람들이 그 교수들이었다. 그들에 대한 존경심, 이 대학에 대한 경외심을 전하고 싶었다. '점령'은 생각할 수 있는 모든 방식으로 이 대학을 벌하려 했지만, 이 대학 또한 생각할 수 있는 모든 방식으로 '점령'을 벌주었다. 내가 이 대학을 찾아간 것은 내 얘기를 하기 위해서가 아니라 듣기 위해서였다. 배우고, 기억하고, 경의를 표하기 위해서. 나는 내가 태어난 마을인 데이르 가사나를 방문하기도 전에 비르 제이트 대학부터 찾아갔다. 나는 전에 살았던 여러 나라들에서 이 대학의 학생들과 교수들을 만난 적이 있다. 그러나 그토록 잔인한 환경에서 억압받고 살면서도 희망과 낙관을 간직한 이들을 만나고 그들의 저술을 접하는 것이 내게 얼마나 기쁜 일인지를 말한 적은 한 번도 없었다.

타니아와 한나 나세르는 뛰어난 문화적 소양과 의지력을 지닌 사람들이었다. 나는 그래서 그들을 참 좋아했다. 그들은 점령 당국이 대학을 폐쇄했을 때나 명절이 되면 암만으로 왔다. 나는 그들을 자주 만나 이야기를 들었기 때문에 대학이 심한 압력을 받고 있고 재정적으로도 어렵다는 걸 알고 있었다. 새 강의실을 만들 예산을 충분히 지원받을 수가 없어서 계획조차 세우지 못한다고 했다.

나는 지금 아름다운 언덕 위에 서서 학문의 전당인 비르 제이트 대학의 오래된 건물을 바라보고 있다. 비르 제이트의 교수들과 인사차 만난 자리에서 바로 그 '주민'과 '송환자' 문제에 대한 얘기가 나오면서 토론이 길어졌다. 이 문제에 대해 말실수를 하지 않으려면 여러 가지 민감한 부분들을 다 고려해야 했다. 한번은 어느 부처를 방문했더니 국장급 간부 대부분이 베이루트와 튀니스 등지에서 귀환한 사람들이었다. 일하는 사람이 차와 커피를 들고 들어오자 한 국장이 그를 가리키며 내게 말했다. "인티파다가 낳은 사자 새끼들이지. 얘들 때문에 점령기가 더 힘들어졌다니깐!"

교정을 돌아다니며 여러 학생들, 흰 석조 건물들, 강의실을 둘러보다가 과학부 건물에 들어섰다. 입구에 있는 동판에 이 건물을 짓는 데 기여한 걸프 지역 기업가들, 디아스포라로 흩어져 나간 팔레스타인 기업가들의 이름이 새겨져 있었다. 여러 사람의 이름이 있었다. 내가 아는 이들도 있고 모르는 이들도 있었는데, 그중에는 형의 이름도 있었다. 저들 가운데 몇 명이나 이곳에 와서 동판에 새겨진 자기 이름을 볼 수 있을까? 무니프처럼, 자기 이름을 결코 보지 못할 사람들은 또 얼마나 될까?

3년 전, 암만의 우리 집에서였다. 머릿수건 아래로 보이는 젊은 여인의 얼굴은 슬픔으로 퀭해 보였다. 그녀는 어머니를 끌어안고 울다가 다른 추모객들 사이로 섞여 들어가 조용히 앉아 있었다. 친척 한 분이 낯선 그녀 곁에 다가앉아 물었다. "그런데 아가씨, 고인과는 어떤 사이신가?"

"전혀 몰라요. 한 번도 만난 적 없어요. 그냥 이름만 알고 있습니다. 그분이 제 대학 등록금을 보내 주셨거든요. 저는 지금 졸업반이

에요. 오늘 아침 신문에서 부고를 읽었어요. 거기 주소가 있기에 찾아왔어요."

그 뒤로 상을 치르는 며칠 동안 여러 학생들이 우리를 찾아왔다.

나는 매일 라말라의 거리를 걸었다. 오래된 이미지들, 오래된 리듬을 되찾고 싶었다.

새로운 순간을 살고 있는 새로운 장소에 찾아와 놓고 그 안에서 우리가 이미 알고 있는 오래된 것들을 찾으려 한다는 건 이상하지 않은가? 이방인들에게도 새롭게 보이는 그런 게 있을까? 아니면 이방인들은 과거의 얼룩으로 가득 찬 바구니를 들고서 세상을 돌아다니는 것일까? 얼룩은 지워지지만, 이방인의 손은 바구니를 놓지 않는다.

거리에서 지나치는 사람들이 나를 이방인으로 보고 있을지 궁금해졌다. 그들이 내 손에 든 바구니를 곧바로 알아챘을까?

내가 왔다는 소식을 들은 친구들이 모두 나를 만나러 와서는 시내 이곳저곳으로 데려갔다. 나는 말을 하고, 그들의 말을 듣고, 질문을 던졌다. 사건, 탐험, 여러 사람들과 그들에게서 들은 말들, 그리고 사물의 질서가 내 마음속에서 하나로 합쳐졌다. 나는 라말라의 모든 것을 내 오감으로 느끼고 싶었지만, 열에 들뜬 듯 하나의 리듬만이 메아리쳤다.

이 글을 쓰고 있는 지금 내 머릿속에 남아 있는 기억들은 아무런 질서가 없다. 질서는 중요하지 않다.

나는 데이르 가사나에 갈 날을 준비하고 있다. 내가 맨 처음 살았던 집으로 돌아갈 준비를 한다. 다르 라드, 우리 집을 볼 준비를.

데이르 가사나

데이르 가사나에서는 집마다 이름이 있다. 우리 식구들 중에 우리 집 이름의 유래를 아는 사람은 한 명도 없다. 우리 마을의 집 모두가 사람 이름을 따서 지어진 걸로 보아, 우리 집 이름인 '라드' 역시 아마도 우리 조상들 중 누군가의 이름이었을 것이다. 우리 동네에는 다르 살리, 다르 알 아트라슈, 다르 압둘 아지즈, 다르 알 사이드 같은 집 이름을 찾아볼 수 있다.[1] 그러니 '다르 라드'만 예외라고 볼 이유가 없다. 우리 집안 이름인 '알 바르구티'가 어디서 나왔는지도 우리 식구는 잘 모른다. 흔히들 팔레스타인 시골 마을에서는 제일 흔한 성姓이라고 하는데 말이다.

전통을 중시하는 어른들은 우리더러 그 이름이 '알 비르'al-birr(경건함)나 '알 가우트'al-ghawth(구원)에서 왔다고 했다. 지위와 재산에 자부심이 많은 사람들은 우리 집안의 시조 이름이 '가우트'였는데 그와 그 자식들이 가진 땅이 하도 크고 넓어 '가우트의 땅', 즉 '바르 가우트'Barr Ghawth로 불렸다가 나중에 바르구티가 된 거라고 했다.

1 다르(dar)는 '집'이라는 뜻이다.

하지만 내가 보기엔 더 합리적인 어원이 있는 것 같다. 별로 낭만적이지도 않은데다 집안의 '높은 분들'이 들으면 그다지 좋아하거나 반기지는 않겠지만. 우리 집안 이름은 단순히 '알 바르구트'al-barghout, 즉 '벼룩'에서 나왔다는 것이다. 동물이나 새, 곤충을 따서 성을 정하는 풍습은 널리 퍼져 있다. 알 파르al-Far(쥐), 알 키트al-Qitt(고양이), 알 가말al-Gamal(낙타), 알 디브al-Deeb(늑대), 알 필al-Feel(코끼리), 알 아사드al-Asad(사자), 알 니므르al- Nimr(호랑이) 같은 게 그런 예다.

1977년 초 세상을 뜬 시인 아부 살마가 생전에 카이로의 우리 집에서 저녁 식사를 함께한 적이 있다. 라드와의 배가 불러 있을 때였다. 그는 한집안에 첫 번째 아이가 태어난다는 것이 어떤 의미인지, 얼마나 놀랍고 특별한 경험인지에 대해 이야기를 하다가 우리더러 아이 이름을 정해 놓았느냐고 물었다. 라드와와 내가 미리 정해 둔 이름이 있긴 했지만, 나는 그 말은 하지 않고 그에게 "고상하고 멋지고 기분 좋은 이름으로 하나 지어 주세요."라고 부탁했다. "여자애 것 하나, 남자애 것 하나를 지어 주시면 그걸로 할게요."

그는 생각에 생각을 거듭하더니 나를 향해 고개를 돌렸는데, 눈에는 짓궂은 웃음이 가득했다. "무리드, 이름 뒤에 '알 바르구티'가 붙을 텐데, 고상하고 멋지고 기분 좋은 이름이 어디 있나?"

내 이름은 이 나라 저 나라를 옮겨 다닐 때마다 평가가 바뀌었는데, 개중엔 나쁘지 않게 바라보는 경우도 있었다. 부다페스트의 세계민주주의청년연맹World Federation of Democratic Youth, WFDY에 근무하는 동안에는 일 때문에 여러 나라를 돌아다녔는데, 그때 만난 스페인과 이탈리아 친구들은 나를 듣기 좋게 '알바르기티토'Albarguitito라며 라틴식으로 불렀다. 이 말을 들을 때마다 나는 속으로 '아부 살마, 당신이 좋지 않다 했던 이 이름이 지금 뭐라고 불리는지 들어 보셨어야 하는데.' 하고 생각했다. 나는 친구들에게 내 이름이 벼룩이라는 단어와 연결돼 있다는 얘기도 해줬는데, 결과적으로는 그래서 친구들과 더 친해졌다.

어느 여름엔가는 쿠바의 아바나에서 연맹 회의가 열렸다. 내 헝가리 친구 릴라는 다섯 가지 언어를 하는데다가 어릴 적에 이곳에서 자랐다. 릴라는 나를 보데히토 카페에 데려갔다. 시내 중심가에 있는, 작지만 인기 있는 카페였는데 모히토를 팔았다.

"릴라, 모히토가 뭐야?"

"헤밍웨이가 즐겨 마신 음료야. 이 카페에 와서 그걸 마시곤 했대."

"그런데 천장에 우리 머리 위로 매달려 있는 저 의자는 뭐야?"

릴라는 자리에서 일어서더니 붉은 셔츠의 깃을 올리고 열변을 토했다. "헤밍웨이가 여기 보데히토에 모히토를 먹으러 와서 앉았던 의자인데, 릴라의 초대를 받아 멋진 시간을 보내려고 여기 온 알바르기티토는 온갖 질문으로 머리를 아프게 만드네!"

"브라보!"

나는 박수를 치고 다시 물었다. "그런데 말이야, 알 바르구티라는 이름 귀엽지 않아?"

"너무 좋아할 것 없어." 그녀가 말했다. "내가 살림 알 타미미한테 바르구티가 무슨 뜻이냐고 물었더니, '모기'보다 별로 나을 게 없는 말이라고 하던데, 뭐."

바르구티 일가는 자기네 딸을 다른 씨족에게 시집보내지 않았다. 그렇다 보니 우리 씨족은 점점 커져 갔다. 1963년이 되어서야 씨족의 수장인 오마르 알 살리 알 바르구티가 딸들을 다른 집안 남자들에게 시집보내도 좋다고 허락했다. 우리 일가 남자들의 경우는 다른 집안에서 데려온 신부와 결혼할 수 있었지만, 그래도 보통은 바르구티 집안 여자하고 결혼하는 걸 더 선호했다.

바르구티 집안사람들 중에는 우리 가문 사람들이 가진 유머 감각과 재치, 말솜씨 등을 진짜로 자랑스럽게 여기는 이들도 있다. 그런가 하면 아부 라샤드처럼 우리 가문이 땅을 가지고서도 아무것도 못하는 가망 없는 사람들인데다 과거의 지위를 잃고도 아무렇지 않게 생각한다며 투덜거리는 이도 있다. 아부 라샤드는 우리 가문이 별 볼 일 없는 수다나 떨려고 태어난 사람들이라고 비아냥거린다. 마을 전체를 갖고도 말을 타고 경중거리며 다닐 뿐 자동차를 살 생각은 결코 못 하는 인물들이라는 것이다. 돈은 가졌지만 시대에 맞춰 생활 방식을 바꾸지는 못한다는 뜻이다. 세 번째 부류의 바르구티는, 이들 양편을 다 비웃는 사람들이다.

바르구티 집안은 데이르 가사나의 중심부, 그리고 라말라 북쪽 언덕 기슭의 바니 제이드Bani Zeid라는 일곱 마을에 살고 있다.

우리는 다르 라드로 갔다. 네모난 넓은 마당에 삼면이 방들로 둘러싸인 큰 집이다. 나머지 한쪽 면은 마을 광장과 이어진 모스크[이슬람 사원]의 뒷벽이다. 위에서 이 집을 내려다본다면 마당을 둘러싼 방들의 시멘트 돔 천장을 볼 수 있을 것이다. 밑동이 굵은 커다란 무화과나무가 안뜰과 집 위로 가지를 드리우고 있다. 이 나무가 우리 할아버지들과 아버지들을 먹여 살렸다. 우리 마을에, 이 맛난 무화과 한 번 먹어 보지 않은 사람은 없다.

다르 라드의 문밖으로는 경사진 아래쪽으로 펼쳐진 드넓은 올리브 밭이 보인다. 올리브 나무 사이를 가로지르는 길들은 비옥한 계곡으로 내달으면서 점점 거칠어진다. 에인 알 데이르'Ein al-Deir는 '물이 샘솟는 곳'이라는 뜻 그대로 계곡에 물을 대어 주는 원천인 동시에, 마을 사람들의 삶이 담긴 이야기의 원천이기도 하다.

나는 아부 하짐, 아니스, 후삼, 아부 야쿠브, 와심과 함께 데이르 가사나에 도착했다. 우리가 탄 자동차가 집 앞에 당도했을 때는 한낮이었다. 나는 문지방을 넘어 들어갔다. 움 탈랄 숙모와 포옹하면서, 어깨 너머로 무화과나무를 찾았다. 하지만 내 기억 속에 붙박이처럼 새겨진 나무는 그 자리에 없었다.

"숙모, 무화과나무는 누가 잘랐어요?"

나무 대신 내 눈에 들어온 것은 커다란 시멘트 더미였다. 무화과나무가 잘려 나간 자리에 밑동만 남아 땅에 붙어 있었다.

이웃들에게 인사를 하긴 했지만 아는 사람이 아무도 없다. 숙모는 다르 라드에 살 때 우리 식구들이 지냈던 오른쪽 방으로 나를 이끌었다. 그제야 좀 홀가분해졌다.

다르 라드가, 다르 라드에 대한 나의 이야기를 거부하는가?
지금 만나는 우리는 헤어졌을 때와 같은 우리일까?
그대는 그대인가? 나는 나인가?
나그네는 자신의 자리로 돌아 왔을까?
그곳으로 돌아온 것은 나그네 자신인가?
우리 집!
지친 저들의 이마를 쓰다듬어 줄 이 누구일까?

우리 어머니가 여기서 나를 낳으셨다. 나는 여기 이 방에서 태어났다. 이스라엘이라는 나라가 탄생하기 4년 전이었다.

온통 하얀 방은 크고 천장도 높다. 모스크나 교회당처럼 네 귀퉁이에 기둥들이 솟아 가운데의 돔에서 만난다. 우리 가족, 외할머니인 시티[2] 움 아타, 우리 아버지와 어머니, 무니프와 나 무리드, 그리고 마지드와 알라아가 옛 시절을 여기서 보냈다.

누군가가 벽을 터서 작은 문을 냈다. 그 문으로 이어진 곳은 원래 돌아가신 이브라힘 삼촌의 방이었는데, 지금은 삼촌의 부인인 움 탈랄 숙모의 방으로도 이어져 있다. 이 집에 살던 우리 일가 다섯 가족들 중에 여전히 남아서 살고 있는 사람은 움 탈랄 숙모뿐이다.

숙모는 마당 전체에 나무를 심었다. 포도, 꿀사과, 귤, 살구, 자두, 양상추, 파슬리, 양파, 마늘, 박하. 사람들은 다시 우리 식구를 '다르 알 투르'Dar al-Tur(황소네 집)라고 부를 것이다. 예전부터 다르 라드 식구들은 황소라고 불렸는데 그 이유 역시 아무도 모른다. 처음에 우리 집을 황소네 집이라고 부르는 걸 듣고 와서 부모님께 얘기했더니, 부모님은 앞 글자를 바꿔 '다르 알 누르'Dar al-Nur(빛의 집)라고 했다. 하지만 '황소네'라는 별명은 아직까지도 우리 식구들을 따라다닌다.

"난 이제 늙고 기운도 없어졌어. 몇몇은 떠나고, 몇몇은 죽었지. 아가, 그러니 무화과를 딴들 내 그걸 누구에게 먹이겠니? 따는 사람도, 먹는 사람도 없어. 무화과가 말라붙어 쓰레기처럼 마당에 떨어질 때까지 나무에 붙어 있는 거지. 그걸 보다 보니 마음까지 지쳐서 내가 잘라 냈다."

삼촌이 돌아가신 뒤에도 움 탈랄 숙모는 여전히 다르 라드에 살고 있다. 혼자서. 오후가 되자 숙모네 안마당에는 데이르 가사나에 남겨진, 숙모 또래 과부 마흔아홉 명이 모여든다. 저들의 남편과 아들딸은 산지사방으로 흩어졌다. 무덤으로, 이스라엘의 구금 시설로, 일자리와 저항운동 조직으로, 순교자 명단으로, 대학으로, 가깝고 먼 여러 나라로. 먹고살 거리를 찾아 캘거리[3]에서 암만으로, 상파울

2 시티(Sitti) : 주로 이집트에서 쓰이는 아랍어 방언으로 나이 든 여성을 가리킨다.

루에서 제다[4]로, 카이로에서 샌프란시스코로, 알래스카에서 시베리아로.

어떤 이들은 기도용 깔개를 떠나지 않고, 어떤 이들은 위스키를 입에서 떼지 않는다. 어떤 이들은 세계 곳곳에 있는 대학에서 가르치거나 공부를 하고, 어떤 이들은 전사가 되기 위해 떠난 뒤 다시는 돌아오지 않았다. 어떤 이들은 의약·공학·항공·상업 등의 분야에서 전문 직업인이 됐다. 걸프 국가들에서 일하는 사람들도 있고 유엔에서 일하는 사람들도 있다. 어떤 이들은 자선단체의 도움으로 연명하고 어떤 사람들은 자잘한 사기를 치며 살아간다.

여기 사람들은 모두 올리브와 그 기름으로 먹고산다. 아직 일할 수 있는 이들은 늘 그래 왔듯이 남자나 여자나 할 것 없이 들에 나가 일한다. 하지만 가장 중요한 수입원은 걸프에 일하러 나가 있는 아들과 손자와 남편이 보내오는 돈이다. 이주해 나간 사람들은 신분증명서나 재결합 허가증을 가진 이들이 팔레스타인으로 돌아갈 때 그 편에 돈을 부치거나, 라말라와 암만의 은행을 통해 송금한다. 걸프전 뒤에 팔레스타인인 수만 명이 쿠웨이트에서 쫓겨나자 이 마을에서도 여러 집이 그 영향을 받았다.

라얀 이븐 아흐마드는 쿠웨이트에서 '막타바트 알 라비'(봄 서점)라는 작은 책방을 운영하고 있었는데, 걸프전 뒤 데이르 가사나로 돌아와서는 양을 치고 있다. 어떤 이들은 돌아와서 조그만 땅뙈기에 집을 짓고는 그동안 모아 둔 저금을 까먹고 산다. 민간 분야든 공공 분야든 쿠웨이트의 여러 분야에서 일하던 이 마을 출신들은 그곳에

---

3 캘거리(Calgary) : 캐나다 앨버타 주 남부에 있는 도시.

4 제다(Jeddah) : 사우디아라비아 서부 홍해에 면한 도시.

서 '데이르 가사나 기금'이라는 것을 만들어서 도움이 필요한 고향 사람들을 도왔다. 하지만 모두가 그곳을 떠나게 되면서 기금도 끝나 버렸다.

파트마 빈트 아부 세이프는 아주 강단 있는 여성으로, 일흔 살 나이에 몇 년간 움직이지 않던 고장 난 착유기窄油機를 고치기로 마음먹었다. 그 덕에 사람들은 다시 올리브기름을 짤 수 있게 됐다.

아부 하짐은 자기 집 다르 살리흐의 2층을 후삼에게 내줘 컴퓨터 교육 센터를 세울 수 있게 했다. 후삼은 컴퓨터 세 대를 사고 데이르 가사나의 소년 소녀들에게 컴퓨터 기술을 가르칠 전문가 한 명을 데려왔다. 맨 처음 교육받은 그룹이 2주 뒤에 졸업하기 때문에 두 번째 그룹을 받을 준비를 하고 있다고 후삼은 말했다.

이스라엘이 치안에 중요한 구역이라고 판단한 지역의 주민들은 마을 외곽 어디에서든 일을 할 수 없고 건물을 지을 수도 없다.

67년 이후 나는 올리브기름을 사야 한다는 게 정말 고통스러운 일임을 깨달았다. 그때까지 우리 마을에서는 집집마다 올리브기름이 있었다. 마을 사람들 누구도 올리브나 올리브기름을 사야 한다고 생각해 본 적이 없었다. 사람들은 올리브와 기름을 라말라나 암만이나 걸프 지역에 내다 팔았지만 우리 식탁에 오르는 것은 밭에서 바로 따온 올리브였다. 사계절이 바뀌어도 우리 동네의 기름 짜는 곳이나 기름 창고가 비는 일은 없었다.

팔레스타인 사람들에게 올리브기름은 이방인한테 건네는 선물, 집 떠나는 신부의 마음을 달래는 위안거리, 가을의 보답, 곳간의 자랑거리, 몇 백 년을 전해 내려온 일가족 전체의 재산이었다.

카이로에 있는 동안 나는 집 안에 올리브기름을 들이지 않았다. 그걸 킬로그램 단위로 끊어 살 수는 없었다. 우리는 단지로 무게를

매겼었다. 코카콜라처럼 조그만 초록 병에 올리브기름을 담는 건 안 될 말이었다. 하지만 추방이 길어지고 데이르 가사나로 돌아가는 것은 불가능해졌다. 주머니에 손을 찔러 넣고 동네 가게에 가서 처음으로 1킬로그램짜리 올리브기름을 사면서, 단순하지만 깊은 모멸감을 느꼈다. 데이르 가사나에서 멀리 떠나와 버린 나 자신과 대면하는 것만 같았다.

무화과도 마찬가지다. 디아스포라 이후 몇 년이 지나 그리스의 아테네에 있는 청과상에서 무화과를 발견하기까지 그것들은 내 인생에서 사라졌다. 나는 그곳 호텔에 있는 동안 매일 아침 일찍 거리로 나가 아침 식사로 무화과를 사 먹었다. 호텔 아침 식사는 한 번도 먹지 않았다.

오스트리아의 빈에서 보낸 어느 여름날, 나는 가게에서 무화과를 한 개씩 파는 걸 보고 거의 1달러를 내고 하나를 사 먹었다. 나는 라드와와 타밈에게 그 얘기를 하면서, 다르 라드의 우리 집 무화과나무에 죄를 짓는 기분이었다고 말했다. 무화과 한 개에 1달러 가까운 돈을 낸 걸 외할머니 움 아타가 알았더라면 당장 날 베들레헴으로 보냈을 거라고.

"왜 베들레헴이야?" 라드와가 물었다.

"정신병원이 거기 있거든!"

데이르 가사나에서 내가 첫 번째로 해야 할 일은 움 아들리를 찾아뵙는 것이었다. 그분 아들인 아들리는 데이르 가사나 학교의 학생이었다. 인티파다가 최고조에 이르렀을 때 이스라엘 군인들이 학교를 습격해 데모하는 학생들을 추격했다. 아들리는 닫힌 교문으로 달려갔다. 두 팔을 벌린 그의 가슴에 한 방, 머리에 한 방. 철문과 잔디에

피가 흘러내렸고, 그를 어머니에게 옮겨다 준 동급생들의 티셔츠도 피에 젖었다. 움 아들리는 그날 이후 이 세상을 등지고 외로움 속으로 완전히 침잠해 버렸다.

몇 년이 지나자 움 아들리는 아버지와 어머니, 남편을 모두 잃었다. 그녀는 오직 아들리, 외아들 아들리만을 위해 살았다. 아들리의 이름은 '순교자'로 교문에 새겨졌다. 데이르 가사나에서 가장 큰 집인 다르 살리흐는 다르 라드 오른편에 있는데 4백 년 전에 세워진 오래된 집이다. 그곳에 살아 있는 존재라고는 움 아들리뿐이다. 모두가 그녀를 떠나갔다.

오래전 불에 덴 흉터가 남아 있는 그녀의 얼굴, 촌스러운 옷차림, 굳은 손마디와 초록빛 눈에 외로움이 서려 있다. 그녀는 그 큰 집 마루에 늘 혼자 앉아 있다. 집 안을 둘러보니 잔디가 잡초처럼 자라고 있다. 2층으로 올라가는 낡은 계단은 군데군데 이가 빠졌고, 문틀 위나 어두컴컴한 안쪽 벽에까지도 어두운 시간의 흔적들이 쌓여 있다. 그녀는 어머니처럼 나를 안으며 따뜻이 맞아 주고는 차를 내왔다. 좌절감이 배어나는 시선. 그녀는 무니프 이야기를 했고 나는 아들리 이야기를 했다. 우리는 잠시 동안 이야기를 나눈 뒤 오래도록 침묵에 빠져들었다. 그 침묵은 우리 둘 다 도저히 어쩔 수 없는 것이었다.

나는 그녀의 아버지가 지냈던 위층 방을 올려다보았다. 암 아부 후세인은 마을에서 가장 마른 사람이었다. 그는 글을 읽고 쓸 줄은 몰랐지만 수학 실력은 최고여서 계산이 가장 빨랐다. 비록 직업은 아니었지만 그는 마을의 회계사 역할을 했고 푸주한 노릇도 했다. 하지만 결국에는 다른 이가 그를 대신해 셈을 하고, 그를 대신해 사람들에게 고기를 팔아야 했겠지.

그는 양을 잡기 전에 마을 사람들 모두에게 원하는 부위를 미리 물어 두곤 했다. 앞다릿살이 필요하다는 사람도 있고, 갈비뼈를 원하는 사람도 있고, 커틀릿을 만들기 위한 살코기 1킬로그램을 찾는 사람이나 다리를 필요로 하는 사람도 있을 터였다. 그는 양을 잡으면 부위별로 누가 사갈지를 이렇게 미리 확인해 놓고, 주문들을 빠짐없이 기억했다. 그러고 나서는 마을 광장에서 양을 잡아 그 자리에서 고기들을 넘기고 돈을 받았다. 잘 아는 사이라면 이름을 장부에 적어 두고 외상으로 고기를 사갈 수도 있었다.

그의 아내였던 칼라 움 후세인은 아이 열넷을 낳았는데, 거기서 딸 넷만 살아남았다. 그중 한 명이 히크미야, 즉 움 아들리다. 아부 후세인은 내가 오래도록 부다페스트에 머물고 있던 사이 숨을 거뒀다. 나는 몇 년이 지나서야 그 소식을 전해 들었다.

우리는 다르 살리흐를 나와, 루아이를 추모하러 다르 다우드로 갔다. 루아이는 마을 어귀에서 총탄 세례를 받아 숨졌다. 그의 피가 뿌려진 자리에 사람들은 시멘트로 추모비를 세웠다. 우리는 그곳으로 가서 알 파티하[5]를 외웠다. 그는 돌을 던졌고, 저들은 총을 쏘았고, 마을은 비명으로 얼룩졌다. 루아이도 아들리도 채 열여덟 살이 되지 못했다.

이제 마을 광장에 모일 시간이다.

데이르 가사나 사람들은 내가 나와서 시를 읽어 주기를 기다리고 있을 것이다. 이 마을 역사상 최초의 '문화 센터'가 오늘 문을 연다.

---

5 알 파티하(al Fatihat) : 꾸란의 첫 수라(surah). 꾸란은 모두 114개의 수라, 즉 장(章)들로 구성돼 있다. 알 파티하는 그중 첫 장이라 해서 개경장(開經章)이라 불린다. 이 수라의 첫 구절은 "알라 외에 신은 없으며 나는 무함마드가 그의 선지자임을 믿는다."이다. 모든 무슬림들은 이 구절을 암송하는 것으로 기도를 시작한다.

얼마 전 미국에서 돌아온 아니스와, 암만에서 온 후삼이 주도해서 만들어진 센터다. 그들은 바니 제이드의 이웃 마을 사람들까지 개관 행사에 초대했다.

데이르 가사나 마을의 골목길들이 어떻게 이어져 있는지 나는 하나도 기억이 나지 않는다. 라말라와 데이르 가사나 사이, 27킬로미터에 이르는 길 양옆으로 늘어선 마을들의 이름도 생각나지 않는다. 당황한 내 입에서 거짓말이 나온다. 후삼이 내게 집이나 표지판, 길, 혹은 이런저런 사건들에 대해 물을 때마다 나는 "알고 있다."라고 대답한다. 하지만 사실 나는 하나도 모른다. 이제는 알지 못한다.

내 조국에 대해 알지도 못하면서 어떻게 조국을 노래할 수 있었단 말인가? 내 시는 칭찬을 받아야 하나, 욕을 들어야 하나? 내 거짓말은 작은 거짓말일까, 큰 거짓말일까? 나 자신에게 거짓말을 해온 걸까, 아니면 다른 이들을 속여 온 걸까?

상대를 잘 알지도 못하면서 하는 사랑은 어떤 사랑일까? 우리는 왜 조국의 노래를 간직해 올 수 없었을까? 신기루 같은 찬가보다는 사실의 부스러기들이 더 힘이 셌기 때문에? 아니면 저 고고한 봉우리에서 이 골목까지 굴러 떨어져 내려왔기 때문에?

이스라엘은 팔레스타인의 신성한 목표를 갈가리 찢어 '절차'와 '일정'의 꾸러미들로 만들어 버렸다. 대개의 경우 그런 꾸러미들에 매달리는 것은 힘없는 쪽이다.

하지만 망명자에게, 그런 부재자의 사랑마저 빼버리고 나면 무엇이 남겠는가? 값비싼 대가를 치러야 하는, 바보 같은 노래들이나마 붙들고 있지 않다면 그에게 남는 것이 무엇일까? 내가 팔레스타인에 대해 알고 있는 것들조차 알지 못하는, 망명지에서 태어난 세대들은 또 어떤가?

끝이다. 기나긴 점령 기간 이스라엘에서는 이스라엘에서 태어난 세대들이, 그 반대편 팔레스타인에서는 팔레스타인을 모르는 세대들이 똑같이 생겨났다.[6] 전해들은 이야기들과 뉴스를 통해서 말고는 팔레스타인을 모르는, 망명지에서 태어난 세대들. '고국'에서 멀리 떨어진 망명지의 골목은 낱낱이 알지만 자기네 나라는 모르는 세대들. 자기 나라에서는 풀 한 포기 심어 본 일도, 무언가를 만들어 본 일도, 작은 실수 하나 해본 일도 없는 세대들. 우리 어머니들이 자식들에게 먹일, 올리브기름 적신 빵을 화덕에 굽는 모습을 한 번도 본 적이 없는 세대들. 아즈하르[7] 스타일로 경건함을 자랑하던 설교자가 에인 알 데이르의 연못에서 목욕하는 여인네들의 벗은 몸을 훔쳐보려고 머릿수건을 뒤집어쓴 채 동굴에 숨어 있는 모습 따위는 본 적도 없는 세대들. 그래, 그 설교자는 여인들이 벗어 둔 옷들을 몰래 가져다 들장미 나무 아래에 숨겨 놓고는 오래도록 여인네들을 훔쳐보곤 했었지. 아마 그의 인생에서 그보다 더 큰 유혹은 없었을 것이다. 유럽의 나이트클럽, 그의 손자들이 루뭄바 대학[8]이나 유럽 여러 나라의 도시들에서 벌인 난잡한 파티, [프랑스 파리에 있는] 피갈Pigalle과 생드니St. Denis의 섹스숍, 라스 베이루트[9]와 시디 부사이드[10]에 있는 수영

6 유럽 등지에서 이스라엘로 이주한 사람들이 아니라 1948년 이스라엘 건국 뒤 그곳에서 태어난 유대인들, 그리고 팔레스타인 밖의 난민촌이나 망명지에서 태어난 팔레스타인 후손들을 가리킨다.

7 아즈하르(al Azhar) : 이집트에 있는 이슬람 최고 권위의 교육기관. 모스크와 대학으로 나뉘어 있는데, 그중 아즈하르 대학은 세계 최초의 대학으로도 알려져 있다.

8 루뭄바 대학(Patrice Lumumba University) : 러시아 모스크바에 있는 대학.

9 라스 베이루트(Ras Beirut) : 베이루트 아메리카 대학(AUB)과 외국 시설 등이 몰려 있는 베이루트의 호화 주택가.

10 시디 부사이드(Sidi Busa'id) : 튀니스 교외의 고급 주택가. 지붕과 문에 푸른색이 칠해진 지중해풍 집들이 흰 벽에 둘러싸인 채 늘어서 있는, 유럽인에게 인기 있는 관광지다.

장조차도 그 연못가처럼 흥분되지는 않았을 것이다.

점령이 만들어 낸 세대들, 그들에게는 기억해야 할 빛깔과 냄새와 소리를 지닌 장소가 없다. 다른 누구에게보다 그들에게 속한 장소, 누덕누덕 기운 망명지의 기억을 떠나 되돌아갈 장소가 없다. 기억 속에 간직할 유년 시절의 침대, 폭신한 인형을 놓아두고 일어날 침대, 어른이 되면 더는 쓰지 않을 흰 베개를 무기처럼 들고 새된 소리를 내지르며 우당탕 몸싸움을 벌일 침대가 없다. 바로 이것이다. 점령은 공포와 핵미사일과 장벽과 경비병 들로 둘러싸인, 이해하지 못할 머나먼 대상을 사랑해야 하는 세대를 우리에게 남겼다.

오랜 점령은 팔레스타인의 아이들이 가진, 팔레스타인에 대한 생각마저 바꾸어 버렸다. 모든 추상적인 것들, 모든 절대적인 것들의 빛이 바랜 뒤에야 나는 시인으로서 나 자신을 믿기 시작했다. 그때 나는 오감의 진실함을, 특히 그중에서도 시각이라는 위대한 선물을, 정확하면서도 굳건히 남아 있는 사소한 기억들을 발견했다. 카메라의 언어는 얼마나 천재적이면서 놀라운 속성을 지니고 있는지를 깨달았던 것이다. 카메라는 자기 눈에 비친 것만을 속삭이듯 전한다. 화면에 비친 곳에서 일어나는, 혹은 과거에 일어났던 소음은 모두 지워 버린 채. 그걸 깨달은 뒤로 나는 찬가에 쉽사리 따라붙는 시들을 지우려고, 시작부터 나쁜 그것들을 지우려고 애썼다.

우린 압둘 파타의 버스나 아부 나다의 북적이는 버스를 타고 다녔다. 라말라로 볼일을 보러 나가는 부모님을 따라 새벽에 버스를 탈 때도 있었다. 그렇게 나갔다가, 해 질 녘에 같은 버스를 타고 데이르 가사나로 돌아왔다.

나는 버스 차장이라는 일에 폭 빠져 있었다. 차장은 버스 뒤쪽에 붙은 사다리에 올라 열정적으로 지붕 위에 짐들을 싣고는, 기사 옆 자리로 돌아와 내내 서서 갔다. 우리는 그를 '알 콘트롤'al-kontrol이라 불렀다. 어떤 사람들은 이집트 사투리를 흉내 내 '알 쿰사리'[11]라 부르기도 했다.

한번은 차장처럼 버스 계단에 서있어 본 적도 있다. 바람이 언덕을 타고 내려와 내 폐 속으로 시원한 들판의 향기를 불어넣어 주었다. 내 흰 셔츠는 날개처럼 부풀어 올랐다. 그 순간부터 버스 차장이 되는 것이 꿈이 되었다.

버스 계단에서 몇 분 동안 누렸던 그 즐거움을 두 번 다시 맛볼 수 없었지만 나는 그 후로도 오래도록 차장을 부러워했다. 앉든 서든 북적이는 버스 한가운데에서는, 넘실대는 언덕들 위로 펼쳐진 작은 마을들과 차창 밖으로 달아나는 올리브 들판의 풍경을 도저히 한눈에 담을 수 없었다. 데이르 가사나에서 라말라로 이어지는 그 길의 세세한 풍경을 모두 떠올릴 수는 없다. 내가 기억할 수 있는 것은 승객들이 비르 제이트와 알 나비 살레흐 숲을 지나쳐 가야 했다는 사실뿐이다.

비르 제이트 학교는 나중에 팔레스타인의 주요 대학이 됐다. 나무가 빽빽하기로 유명했던, 그 학교의 작은 숲이 할미시Halmish라는 이름의 대규모 유대인 정착촌이 됐다는 사실을 후삼에게 전해 들었다. 이스라엘은 그 숲과 주변을 에워싼 땅을 모두 빼앗았다. 그들은 그곳에 자기네 정착민들을 위해 집을 지었다. 숲으로 이어진 길은, 다른 정착촌 길들과 마찬가지로 팔레스타인인들에게는 가로막혀 이스라엘인들만 이용할 수 있다.

---

11 알 쿰사리(al-kumsari) : commissary(검표원)라는 영어 단어에서 변형된 말.

우리는 숲길을 지나 베이트 리마 마을로 들어섰다. 데이르 가사나에 이르기 전 마지막으로 거쳐 가는 마을이다. 후삼은 차를 멈춰 세우고 말했다. "여기 내려서 데이르 가사나 쪽을 바라봐. 저 산꼭대기에 마을이 걸려 있는 게 보일 거야. 완전히 그림엽서 같다고!"

마을이란, 그곳에 있는 집들만으로 이뤄진 것이 아니다. 마을을 설명할 때에는 반드시 주변을 둘러싼 것들, 들판과 샘물과 동굴과 길과 산, 마치 책으로 펴낸 것처럼 줄거리가 굳어져 있으면서도 동시에 세대에서 세대로 입을 타고 전해 내려오며 조금씩 변주되는 이야기들을 함께 말해야만 한다.

하지만 데이르 가사나는 특이하게도 거기 있는 집들로 정의되는 마을이다. 그곳의 바위는 이집트 피라미드의 바위와는 전혀 다르지만 피라미드를 연상시킨다. 예루살렘 성벽의 돌과는 달라 보이지만 사실은 같은 채석장에서 나온 돌이다. 크고 어둡고 무딘 돌덩이들. 요새라고는 없지만 집들은 요새를 닮았다. 낭만적인 것과는 거리가 멀지만 낭만이 깃들어 있다. 부자든 가난한 사람이든, 똑똑한 사람이든 바보이든, 글도 모르는 무지렁이이든 교육받은 사람이든 모두 실용적으로 지어진 그 집들에 산다. 지어진 지 수백 년은 된 집들. 입구는 거대한 아치, 지붕은 둥근 돔으로 되어 있다. 다르 살리흐에 살던 무함마드 알 아브라시가 아치로 낙타를 끌어낼 때면, 마을에서 가장 큰 짐승이던 그 녀석도 초라해 보였다.

언덕 위의 집들. 내 마음속의 집들. 나는 어린 시절의 집들 사이로 들어갔다. 시멘트로 지어진 돔, 갈라진 틈 사이로 이끼가 자라던 두터운 담벼락이 생각난다. 담과 담 사이가 얼마나 가까웠는지, 높고 푸른 여름 하늘 아래 지붕들 밑으로 이어지던 아치의 세세한 부분들까지 모두 기억난다.

“무리드! 내가 그걸 다 태워 버렸어! 그런데 또 생겨나서 자라지 뭐야. 믿어져?”

후삼은 자기네 이층집 다르 살리흐 담장을 뚫고 자라나는 야자나무 한 그루를 가리켰다. 야자나무는 들판의 대기를 향해 이파리를 내뻗고 있다.

“이게 야자나무라고! 믿어지나?”

식물들은 돌 위에서 나고 자라 수백 년을 산다. 다닥다닥 붙어 곰팡이가 피어 가는 집들을 바라보며 견고함과 힘을 느낀다. 우리는 집들 곁으로 다가갔다.

학교를 지났다. 데이르 가사나에서 가장 먼저 눈에 띄는 것은 학교다. 학교는 1920년대에 지어졌고, 바니 제이드의 여러 마을에 사는 모든 아이들이 여기서 공부했다. 아이들은 수십 킬로미터를 걸어 학교에 다녔다. 당나귀를 타기도 했다. 겨울이면 선생들이나 학생들이나 물이 넘쳐 나는 계곡을 건너다녔다.

유럽 전체를 뒤져 본들 내 말을 믿어 줄 사람이 있을지 모르겠지만, 교사들도 부모들도, 청소원과 교장 선생과 수백 명의 학생들도, 그리고 이 침묵과 고독 속에 잠겨 지금 이곳에 기대어 서있는 이방인인 나 또한 모두 한집안 사람들이다. ‘바르구티’라는!

나는 여기서 우스타즈 압둘 무티 알 살리흐 알 바르구티 선생님에게서 종교 교육을 받았다. 초등학생이던 우리는 그가 레닌이 살아있던 시절부터 공산당원이었다는 사실을, 그래서 20대 후반과 30대 초반을 감옥에서 보내야 했다는 사실을 알지 못했다. 압둘 무티는 아부 하짐의 아내인 파드와와 그녀의 남동생 후삼의 아버지였으며, 우리 친척이기도 했다.

내 출생증명서에 기록되어 있는 곳, 망명지 이곳저곳을 떠돌아다니면서 가지고 다녔던 내 여권의 '출생지' 항목을 채우고 있는 곳, 바로 이곳, 데이르 가사나다. 출생지 다음 항목은 '출생일', 1944년 7월 8일.

데이르 가사나. 내 카이로 대학 유학생 기록부에 찍혀 있는 이름, 이집트 당국의 외국인 수감자 명단과 추방 대상자 서류에 쓰여 있는 이름, 머나먼 이국땅 여러 수도의 입국 비자에 서로 다른 언어들로 적혀 있는 이름. 내가 입 밖에 꺼내기만 하면 "그래서 당신 고향은 어디라고요?" 하는 물음이 되돌아오게 만드는 이름. 내 대답을 들은 이들은 그것으로는 만족하지 못하고, 반드시 '라말라'라는 답을 듣고서야 알은 체한다.

이제 데이르 가사나가 서류들 위를 떠나 실재하는 장소로 다가오려는 참이다. 어두운 빛깔, 지저분한 길, 좁은 골목, 가시 돋친 선인장들이 죽음과 사자死者들의 틈바구니로 비집고 들어오는 묘지, 그 사이에서 실재로 떠오르는 라말라. 미나레트[12] 없는 모스크, 마을 광장 한복판에 있는 모스크에 딸린 게스트 하우스, 아치와 돔들, 들판으로 나가는 농부와 소 떼에게서 나는 냄새, 우물들. 우리 식구들이 목을 축이고 요리를 하고 몸을 씻을 수 있도록 에인 알 데이르에서부터 물동이를 머리에 이고 가는 내 외할머니 움 아타. 손님들이 우리 집 화덕에서 나온 음식을 다 먹고 나면, 우리는 물병에 물을 떠다가 손님의 손에 부어 드리도록 교육을 받았다.

데이르 가사나는 이제 관념 속의 존재, 서류 속의 존재가 아니다. 이제 마을은 추상抽象을 벗어나 나를 바라보고, 나는 마을을 가로지른

---

12 미나레트(minaret) : 모스크의 네 귀퉁이에 세우는 첨탑.

다. 조금 뒤 자동차 엔진이 꺼지고 나면, 데이르 가사나도 나를 알아볼 게다. 데이르 가사나는 거대한 괄호, 그 안에 내 30년 삶이 들어가게 될 괄호다. 잘못 옮겨져 버린 나의 삶도 그 안에 담기겠지.

하지만 거리에서 노는 아이들 중 나를 아는 아이는 아무도 없었다.

내게는 그 가벼운 떨림조차 느낄 권리가 없었다. 하지만 나는 느꼈다. 누군가 나를 아는 사람이 있었으면 싶었다. 생각에 잠긴 듯 길 저편을 따라 천천히 걷고 있는 노인조차도 나를 몰랐다. 나 또한 그를 몰랐기에, 나는 묻지 않았다. 자기 고향에 와서 낯선 여행자들과 똑같이, 이건 무엇이고 저건 무엇인지 묻고 다닌다는 건 얼마나 멍청한 짓인가?

마을 광장에 가까워질수록 떠나 버린 흔적, 버림받은 자국들이 더 분명히 눈에 들어온다. 느리게나마 이곳에도 나름의 진보가 찾아왔다. 사람들은 떠났지만 데이르 가사나에 전기가 들어왔고 지붕 위에는 텔레비전 안테나도 보인다. 골목 두어 곳에는 포장한 지 얼마 안 된 검은 아스팔트가 빛을 내고 있었다.

우리는 더 가까이 다가갔다. 버려진 집들은 침묵 속에 자신의 이야기를 웅변하고 있다. 저 안에서 아치와 문간, 지붕, 문지방, 계단들이 썩어 가는 모습이 눈앞에 그려졌다. 사실 나는, 라말라의 서글픈 변화를 목도했을 때부터 지금 데이르 가사나에서 맞닥뜨린 황폐한 풍경을 이미 예상하고 있었다. 점령이 도시를 불구로 만든 이상, 이 마을 또한 비슷한 처지가 됐을 것이 뻔했다. 점령은, 도시처럼 커지고 풍요로워지길 바랐던 마을의 꿈을 완전히 좌절시켰다.

나는 마을 어귀에 미나레트가 높게 서있는 걸 보고 모스크에 미나레트를 세웠는지 물었다. 후삼은 사람들이 새 모스크를 하나 지었다고 말했다. 다르 살리흐와 모스크와 다르 라드의 벽에는 하마스의 구호를 적은 붉은 글씨들이 지금도 선명했다. 광장에는 학교의 한 귀퉁이가 남아 있었다. 학교는 오래전 부서졌지만 남아 있는 일부분은 아름답게 잘 보전돼 있었다. 이탈리아 좌파 단체 한 곳에서 기금을 기부해 이곳에 보육학교를 세우려 한다는 얘기를 들었다. 땅 주인들 사이에는 분란이 일어났다. 그들은 학교 건립 프로젝트를 두려워하면서 외국 단체의 목적을 의심하고, 그 계획을 무산시키려고 했다. 사람들은 여러 가지 이유를 들어가며 계획을 추진하려는 이들을 비난했다.

땅 소유권을 가진 지주의 상속자들 수십 명은 세계 곳곳에 흩어져 있고, 의견도 갈려 있다. 심지어 자기네가 데이르 가사나 땅을 받았는지조차 모르는 이들도 있다. 이 마을의 땅과 집과 올리브 밭을 한 뙈기라도 가진 사람들을 몽땅 찾아내 프로젝트에 대한 의견을 묻는 것은 현실적으로 불가능하다. 하지만 재건 계획을 이야기해 주거나 계획도를 보여 주면 다들 반대는 하지 않았다.

이제, 드디어, 마을 광장이다. 데이르 가사나의 게스트 하우스, 매일 밤 남자들이 모여 앉아 수다를 떨고, 누군가를 애도하거나 결혼을 축하하고, 이웃 마을이나 먼 곳에서 온 이방인을 맞던 곳. 그곳에 들어선 순간 나는 벽 가장자리에서 흘러오는 진한 커피와 카르다몸[13] 향을 맡는다. 유수프 알 자빈은 저 귀퉁이에 앉아 리듬에 맞춰 춤을 추듯 절구에 원두를 넣고 빻았더랬다. 광장, 게스트 하우스, 지금 내 앞에 있는 이곳들이 나의 오감을 자극한다. 내 눈은 이미지가 아닌 이곳의 돌벽을 30년 만에 처음으로 다시 보고 있다.

---

13 카르다몸(cardmom) : 생강과의 다년생 식물. 향신료로 쓰인다.

그들은 몸과 옷과 흰 머릿수건과 얼굴을 가진 실재가 되어 내 앞에 서있다. 그들은 마치 '죽지 않았다'는 듯이 서있다. 그들은 망명지에서 내가 썼던 시 속에서 걸어 나왔다. 내 아버지. 암미 이브라힘. 칼리 아부 파크리. 아부 우다. 아부 탈리브. 아부 자우다트. 아부 바시르. 아부 주하이르. 아부 이자트. 아부 무티. 아부 알 우타딜. 아부 라심. 아부 세이프. 아부 아델. 아부 후세인. 여러 빛깔의 밀짚 깔개들 위로 그들이 되살아났다. 많은 것들을 잊어도, 그들은 다시는 내 기억에서 빠져나가지 않으리라.

게스트 하우스에 새겨진 이들을 만나고 싶네
풍족한 인심이 있는 곳,
얄미운 농담들이 오가는 곳,
힘센 이들을 조롱하던 곳,
밤새 토론이 이어지고
세상 모든 나라들의 소식이 오가던 곳,
발밑의 깔개는
유엔과도 같다네!

하지만 그들은 되살아나지 않았다. 마을의 이장도, 농부도. 인심 좋던 이들도, 인색한 이들도. 우리를 사랑했던 이들도, 우리를 미워했던 이들도. 좋은 이들도, 잔인한 이들도. 그들 모두 늙어 세상을 떴고, 그들이 있던 곳들도 함께 나이를 먹었다.

어린 시절의 천진난만함에서 벗어난 이래로, 나는 내 과거나 죽은 이들의 과거를 더 많이 안다고 해서 그들을 불러올 수 있는 건 아니라는 사실을 잘 알고 있다. 나는 내 어린 시절 모습 그대로의 데이르 가사나를 보고 싶은 것이 아니다. 나는 세월이 흐른다는 것이 어떤 의미인지 알고 있다. 하지만 이것은 형이상학적인 문제가 아니다. 나는 점령하에 있다는 것이 도시와 마을에 어떤 영향을 미치는지를 알고 있는 것이다.

라말라에 머물던 마지막 이삼일 동안, 나는 점령이 그 도시에 무슨 짓을 했는지를 잘 알게 됐다. 그리고 이제 데이르 가사나에서 똑같은 것을 느끼고 있다. 오랫동안 떠나 있다 돌아온 그 순간에도, 낭만적인 감상에 빠져 냉철한 이성을 잃게 되는 그 순간에도, 데이르 가사나의 지나간 과거를 향한 눈물 따위는 나오지 않았다. 어릴 적 마을의 모습을 다시 찾아보고자 하는 마음도 들지 않았다. 하지만 점령이라는 범죄에 대해 질문을 던짐으로써 나는 이스라엘인들이 이곳을 어느 정도나 불구로 만들어 버렸는지를 생각해 보게 됐다.

늘 생각해 왔던 바이지만, 어떤 종류의 점령이 됐든 점령이라는 것은 사람들의 기억 속에서 고향의 존재를 변형시키고 한 다발의 '상징들'로 바꾸어 버린다. 점령자들은 우리가 우리 마을을 발전시키지 못하게 막는다. 그래서 마을은 점령당한 도시와 마찬가지로 임시적인 공간으로 변해 버린다. 솔직히 얘기해 보자. 이 마을에서 살던 시절 우리는 도시를 갈망하지 않았던가? 작고 답답한 데이르 가사나를 벗어나 라말라·예루살렘·나블루스를 갈망하지 않았던가? 또한 그 도시들이 카이로·다마스쿠스·바그다드·베이루트처럼 커지길 바라지 않았던가? 젊은 세대들은 늘 그렇게 갈망했다.

점령은 우리를 낡은 틀 속에 가두어 버렸다. 점령이 우리에게 저지른 범죄는 바로 그것이다. 점령은 우리에게서 어제라는 가마를 빼앗았을뿐더러 내일을 빚어내는 신비로움마저 박탈해 갔다. 나는 알아브라시가 키우던 커다란 낙타를 다시 보고 싶어서 여기로 돌아온 것이 아니었다. 잃어버린 어린 시절의 값진 추억들을 되새기며 데이르 가사나의 과거를 그리워한 적은 있다. 하지만 광장에 쏟아지는 햇살 사이에서 여전히 과거에 머물러 있는 이곳을 보았을 때, 나는 마치 주인이 잃어버린 개나 장난감 강아지처럼 이 마을을 멀리 걷어차 더 나은 미래, 다가올 날들을 향해 내몰고 싶었다. "달려가!"

마을 광장

내가 낭만에 등을 돌린 것은 예술 분야의 유행 탓은 아니었다. 사람들에게서 낭만주의를 빼앗아 버리는 것은 삶 그 자체다. 삶이 우리를 지저분한 현실로 내모는 것이다.

시간이 흐르면서 파괴되는 것은 건물들만이 아니다. 시인은 상상 속에서 앞날의 파괴를 내다본다. 갑자기 나의 상상은 건물들처럼 무너져 내린다. 아직 다 사라진 것은 아니라고 생각하며 바라보는 순간 상상은 이미 영원히 죽어 버렸다. 게스트 하우스에 남아 있는 것은 상상의 부재뿐이다. 그러니 지금 나의 떨림 따위는 아무런 의미가 없다.

내가 지금 느끼는 감정이 이집트에서 17년이나 쫓겨나 있다가 마침내 입국을 허가받고 돌아갔을 때의 느낌과 비교할 수 있을지 궁금하다. 내가 오랫동안 공부하고 일하며 살았던 도시인 카이로로 돌아간 뒤에도 내 문학이 낭만주의가 될 수는 없었다. 멜로드라마의 연인들에게는 낭만주의가 제격이었겠지만.

라드와는 카이로 공항의 입국 금지 대상자 명단에서 내 이름을 지우려고 그토록 오랜 세월 청원하며 노력한 결실을 얻었다고 말했다.

나는 아무 조건 없이 그곳으로 돌아가 내 가족과 함께 살 수 있을 터였다. 나는 암만에서 모로코의 카사블랑카로 갈 채비를 했다. 매년 개최되는 작가 회의의 일환으로 열리는 아랍 시詩 축제에 참석할 예정이었다. 라드와도 이집트의 다른 문인들과 함께 그 회의에 초대받았다.

라드와는 내가 암만을 떠나기 이틀 전에 벌써 카이로를 출발했고, 우리는 카사블랑카의 호텔에서 만났다. 내가 로비로 들어서자 라드와는 동행들에게서 떨어져 나와 두 팔을 한껏 벌리고 내게로 달려왔다. 로비에서는 작가들이 모여 앉아 모로코 차를 마시고 있었다.

내 여행 가방은 아주 컸다. 그 안에는 옷들이 잔뜩 들어 있어서, 2주간 여행을 위해서라기보다는 완전히 이사하는 사람의 짐이라고 해야 할 정도였다. 우리는 날마다 타밈에게 전화를 걸었고, 아이는 아버지가 집으로 돌아와 정착할 날을 손꼽아 기다리기 시작했다.

나는 라드와에게로 돌아가는 것이 아니라, 라드와와 함께 돌아가는 것이다. 마치 그녀가 내 손을 붙들고 집으로 데려가는 것 같았다. 그들이 나를 떼어놓은 그 황망하고 기분 나빴던 가을날, 그녀와 타밈에게서 나를 갈라낸 그 집으로.

공항 밖에서는 참을성이 바닥난 듯 타밈이 안달하며 우리를 기다리고 있었다. 하지만 오랫동안 기다려야 했던 것은 거기 있는 사람들 모두 마찬가지였다.

아무튼 카이로 공항은 참을성 없는 여행자에게는 견디기 힘든 곳이다. 거기서 일하는 사람들은 다들 자기네가 일을 잘하는 줄 알지만, 바로 그 때문에 모든 것이 느리디느리게 진행된다. 관점의 문제인 것이다.

우리는 밤이 돼서야 집으로 들어갔다(이상하게도 모든 일은 밤에 일어난다. 결혼 피로연도, 걱정거리도, 즐거움도, 긴급체포와 죽음도, 환희도. 밤은 상반된 것들의 총합으로 이뤄져 있다).

우리는 그날 밤 한잠도 자지 않았다. 우리 셋은 한집에 모이기 전까지 그동안 떨어져서 보냈던 생활에 대해 이야기하느라 바빴다.

그렇게 며칠을 보내고서야 나는 깨닫기 시작했다. 누가 삶의 버튼을 다시 누르기라도 한 듯 당신이 바라는 대로 모든 일들이 돌아가기 시작했다 해서 그 즉시 환희에 젖어 드는 것은 아니다. 오랜 세월 꿈꿔 온 기쁨의 순간이 찾아왔지만 그 긴 시간 동안 당신 역시 변화를 겪었기 때문이다. 그 오랜 세월은 당신의 어깨 위에 얹혀 있다. 그 세월은 소리 없이 천천히 당신에게 영향을 미친다.

나는 다시는 돌아오지 못할 어둠 속에 무니프의 몸을 뉘인 뒤 돌아온다. 미래에 대한 두려움이 다시 어머니를 덮친다. 타밈은 모든 이집트 학생들에게 공포의 대상인 대학 입시를 준비하고 있다. 사람들이 나를 찾아왔던 그때, 나는 발코니에 걸린 빨랫줄에서 11월의 바람에 흔들리고 있던 기저귀를 걷던 중이었다. 그때 타밈은 갓 5개월 난 아기였고, 양모 싸개 속에서 젊은 부모의 얼굴과 엄마의 젖꼭지를 바라보며 아기만이 누릴 수 있는 행복감에 젖어 입술을 빨고 있었다. 이제 타밈은 어엿한 사내가 되어 콧수염과 턱수염을 면도한다. 3년 전 우리는 타밈에게 내 것보다 한 사이즈 작은 면도 용구 세트를 사줬다.

나는 부당했던 과거, 라드와와 타밈과 한집에서 함께 지내는 견고한 현재, 그리고 우리 스스로의 결심만으로는 결정할 수 없는 미래의 세 부분으로 내 기억을 나눴다. 하지만 우울한 옛 기억과 새로 찾은 안락함을 구분하기란 불가능했다. 기억은 기쁨이 가득한 영역과 고통의 영역으로 지도처럼 나뉘어 있는 것이 아니어서, 도구나 수학

계산기 따위를 써서 나눌 수가 없다. 우리 세 식구가 가진 기억의 눈금들은 서로 달랐다. 우리는 같은 시간, 같은 기억에 같은 정도로 다가갈 필요가 있었다. 부서진 과거를 다시 봉합하고 새로운 출발을 시작한다는 생각이 우리를 부대끼게 만들었다. 집으로 돌아온 것은 분명한 사실이었지만 우리 가족의 불확실한 미래와 멀리 있는 친지들에 대한 생각이 모두를 짓눌렀다.

그 전까지 우리가 견뎌 내야 했던 것이 '추방이라는 분명한 사실'이라면, 그 순간부터 우리가 참아 내야 하는 것은 '귀환의 불확실성'이었다. 우리는 그렇게 참아 냈다. 무슨 발견이라도 한 듯 우리는 한 가지 사실을 알아차렸다. 귀환하는 사람은 어깨에 짐을 잔뜩 지고 돌아온다는 것을, 예민한 사람이라면 안개 낀 부두를 헤매는 짐꾼의 구부정한 허리를 보듯 돌아온 이를 짓누르는 짐을 눈으로 볼 수 있을 정도라는 것을.

여기서 필요한 것은 느리게 가는 것이다. 과거의 진동이 잦아들어 우리가 그 기억 속에 쉴 수 있게 되기까지는 시간이 필요하다. 그러기 위해서는 마술사처럼 시간이 느릿느릿 흐르게 해야 한다. 느림은 값지다. 그 느림 덕에 우리는 부드럽게 위로받는 것처럼 느끼게 된다. 그런 감정은 일순간 갑자기 생겨나는 것이 아니다. 느리게 감으로써 우리는 새로운 것들을 받아들이는 법을 배우고, 마치 늘 그래 왔듯 새로운 환경을 자연스럽게 받아들일 수 있게 된다. 우리는 집중적으로, 하지만 천천히 새로운 삶을 받아들여야 하는 것이다.

우리는 셋이 함께 이런 것들을 배우고 있다. 우리 집은 이렇게 다시 하나가 되는 우리 가족을 지켜보고 있다. 이제는 이 집도 아침마다 우리 식구들이 구겨진 잠옷 차림으로 눈을 반쯤 감은 채 슬리퍼를 찾아 헤매는 모습에 익숙해졌을 것이다. 날마다 밤늦도록 수다를 떨다가 다음 날 아침에야 커피가 떨어진 걸 알고는 부랴부랴 누군가 나가서 커피를 사오기 일쑤다. 라드와는 내가 집에 돌아오기를 17년 동안 기다렸다. 마침내 집으로 돌아온 나는 그 17년 세월을 함께 들고 왔다. 그녀 또한 자기만의 17년 세월을 짊어지고 있다.

이집트에서 추방된 이후 간간이 카이로 체류 허가를 받을 때마다 나는 되도록 집에 오래 머물려 애썼다. 나는 이 집에 있는 것들을 지켜보곤 했다. 서가와 그 옆에 놓인 갈색 소파, 추상적인 무늬가 반복되는 커튼, 창가에 놓인 작은 탁자, 거친 밑그림, 잃어버린 구절들. 잠깐씩 돌아갈 때마다 문장의 나머지 절반이 만들어졌다. 추방당한 자에게는 문장도 절반, 모든 것이 절반뿐이기 때문이다.

추방은 당신이 속해 있던 장소에서 당신을 갑자기, 순식간에 휙 잡아채 가는 것이다. 하지만 돌아가는 것은 느리기만 하다. 그리고 당신이 발견하게 되는 것은, 소리 없이 그 자리로 돌아가는 당신의 모습이다. 귀환은 언제나 침묵 속에 이뤄지니까. 머나먼 망명지에서 보낸 당신의 세월도 귀환하는 당신을 함께 지켜보고 있다. 그 세월들도 궁금한 것이 많을 게다. 이방인은 자기 자리라고 주장해 왔던 곳에서 이제 무엇을 할 것이며, 그 장소는 돌아온 이방인과 또 무엇을 함께할 것인가?

도시와의 관계는 또 다른 얘기다. 내가 없는 긴 시간 동안 카이로의 세상은 나 없이 혼자 돌아갔다. 우정은 우정대로 제 갈 길을 갔다. 기억 속 어떤 장소들은 그 자리에 남아 있었지만 그곳들도 아주 예전과 같지는 않았다. 즐겨 찾던 찻집은 문을 닫았다. 친구들은 새 친구들을 사귀었다. 모임들이 새로 만들어진 만큼 반목도 잦아졌다. 지위, 야심, 충성심의 분포가 달라졌다. 지인들의 하루하루가 바뀌었기 때문에, 다시 돌아온 사람은 또다시 신출내기가 되어 버려 길

자리를 찾기가 쉽지 않다. 과거의 친구들이 어떤 필요와 어떤 선택에 의지해 살아가고 있는지 나는 아무것도 아는 게 없다. 같은 길목에서 함께 출발한 벗들이건만 운명은 정반대로 돌아갔다. 누구는 영향력 있는 인물이 돼있는가 하면 누구는 타고난 재주를 잃은 대신에 다른 재주를 얻었다. 누구는 언론사 편집장이 되어 있고 누구는 해외에 나가 일하고 있다. 나를 잊은 사람이 있는가 하면 내가 잊어버린 사람도 있다.

1973년 라드와는 박사 학위를 얻기 위해 미국 매사추세츠 주립대학으로 갈 거라고 내게 말했다. 좋은 생각이었다. 그녀는 떠났고, 나는 카이로의 북서부 모한디신Mohandiseen에 있는 우리 집에 남아 2년을 보냈다. 그동안 우리 집은 늘 친구들로 북적거렸다. 이미 문화계에서 두각을 드러낸 친구도 있었고, 영화계 혹은 연극이나 음악계 입문을 준비 중인 친구도 있었다. 하지만 시인이 되려는 이들이 주를 이루었다. 내 첫 번째 시집이 나온 해가 1972년이었고, 나는 여러 세대의 지식인들과 알고 지냈다. 카이로로 돌아와 보니 그 공동체는 흩어지고 없었다. 죽음 혹은 이런저런 운명들이 그들을 흩어 버린 까닭에, 우연히 길 가다가 마주치기라도 하지 않으면 1970년대의 그 사람들을 다시 만날 길은 없었다.

옛 친구들을 만난다 한들, 이미 모든 것이 달라져 있다. 부다페스트 시절 세계민주주의청년연맹 잡지 발행을 도왔던 헝가리인 친구인 주자Zsuzsa에게 언젠가 농담처럼 말한 적이 있다. "내 여자 친구들이 다 날 떠났어. 그들이 다시 돌아오게 하려면 뭘 어떻게 해야 할까?"

그녀의 대답은 언제까지고 잊히지 않을 것 같다. "헝가리 속담이 하나 있어. 식은 양배추는 다시 데울 수 있지만 맛을 똑같이 살리진 못한다는 거지."

옛 시절의 맛은 사라졌다. 나는 양배추를 특별히 좋아하지도 않는데다 인간관계를 음식에 빗대어 말하는 것도 좋아하지 않지만, 민중의 지혜 속에는 인간의 조건이 탁월하게 축약되어 있다.

잃었던 무언가를 다시 찾았을 때 온전히 기쁨만 누릴 수는 없다. 카이로 귀환은 이를 잘 보여 주는 사례였다. 놀랍게도 [카이로에 대한] 내 상상은 계속되고 있었다. 오랫동안 내 상상을 지배해 온 그 땅을 내 발로 걷고 있다는 걸 생생히 느끼고 있는 동안에도 그랬다.

새로 발견한 풍경 중에는 내가 잃어버린 것들도 있는데, 그게 무엇인지 모르겠다. 내가 밟고 있는 이 길의 풍경? 리듬? 해가 뜨고 해가 지는 모양새? 적막했던 어느 밤 듣고 싶었던, 그리고 이제는 듣게 된 발걸음 소리? 모양을 만들며 피어올라 나를 기쁘게 한, 어느 이른 아침의 한 가닥 안개? 길 가운데를 가르고 있던 가로수 행렬? 문제는 항상 똑같다. 두 개의 시간을 하나로 엮는 문제. 이뤄질 수 없는 일이다. 시간은 촘촘하게 짜인 옥양목이 아니라, 결코 움직임을 멈추지 않는 안개다.

시간은 아무리 낭만적인 사람도 차갑게 길들여 버린다. 시간은 사람을 리얼리즘으로 휘감는다.

이곳은 칼리 아부 파크리의 무덤.

여기 이 흙 속에 '왕'이 묻혀 있다. 멋진 목소리를 지녔던 거인. 그의 외모는 드골과 앤서니 퀸을 섞어 놓은 듯했다. 내가 처음 봤을 때부터 그는 입에서 파이프를 떼는 일이 없었다. 그는 파이프 안에 자기가 헤이샤heisha라고 부르는 가장 질 낮은 담뱃잎을 채워 넣고 빼끔거렸다. 우리 마을에서 파이프 담배를 피우는 사람은 그 양반뿐이었다. 그가 한번은 멋진 새 옷을 사 입었지만 즐거움이 하루밖에 가지 않았다. 입가를 떠나지 않던 파이프에서 불똥이 떨어져 옷에 구멍이 났기 때문이다. 어느 날 그는 날 보더니 "아저씨가 [1956년 수에즈전쟁이 발발했을 때] 포트사이드에 갔었단다, 아가야."라고 말했다. 나는 깜짝 놀랐다.

"포트사이드에 왜 가셨어요?"

그는 세상에서 가장 멍청한 질문이라도 들은 듯 대답했다. "그래서 포트사이드로 가야 하는 거지!"

어느 날 밤 그는 데이르 가사나 교외에 있는 알 비타라의 올리브 숲을 지키기 위해 총을 들고 나섰다. 올리브를 서리해 가는 도둑들이 있다는 얘기를 들었기 때문이다. 하지만 실수로 자기 손을 쏘는 바람에, 다음 날 검지에 붕대를 감고 나타났다.

그는 올리브 철에 벌어들이는 돈으로 먹고살았다. 그나마 얼마 안 되는 돈마저 남들에게 다 나눠 주어, 거의 1년 내내 주머니 속에 1피아스터[14]도 없이 지냈다. 아저씨는 부인인 칼티 움 파크리랑 같이 있을 때보다는 친구들하고 있는 것을 훨씬 편하게 여겼다. 아주머니는 아저씨가 너무 헤프다고 심하게 잔소리를 했기 때문이다. 한번은 아주머니가 멀리 갈 일이 있어 집을 비웠다. 아부 파크리는 온 동네 아이들을 불러 모아 아주머니가 간직하고 있던 손주들 옷가지를 모두 나눠 줬다. 아내가 돌아오자 그는 도둑이 들어서 자기를 꽁꽁 묶어 놓고 옷들을 훔쳐 갔다고 말했다. 하지만 눈치 빠른 아주머니가 그 말을 믿을 리 없었다. 이 일은 두고두고 가족 사이에 회자됐다.

칼티 움 파크리는 유독 키가 작았다. 특히 아저씨 옆에서 같이 걸어갈 때면 그 차이가 두드러졌다. 부부가 암만에 나갔다 집으로 되

---

14 피아스터(piaster) : 이집트·시니아·레바논·리비아·수단 등 중동 국가들의 화폐단위.

돌아올 때의 일이다. '다리'에서 먼저 아저씨가 이스라엘 경비병에게 서류를 내고 심사를 받았다. 병사는 아저씨더러 다 됐으니 지나가라 했고, 아저씨는 꼼짝도 않은 채 움 파크리를 가리키며 아내를 기다려야 한다고 말했다. 이스라엘 병사는 거인 아부 파크리와 그 아내를 보더니 더듬거리는 아랍어로 체류 기간을 물었다. "얼마나 오래 마담과 같이?"

"50년[결혼 기간을 대답한 것]이야, 하와자.[15]"

병사가 웃었다. "엉터리!"

"여보, 이거 봐. 이 친구가 나를 알아보네?"

글을 쓸 줄 알게 됐을 때 나는 아저씨에게 편지를 썼다. 우리 친척들 중에서 내가 가장 좋아했던 사람이 그였다. 아저씨는 내가 부다페스트에 있을 때 숨을 거뒀다. 그의 아이들은 사우디아라비아·요르단·오스트리아·아랍에미리트·시리아 등지에 흩어져 있었다. 그의 집에는 지금 아무도 남아 있지 않다.

나는 아저씨와 그의 아들 파크리를 애도했다. 파크리는 아버지랑 꼭 닮아서, 인심 좋고 즉흥적이고 늘 유쾌했다. 농담을 잘하고 경구도 잘 썼다. 사용하는 어휘들이 하도 독특해서, 그와 이야기하다 보면 누구든 쉴 새 없이 웃음을 터뜨렸다. 내가 부다페스트에 있을 때는 파크리가 아내 수아드, 어린 딸 몰리와 함께 우리 집에 놀러 오기도 했다. 그리고 두어 해 뒤 그는 사우디아라비아에서 사망해 거기 묻혔다.

여기는 농부이자 이발사이자 다브카 춤의 달인이었던 유수프 알

---

15 하와자(hawajja) : 아랍인들이 외국인(주로 백인)을 가리킬 때 쓰는 말이다. 'Mr.'나 'Sir'와 같은 경칭이 되기도 하지만, '이방인 친구', '흰 친구' 식으로 낮춰 부르는 표현으로도 쓰인다.

자빈의 가게. 게스트 하우스와 이어져 있던 한쪽 벽은 무너졌고, 지붕도 내려앉았다. 입구는 돌무더기로 막혀 있다.

좀 더 가까이 갔다.

이웃인 움 나즈미의 땅이던 아몬드 농장, 우리 어린아이들이 커다란 아몬드 나무에서 열매 한 알이라도 집어 가는 건 눈 뜨고 못 보셨던 그분의 농장은 묘지로 바뀌었다. 나는 움 나즈미의 초상 아래에서 내 시 "카시다트 알 샤하와트"Qasidat al-Shahawat(식욕을 위한 시)를 읊으며 용서를 빈다.

> 서리를 하고 싶은 우리 안의 동심이
> 미끄러져 나와 저 불쌍한 늙은 아낙의 농장으로 향하네.
> 물에 젖은 비스킷 같던 여인의 얼굴,
> 그녀의 농장으로 아몬드를 훔치러 가네.
> 우리를 보지 못할 테니 즐겁고,
> 들키면 달아날 수 있으니 더 즐겁고,
> 행여 누구 하나 붙잡히면
> 사탕수수 막대기로 매질당하는 걸 볼 수 있으니 더 즐겁고.

점심을 먹고 나서 아니스는 자기 집에 가서 잠시 쉬자고 했다. 우리는 무너진 통로를 따라 방들이 늘어서 있는 커다란 집으로 들어섰다. 건물에서 떨어져 나온 잔해들이 입구에 언덕처럼 쌓여 거치적거렸다.

여기엔 여자라고는 샤히마와 자그룰라밖에 없다. 두 분 다 일흔이 넘었고, 결혼한 적이 없다. 둘 다 키가 작았지만 자그룰라가 샤히마보다 좀 더 작았다. 이제는 개성이 되어 버린 주름이 얼굴에 가득했다. 두 분은 이 드넓은 폐허 속에서 각각 따로 지내고 있고, 앞으로도 서로에게 말을 거는 일은 없을 것이다. 하도 오랫동안 서로를 거부한 채 지내다 보니 반목이 영원히 굳어져 버렸다. 이 집 통로가 무너졌을 때 아부 하짐은 암만에 있는 친척에게 "그 노인네들은 헬기로 드나드나 봐!" 하고 농담을 했을 정도였다.

아니스는 미국에서 돌아와 자기가 들어가 살 수 있도록 그 집의 방 하나를 수리했다. 열기 속에 지쳐 갔을 그의 감정이 내게도 전달돼 왔다. 나는 셔츠를 벗고 맨살로 차가운 마루에 누웠다. 십자가에 못 박힌 예수상처럼 두 팔을 벌린 채 나는 그대로 잠에 빠져들었다. 사람들이 시 낭송을 들으러 광장에 몰려드는 소리를 듣고 잠에서 깨어났다. 어떤 시를 읽어야 하나?

시 낭송을 하기 전이면 나는 예외 없이 나 자신에게 똑같은 질문을 던진다. 게다가 지금 이 낭송회는 그 자체로 예외적인 것이 아니던가. 무대 위에서 청중과 대면하기 전 마지막 순간까지 선택하지 못해 망설이는 내 버릇에 오늘도 몸을 맡겼다.

시를 쓰는 순간에는 청중이 정해져 있지 않다. 하지만 낭송을 부탁받을 때에는 청중이 정해져 있다. 특정한 청취자 집단. 이것만으로도 선택은 쉬워진다. 특별히 '그들'을 위해 쓴 것은 아니지만, 특별히 '그들'을 위해 읽어 줘야 한다는 것을 나는 안다. 늘 이 원칙에 충실했고, 청중과 나 사이에서 튀어 오르는 불꽃을 따랐다. 나도, 청중도 불꽃을 함께 느꼈다.

카이로·암만·튀니스·모로코에서 가졌던 낭송회가 기억난다. 하지만 오늘밤엔 어떻게 해야 할지 모르겠다. 사람들이 정말 내 시를 듣고 싶어 하는 걸까? 혹시 무사히 돌아온 나와 인사라도 나누면서 앞으로 어떻게 하려는지 알고 싶어서 오는 건 아닐까? 나는 마지막 순간으로 시 선택을 미룬 뒤 게스트 하우스 밖에 설치된 작은 연단으로 올라갔다.

이런저런 얼굴들. 죽음이 머잖은 듯한 노인들과 어찌어찌 이 자리에 앉아 있게 된 젊은이들. 그 뒤에는 마흔아홉 명의 과부들과 할머니들, 아줌마들이 앉아 있다. 애들은 마을 광장이 갑자기 극장으로 변한 것에 놀라 쉬지 않고 주위를 뛰어다닌다. 후삼과 아니스의 말에 따르면 1949년에 마을 젊은이 몇 명이 광장에 있는 모스크 지붕 위에서 연극을 공연한 적이 있었다고 한다.

나는 연단으로 올라가기 전에 청중들 주위를 한 바퀴 돌면서 한 명 한 명과 악수를 나눴다. 남자들, 여자들, 아이들. 어떤 사람들은 날 알아봤고, 어떤 이들은 무니프를 기억했다. 우리 아버지는 모두가 기억하고 있었다. 사람들은 아버지를 알 하눈al-Hanun(온순한 사람)이라 불렀다. 아니스와 후삼은 조심스럽게, 상황을 잘 살펴 가며 내가 잊어버렸을 법한 사람들의 이름을 일러주었다. "이쪽은 아부 알 아푸 아저씨 아들인 알 아푸야." 후삼이 말했다. 나는 따뜻하게 알 아푸의 손을 잡고 흔들었다. 자기 아버지를 닮아 금발 머리에 키가 크고 잘생긴 청년이었다. 나는 한 세대 전에 이 광장에서 열렸던 알 아푸 아버지의 결혼식에 왔었다.

"그러니까 자네가 아부 알 아푸의 아들이로구먼."

그 순간, 과거에서부터 날아온 장면들이 내 앞에 늘어섰다. 젊은 무니르 아부 자키는 마른 몸에 얇은 흰 셔츠를 입고 있었다. 훗날 아부 알 아푸가 되는, 아부 자키의 형 파크리의 결혼식 날이었다. 아부 자키는 결혼식의 다브카 댄서들 앞으로 나를 잡아끌었다. 마을 소녀들은 모스크 지붕을 테라스 삼아 모여 앉아서 노래를 부르고 손뼉을 치며 즐거워했다. 춤추는 소년들은 여자애들이 보이는 쪽으로 방향을 잡으려고 난리들이었다. 하지만 아부 자키는 자기 혼자만 테라스를 바라볼 수 있도록, 소년들이 모스크를 등지고 서게 했다. 아부 자키가 무용수 대장이었기 때문에 사내애들은 그의 발끝만 내려다볼 수밖에 없었다.

그 결혼식을 구경하던 때만 해도 어린아이였던 나는 지금 이 마을 역사상 처음으로 벌어지는 시 낭송회에서 시를 읽기 위해 이 광장에 서있다. 춤추던 사람들은 진작 흩어졌는데 아부 자키의 춤이 왜 그리 오랫동안 내 기억 속에 남아 있었는지는 나도 모르겠다. 아부 자키는 샤르자[16]로 떠났고, 아부 알 아푸는 죽었다. 우여곡절 끝에 나는 데이르 가사나를 떠나 라말라를 거쳐 카이로, 쿠웨이트, 베이루트, 결국엔 부다페스트로까지 흘러갔다. 부다페스트에서 나는 그 결혼식 장면들을 떠올리며 "윙크"라는 시를 지었다.

나는 데이르 가사나의 광장에 서있고, 내 뒤편은 게스트 하우스의 담이었다. 내 왼편은 다르 살리흐, 오른편은 모스크의 담장. 내 앞에는 우리 집, 다르 라드의 담이 있다.

무니프의 몸이 이곳을 채운다. 유령이나 기억 같은 것이 아니다. 원래 키 그대로의 무니프 자신, 안경, 하얀 얼굴, 부드러운 머릿결이 이 무너진 광장을 채운다. 형이 재건 계획과 연구를 맡았던 곳. 형은 이 광장에 노천극장과 공방工房을 만들고 싶어 했다. 간호학교와 농업대학을 세우고 싶어 했다. 이곳의 아치, 돔, 문 들을 새로 꾸며 예전의 영광을 되살리려는 계획도 세웠다.

한번은 형과 함께 프랑스의 이부아르 마을에 갔었다. 나는 그곳에서 느껴지는 연륜과 아름다운 꽃들, 풍요로운 문화생활에 폭 빠졌

---

16 샤르자(Sharjah) : 아랍에미리트를 구성하는 일곱 개 에미리트(토후국) 중의 하나.

다. 그러자 형은 말했다. "데이르 가사나도 우리가 잘 돌보기만 하면 이곳처럼 될 거야. 아니 더 좋아질 거야."

그래. 나를 둘러싼 모든 것, 내 안의 모든 것이 형을 위한 애가를 부를 때라고 말하고 있다. 형을 다시 이리로 데려오고 싶었다. 나의 언어로, 형을 내 곁으로 불러오고 싶었다.

어머니 같은 사람.
어머니 없이 살아가야 하는 그 처지 때문에,
어머니를 그늘지게 만들었던 사람.
어머니의 웃음을 보고 싶다며,
슬픈 실 가닥들이 꼬여 있는
어머니의 양털 외투를 싫어했던 사람.
그의 삼나무 가지를 감히 꺾은 것은 누구인가?
그의 어깨 위를 떠돌던 떨림을
감히 공기 속으로 흩어 버린 것은 누구인가?
도와 달라던 그의 마지막 아름다운 울음을 짓밟은 것은 누구인가?

나는 "바브 알 아무드"[17]를 비롯한 짧은 시 몇 편을 읽었다. 청중들은 감동을 받았다. 사람들은 웃기도 하고 슬퍼하기도 했다. 그들의 느낌이 강하게 전해져 와 나를 에워쌌다.

오슬로 협정 이후 인티파다는 중단됐지만, 인티파다의 구호들은 곳곳에 남아 있었다. 분필이나 페인트로 적힌 구호들이 모스크와 다

---

17 바브 알 아무드(Bab Al-'Amud) : 예루살렘 구시가지에 있는 일곱 개의 문 가운데 가장 큰 문. '기둥의 문'이라는 뜻으로, 이슬람 성지인 알 아크사 모스크로 이어져 있다. '다마스쿠스 문'이라고도 불린다.

르 라드를 비롯한 모든 벽을 뒤덮고 있었다. 대부분은 하마스의 구호였다. 정치에서 벌어지고 있는, 정치인들이 저지르는 재앙에 대한 생각이 떠올랐지만 지금은 시를 읽는 자리다. 그런 생각들은 마음대로 흘러가게 놔두자. 마음속 비통한 잔해들과 함께 생겨났다 사라지게 놓아두자.

이제 이 사람들에겐 비통함 따위는 필요 없다. 그래도 삶은 지속된다는 것을, 희미하게나마 시 속에 적어 두자꾸나. 나는 사람들에게 아부 알 아푸의 결혼식 이야기를 했다. 나는 어디 있는지 모를 무니르 아부 자키에게 내 시를 바쳤다.

결혼식장에서 만난 그녀의 윙크에
소년은 미쳐 버렸다네!
마치 부모님이나 그 밤,
그리고 젊은이들의 어깨는 슬픈 다브카 속으로 사라져 버린 듯했지.
친척들도 촌장님도 보이지 않았어.
소년은 홀로 춤을 이끄는 춤꾼,
그가 손수건을 흔들면 온 밤이 흔들렸고,
소녀에게서 나온 빛이 소년을 비추었고,
온 마을엔 소녀뿐이었지.
소년은 오른손을 한껏 내뻗었다네.
두 번이고 세 번이고 손수건을 흔들었다네.
소년은 어깨에 정령들을 올려놓았다가 내쳤다네.
무릎 위에 정령들을 올려놓았다가 내동댕이치며 다리를 뻗었다네.
한순간 그의 발이 땅속에 박혔다가
다른 발이 망치처럼 땅을 찍고 말뚝이 되어 박혔지.

손뼉 소리에 쓰러질 뻔했던 소녀을
플루트 소리가 일으켜 세웠네.
소년은 어둠을 움켜쥐네,
소녀의 눈빛이 밤의 탑에서 흘러나오는 욕망이라도 되는 것처럼.
오른쪽, 왼쪽으로 몸이 흔들릴 때마다 가슴과 머리에서 흘러나오는 땀,
꼿꼿이 선 등을 타고 흘러내리는 땀.
수줍은 마음속에 그 모든 것이 숨어 있네.
흰 셔츠는 어깨에서부터 가죽 허리띠까지 모두 땀에 젖어
마디마디 셀 수 있을 정도로 척추가 드러나 있네.
여기서 죽는다 해도 윙크 한 번만 더 해준다면!
평생 기다려야 한다 해도 윙크 한 번만 더 해준다면!

시라는 것이 갑자기 시험대에 오르게 되는 순간이 있다. 시나 문학에 별다른 관심이 없는 청중 앞에서 낭송해야 할 때가 그렇다. 그런 경험이 몇 년 새 두 번째다. 암만 국립 여학교의 교장이던 하이파 알나자르 여사가 열 살부터 열일곱 살 사이 여학생들 앞에서 시를 읽어달라며 날 초대했다. 원래 그 또래 애들은 시 낭송을 듣거나 책을 읽는 데는 관심이 없는 법이다. 그때 이후 이번이 두 번째인 셈이다.

지금 내 시를 듣고 있는 사람들은 내 아저씨뻘 되는 이들이다. 청중들 속에는 촌장과 농부, 목동, 어머니들, 할머니들, 교육받은 이들, 글도 못 읽는 이들, 그리고 아이들까지 섞여 있다. 시인이라곤 와본 적이 없는 마을 광장에 모두들 모여 있다.

암만의 여학교에서나 데이르 가사나의 광장에서나, 내 걱정은 곧 사라졌고 '평범한 사람들'과 내가 쓰는 시 사이의 교감에 대한 내 의구심 또한 사라졌다. 그날 저녁 행사가 끝날 무렵 나는 후삼에게 말

했다. "여보게, 그러니까 중립적인 청중이란 없는 거야." 완전무결한 청중도 없다. 모든 사람은 아무리 단순할지언정 자기만의 삶의 경험들을 갖고 있다.

전통적인 차림을 한 촌사람들 앞에서 내 시를 읽는 것은 처음이다. 청중들 중에는 여덟 살 아이도 있고 팔순 노인도 있다. 저들 중에는 시집 한 권 갖고 있지 않고, 공연장 문턱도 밟아 본 적 없는 이들이 대부분일 것이다. 1950년대에 있었던 일이다. 우리 동네 '미치광이' 압둘 와하브가 촌장 집 딸에게 반해서 애절하기 짝이 없는 사랑의 시들을 써서 보내곤 했다. 그가 알면 놀랐겠지만, 우리 꼬맹이들은 데인 알 데이르나 마을 어딘가에서 그와 맞닥뜨리기라도 하면 미친 사람이라며 겁에 질려 떨곤 했었다. 그는 아무것도 가진 게 없는 주제에 감히 촌장의 딸을 좋아한다는 이유로, 그리고 시를 쓴다는 이유로 미치광이라 불렸던 것이다!

시 읽기는 끝났고, 마을 사람들과의 토론이 시작됐다. 추방되어 산다는 것은 무엇인지에 대한, 이방인이 되는 것과 다시 돌아온 것에 대한, 정치적인 상황에 대한 물음들. 하지만 그중에서도 지금까지 내 기억에 남아 있는 것은 뒷줄에 앉아 있던 한 여성이 던진 질문이었다. 그녀는 이렇게 물었다. "고향에 돌아와서 지금까지 본 것 중에 가장 아름다웠던 것은 뭔가요?" 나는 곧바로 진심을 담아 이렇게 답했다. "당신들의 얼굴입니다." 나는 행복감과 알 수 없는 슬픔이 뒤죽박죽된 마음으로 연단에서 내려왔다. 어느새 나는 아이들에게 둘러싸여 있었다. 아이들은 연필과 습자 책, 학교 공책에서 찢어 온 종잇장들을 들고 내게 사인해 달라고 했다. 서로 떼밀며 앞으로 나오는 아이들의 눈은 어린아이다운 부끄러움과 장난기로 가득했다.

그 순간만큼은, 나를 꾸짖는 목소리에서 벗어나 순수한 행복을 느낄 수 있었던 것 같다. 하지만 내면의 목소리가 곧 나를 다그쳤다. '기다려!' 잔인하고 가슴 아픈 생각이 나를 덮친다. '무리드, 네가 데이르 가사나에 대해 뭘 알아? 네 고향 사람들은 너에 대해 뭘 알고 있지? 그들이 그동안 네가 겪어 온 것들을 알아? 지금의 너를 형성한 것들, 네 주변 사람들, 네가 선택한 것들, 지난 30년 동안 자기들에게서 멀리 떠나 있으면서 네가 했던 좋은 일과 나쁜 일을 모두 아느냐고? 그들이 너의 시에 대해 뭘 알지? 너의 언어는 어떤 면에서는 저들의 것과 똑같지만 어떤 면에서는 다르다고. 네 마음의 언어, 너의 말, 너의 침묵과 고립, 다툴 때의 언어와 만족했을 때의 언어들 말이야. 저 사람들은 네 머리가 희끗해져 가는 것도 몰라. 네 친구들이나 습관 따위에 대해서도 모르고. 또 만일 네 모든 속성을 안다고 치면, 사람들이 그것들까지도 다 좋아해 줄까? 가족의 개념이나 여성, 섹스, 문학, 예술, 정치에 대한 너의 생각들까지 모두? 이곳을 떠난 다음에 네가 어떤 나쁜 습관을 고쳤고 또 어떤 나쁜 버릇을 얻었는지 사람들은 몰라. 마당의 무화과나무를 잘라 버린 것 때문에 네가 얼마나 속이 상해 있는지도 몰라. 사람들은 라드와와 타밈도 몰라. 자기네들이 없는 동안 (혹은 네가 여기 없는 동안) 너에게 일어난 모든 일을 그들은 몰라. 넌 이제 사람들이 오래전에 봤던 초등학교 1학년 꼬맹이, 받아쓰기를 하거나 구구단을 외우러 이 광장을 가로질러 걷던 그 아이가 아니라고. 사람들이 많이들 기억하고 있을까? 어찌 됐든, 저들이 꼭 기억하고 있어야 하는 것도 아니고. 너 역시 저들이 보내온 세월을 모르잖아. 네가 기억하는 사람들의 모습은 변함이 없는 동시에, 또한 달라져 있지. 저 사람들 또한 많이 변하지 않았을까?'
움 탈랄 숙모는 예전과 달리 정치 얘기를 많이 한다. 사람들 말로는 요즘 이 마을 젊은이들이 하마스를 열렬히 지지한다고 했다. 그녀는 나보다 훨씬 더 무화과나무에 애착을 갖고 있다. 그걸 잘라 냈을 때에는, 그럴 만한 이유가 있었겠지만 나는 그걸 모른다. 숙모는 여기에, 나는 저기에 있었으니까. 아주 간단하다. 만일 내가 여기서 계속 살고 있었더라면 아마 나는 나무를 내 손으로 부러뜨리거나, 세우거나, 심거나, 잘라 버리거나 했을 것이다. 누가 알겠는가? 사람들은 여기서 자기들 나름의 세월을 보낸 것이고, 나는 저기서 나의 세월을 보낸 것일 뿐이다. 두 세월이 하나로 어우러질 수 있을까? 그럴 수 있다면, 어떻게? 세월을 합친다고 치자. 이 어린아이들, 만일 이 애들이 자기네 아버지들, 삼촌들처럼 자기네 집에서 30년 동안 저녁마다 날 봐왔다면, 낯선 시인에게 하듯이 내 사인을 받으러 왔을까?

아부 하짐은 어두워지기 전에 라말라로 돌아가자고 했다. 내가 여기 온 뒤에 이스라엘 정부는 요르단 강 서안 지구를 폐쇄해 버렸다. 이스라엘 총선 때 하마스가 뭔가를 벌일까 두려웠던 것이다. 양측의 긴장은 손으로 만질 수 있을 것 같을 정도다.

데이르 가사나와 라말라 사이의 도로는 유대인 정착촌들에 에워싸여 있다. 밤이 되면 불빛들을 통해 정착촌들의 규모를 확연히 알아볼 수 있다. 가장 큰 정착촌은 라말라 교외에 있는 베이트 일Beit Il 정착촌이다. 이것이 팔레스타인 자치정부가 직접 관할하는 A구역[18]의 경계선이다. 정착촌과 자치 지역을 가르는 도로는 팔레스타인과 이스라엘 양측이 합동 관할하는 B구역이다. 이는 사실상 이스라엘

---

18 요르단 강 서안 지구와 가자 지구는 팔레스타인 자치정부가 관할하는 자치 지역이다. 하지만 실제로는 이스라엘이 A·B·C구역으로 나눠 극히 한정된 A구역만 팔레스타인 자치정부가 직할하게 하고 나머지 지역에는 이스라엘군을 주둔시키고 있다. C구역의 경우 이스라엘군이 치안을 통제해 사실상 점령 상태가 이어지고 있다.

병사들에게 통제된다는 뜻이다. 팔레스타인의 마을과 도시를 잇는 모든 도로는 B구역이라고 한다.

아미 아부 무티의 왕국인 에인 알 데이르에는 갈 수가 없었다. 아부 무티 아저씨는 8년 동안 수로를 만들고, 관개를 해도 토양이 휩쓸려 내려가지 않도록 경사진 언덕에 다락밭을 일군 뒤 씨를 뿌리고 물을 주었다. 20세기가 시작됐을 때부터 두어 해 전 숨을 거두기까지, 아저씨는 평생토록 올리브를 거두어 부대에 담고 아부 세이프의 압착기로 옮기는 일을 했다. 아저씨는 에인 알 데이르에 이 지역 기후에서 자라날 수 있는 모든 식물을 심어 키웠다. 꿀사과, 호다리·사와디·바야디·쿠르트마니·사파리·주카리·하마디 등 온갖 종류의 무화과, 오렌지, 레몬, 그레이프프루트, 석류, 마르멜로,[19] 오디, 양파, 마늘, 파슬리, 양상추, 후추, 온갖 빛깔과 종류의 달콤한 얌,[20] 콜리플라워, 양배추, 물루키야,[21] 그리고 시금치. 아부 무티는 당아욱이나 샐비어, 카모마일, 무라르,[22] 엉겅퀴처럼 자기 손길이 닿지 않은 야생초들은 높게 치지 않았다. 그러면서도 내게는 약초의 이름이나 효능을 가르쳐 주려고 애썼다. 아저씨는 물 대기의 달인이었다. 평생을 마을 밖으로 나가 본 적이 없고 글 읽을 줄도 몰랐지만, 아부 무티는 한 방울도 낭비하는 일 없이 최대한 아껴 가면서 온 산과 온 계곡의 밭에 물을 댔다. 그는 지략이 뛰어난 농업 기술자 같았다. 그렇게 온갖 작물을 심고 가꿨지만 체구는 몹시 작아서, 언젠가 아들 무티는

19 마르멜로(marmelo) : 캅카스를 원산지로 하는 장미과 과일나무.
20 얌(yam) : 참마속의 식물로, 고구마처럼 생긴 뿌리를 먹는다.
21 물루키야(mulukhiya) : 이파리를 뜯어 먹는 채소의 한 종류.
22 무라르(murrar) : 중동 지역에 자라는 야생초의 한 종류.

자기 아버지를 가리켜 "오렌지만 한 크기에서 더 안 자랐다."라고 말한 적도 있다. "아가야, 에인 알 데이르도 다 못쓰게 됐단다." 움 탈랄 숙모가 말했다. "지금은 가시나무로 덮였어. 자칼들이 마구 돌아다니지. 가서 네 눈으로 보고 오렴." 나는 가지 않았다. 가고 싶지 않다.

내 머리는 아부 하짐 집의 베개를 베고 있다. 여행자를 맞는 또 다른 집, 또 다른 베개. 나와 공간 사이의 관계는, 사실은 나와 시간 사이에 맺어지는 관계다. 나는 시간의 조각들 사이를 옮겨 다닌다. 어떤 것은 내가 잃어버린 조각들이고 어떤 것들은 잠시 동안이나마 내가 갖고 있는 조각들, 하지만 그 장소를 오래도록 떠나 있게 되면서 결국 잃고 마는 조각들이다. 지나가 버린 나의 개인적인 시간들을 다시 붙잡으려 애써 보지만 한번 없어진 것이 다시 완전히 돌아오는 일은 없다. 예전 모습 그대로 다시 손에 잡히는 것은 없다. 에인 알 데이르 또한 장소가 아닌 시간이다. 비 오던 날 신발 위에 묻은 빗방울은 얼룩으로 남는다. 우리 눈은 이미 물기가 말라 버렸다는 것을 알지만 그 얼룩 속에서 우리는 빗방울을 본다. 어릴 적 우리는 손마디가 가시투성이가 되고 온몸이 생채기에 덮인 채로, 해 질 무렵이 되어서야 어머니가 있는 집으로 돌아오곤 했다. 지금 가시덤불 사이를 돌아다니는 짓을 다시 하라고? 아니, 내가 원하는 것은 그때 그 시절들을 다시 그러모으는 것이다. 에인 알 데이르는 무리드의 어린 시절, 농부이자 사냥꾼이었던 이브라힘의 지난날들이다. 아미 이브라힘은 네 군데 수풀 진 언덕들을 돌아다니며 덫을 놓아 새를 잡았다. 잔뜩 신이 난 그의 손가락들 사이에서 퍼덕거리던 새들. 새 사냥은 그에게는 하늘과 땅 사이를 오가는 게임이었다. 새들은 밀알만 보지 그 옆의 덫은 보지 못한다면서, 새들은 너무나도 멍청하다고 내게 말하곤 했다. 그때 나는 대여섯 살밖에 되지 않았다. 그는 새들이 얼마나 멍청한지 내가 눈과 귀로 알 수 있도록 보여 준 다음에, 모든 걸 이해하기엔 내가 너무 어리다는 것을 강조하면서 끝을 맺었다. "사람들, 그러니까 어린 애들은 새랑 같은 거야. 어린 애들은 미끼만 보지 덫은 볼 줄 모르거든."

우리 집 다르 라드 역시 장소가 아닌 시간이다. 이른 아침 기도 소리와 함께 잠에서 깨어나 새벽빛 속에 따온 무화과를 맛보던 시간. 에너지 넘치는 새들에 쪼이고(과일이 언제 익는지를 새들보다 잘 아는 사람은 없다. 새들은 전혀 멍청하지 않다)이슬로 목욕한 무화과. 다르 라드는 학교 가기 전 아침에 먹는 뜨거운 빵에 찍어 올리는 올리브기름, 아부 세이프의 압착기에서 갓 짜온 올리브기름 단지가 있던 시간이다. 함께 어울려 놀다가 우연히 살짝 닿았던 이웃집 소녀의 가슴, 이제는 결코 돌아갈 수 없는 너무나도 순수했던 그 시간. 그것이다. 이제는 와당탕거리며 놀다가 부딪히더라도 가슴의 촉감이 특별하다는 걸 알고 있다. 이제는 순수하지 않으니까.

우리가 한 장소에서 갈망하는 것은 시간이지만, 그 장소는 다툼으로 덮여 있다. 모든 것이 장소 때문에 일어난다. 저들은 내가 이 장소를 차지하지 못하게 막고, 내 장소를 빼앗음으로써 내 삶을 빼앗는다. 어느 저널리스트가 내게 "당신 인생에서 갈망은 무엇을 의미하느냐?"라고 물은 적이 있는데, 그때도 나는 비슷한 대답을 했다. 갈망은 곧 의지를 꺾는 것이고, 달콤한 추억이나 기억과는 아무 상관없는 것이다.

디아스포라라는 환경이 우리에게 강요한 삶의 현실 때문에 우리는 여러 장소에 흩어져 살게 됐고, 또한 그 장소들에서 수시로 떠나야만 하는 처지가 됐다. 그렇게 되면서 우리가 속한 장소들은 의미와 견고함을 잃어버렸다. 여행자는 쉽게 부서지는 가벼운 관계를 좋아하며, 관계가 단단해져 가는 걸 느끼면 불안해 안절부절못한다. 떠돌이는 아무것도 붙잡지 않는다. 의지가 꺾인 자는 자기만의 리듬에 맞춰 살아간다. 그가 있는 공간은 다른 곳으로, 다른 삶의 조건으로 이동하기 위한 통로일 뿐이다. 마치 포도주나 신발처럼. 인생은 그렇다고 해서 우리가 이 반복되는 뿌리 뽑힘을 비극으로 생각하게끔 놓아두지도 않는다. 뿌리를 뽑힌다는 것에는 늘 소극笑劇같은 구석이 있기 때문이다. 또한 인생은 우리가 뿌리 뽑힘을 반복되는 농담처럼 여기게 허락해 주지도 않는다. 거기엔 언제나 비극적인 요소가 들어 있기 때문이다. 인생은 우리에게, 주어진 운명에 만족하고 살라고 가르친다. 인생은 우리를 길들인다. 익숙해지는 법을 가르친다. 그네를 타고 있는 사람은 반대되는 두 방향으로 움직이는 데에 익숙해진다. 인생의 그네도 마찬가지다. 그 위에 올라선 사람은 두 개의 극단, 즉 비극과 희극 사이를 오갈 뿐이다. 세계가 앞뒤로 움직일 때마다 빛은 두 개의 지평선 사이를 오간다. 그 역사적인 이드[23] 날의 새벽, 어둠을 뚫고 여섯 명의 사복 경찰이 카이로의 우리 집을 찾아왔다. 아직 마르지도 않은 타밈의 기저귀를 빨랫줄에서 걷어 오려고 베란다로 가다가 그들을 보았다. 국가안보국[24] 차량을 탄 여섯 명의 경찰들. 나는 라드와에게 말했다. "저들이 도착했어."

---

23 이드(Id) : 이슬람의 축제를 가리키는 말. 이드 알 아드하와 이드 알 피트르가 대표적이다. 자세한 설명은 이 책 160쪽 설명주 참조.
24 국가안보국(Jihaz Amn al Daoula) : 이집트의 정보기관 중 하나.

시간을 산다는 것

경찰들은 타흐리르[1] 빌딩에 있는 여권과로 나를 데려갔다. 오후가 되자 그들은 나를 집으로 데려가 비행기 표를 살 돈과 여행 가방을 챙겨 들고 나오게 했다. 할리파의 추방자 대기소에서 여권국의 최종 결정을 기다리려고 가는 길, 나는 카이로의 도로를 마지막으로 바라보았다. 나는 희극과 비극의 그네 위에서 앞뒤로 흔들리고 있었고, 지프 차량은 내 앞에 펼쳐질 날들이 어떤 형태로 명멸해 갈지를 보여 주듯 덜컹거렸다. 경찰들은 자기네 여섯 명 중 하나를 시켜 내가 짐 싸는 걸 감시하게 했다. 나머지 다섯 명은 허락도 구하지 않은 채 우리 집 텔레비전 앞에 앉아서 안와르 사다트[2] 대통령이 이스라엘

---

1 타흐리르(Tahrir)는 해방이라는 뜻이다.

2 안와르 사다트(Anwar Sadat, 1918~81) : 가말 압둘 나세르와 함께 1952년 왕정을 전복하고 이집트 공화국을 세우는 데 크게 기여했다. 초대 대통령 나세르가 물러난 뒤 1970년 대통령에 취임했다. 집권 뒤 나세르의 아랍민족주의·아랍사회주의 노선에서 이탈해 친미 노선을 걸었다. 중동에서 미국의 이해관계를 대변하고 이스라엘의 우방이 되는 대가로 미국의 원조를 받는, 현재 이집트의 지정학적 구조를 만들었다. 1979년 지키 카터 미국 대통령의 중재로 이스라엘의 메나헴 베긴 총리와 평화협정을 체결했고, 이 공로를 인정받아 노벨평화상을 받기도 했다. 그러나 사다트의 이스라엘 방문과 평화협정은 아랍권에 엄청난 충격을 안겼다. 사다트는 이스라엘과의 평화협정을 전후해 이집트 내 팔

의회 '크네세트'Knesset에서 연설하는 모습을 생중계로 지켜보고 있었다. 이제 우리의 앞날, 라드와와 나, 그리고 다섯 달밖에 되지 않은 아기의 앞날에는 어떤 일이 닥칠 것인가? 그들은 내가 비행기 좌석에 앉은 뒤에야 수갑을 풀어 주었다. 나는 안와르 사다트가 이스라엘을 방문하는 것을 반대하는 행동을 전혀 하지 않았다. 몇 년이 지나 팔레스타인작가연맹의 동료에게서 듣고 안 일이지만, 그것은 거짓으로 우리를 기소한 뒤 내쫓는, 이른바 '예방적인' 추방이었다. 그러나 삶은 '예방' 따위가 먹힐 만큼 단순화될 수 있는 것이 아니다.

바그다드에서 베이루트로, 다시 부다페스트에서 암만을 거쳐 카이로로. 그러니 특정한 장소에 멈춰 있는 건 불가능했다. 내 의지가 그 장소를 차지한 주인의 의지와 부딪치게 되면 먼저 깨져 나가는 것은 언제나 내 쪽이다. 나는 장소 안에서 살지 않는다. 나는 시간 속에서, 내 영혼을 구성하는, 내게는 특별히 소중하고 민감한 요소들 틈에서 사는 것이다.

나는 들판의 유목민이 아니라 정주민 가정에서 태어났다. 20세기의 유대인들이 자기네 경전에 따라 우리 땅을 차지하는 바람에, 나는 베두인[3]도 아니면서 베두인처럼 살아야 하는 처지가 됐다. 나는 한 번도 나만의 서재를 가져 볼 수가 없었다. 나는 이 집에서 저 집으로, 가구가 들어 있는 아파트로 옮겨 다니면서 임시로 거주하다가 이사하는 생활에 익숙해졌다. 저 커피포트는 내 것이 아니야. 나는 그런 정서에 나를 길들였다. 내 커피 잔은 내 것이 아닌 집주인 것이

레스타인 망명자들을 추방하는 조치를 취하기도 했는데, 지은이도 이때 이집트에서 쫓겨나 17년 동안 유럽 등지를 전전해야 했다. 사다트는 1981년 이슬람주의를 신봉하는 군인에게 암살당했다.

3 베두인(Bedouin) : 아랍의 사막지대에 사는 유목민.

거나 나보다 먼저 그 집에 살았던 세입자의 것이다. 컵을 깨뜨리는 행위조차 내게는 의미가 다르다. 내 밥솥 색깔, 커튼 색깔, 침대보 색깔은 부동산 관리인의 취향에 따라 정해진다. 우연이 모든 걸 결정한다. 나는 몇 번인가 발코니에서 제라늄을 키웠지만, 이사하면서 그것들을 몽땅 포기해야 했다. 내 집에 심을 화초들, 내 유카, 내 싱고니움, 내 드라세나, 내 셰플레라, 내 넉줄고사리.[4] 나는 그것들을 늘어놓고 이파리 하나하나를 맥주로 씻어 주며 돌봤다. 화학약품을 쓰는 것보다는 그편이 싸고 더 좋았다. 나는 교향곡의 마지막 마디에 귀를 기울이듯, 신비로운 햇살의 기운이 전달되어 올 때까지 화초 이파리를 왼 손바닥 위에 올려놓고 오른손으로 부드럽게 쓰다듬는다. 이파리에서 이파리로, 화초에서 화초로 옮겨 다니며 똑같이 정성을 들인다. 내가 외출한 뒤에도 꽃들이 들을 수 있도록 음악을 틀어 놓고 나가기도 한다. 나는 화초의 이파리와 가지들을 쓰다듬고 흙이 얼마나 촉촉한지 확인하는 것으로 하루를 시작한다. 발코니의 유리창으로 들어오는 햇살을 따라 이파리들이 움직인 각도를 살핀다. 그늘진 곳 없이 고루 햇볕을 쬐도록 화분의 위치를 옮긴다. 때로는 막대기로 가지들을 받쳐 주기도 하고, 화초가 자라날 모습을 가늠하며 투명한 실로 묶어 모양을 만들어 주기도 한다. 나는 화초들에게 햇빛과 공기와 우정을 주고는 떠난다. 나는 늘 떠나야 한다. 떠돌이 생활을 하면서 내 물건들과 아무 감정 없이 이별하는 데에는 익숙하다. 하지만 집에서 키우던 화초들을 그 나라 친구들에게 나눠 주고 떠나보낼 때나, 혹은 내가 그곳을 떠날 때에는 느낌이 다르다.

공항이나 국경 검문소, 잠시 머물게 된 호텔 방 안에 놓인 물건들

---

4 모두 관상용 화초의 종류이다.

따위는 그냥 잊는다. 다가올 날들이 어떤 모양을 하고 있을지를 나 자신에게 물을 뿐이다. 내가 궁금해하는 것은 장소의 모양이 아니라 시간의 모양이다. 갑작스러운 여행을 떠나게 되는 경우가 많은 망명자들의 인생에서 호텔은 중요한 부분을 차지한다. 이론적으로만 본다면 한없이 덧없는 호텔살이를 혐오해야 마땅하다. 아마 나도 호텔에서 지내는 걸 못 견뎌 한 때도 있었겠지만, 지내다 보니 실용적인 면에서는 꼭 그렇지도 않다는 걸 알게 됐다. 호텔에 들어가면 마음이 편하다. 그곳에서 떠남이라는 것을, 한 장소에 집착하면 안 된다는 것을 배웠다. 짧은 여행을 자주 하면서 나는 점점 호텔이라는 그 발상을 좋아하게 됐다. 호텔이라는 공간은 내가 한순간을 영원처럼 생각하게 되는 것을 막아 주면서, 단막극 배우인 나를 위해 짧은 무대가 되어 단조로운 삶의 지평선을 넓혀 준다. 호텔에 가면 독특한 대리석 장식들이 나를 맞는다. 그것들을 보면 '일시적인 영원함'을 맛보는 느낌이다. 잠깐 산보하러 나갔다 돌아올 때면 프런트에서 친구들의 메시지를 확인한다. 그 순간, 이제 막 도착한 새로운 도시에서도 친구들과의 작은 공동체가 형성되는 것이다. 그날의 몇 시간, 혹은 며칠 동안 나를 돌봐 줄 가족이 생긴 것 같은 기분. 호텔에는 내가 온종일 무얼 하는지 지켜보는 이웃 따위는 없다. 사회적인 의무라는 덫도 없다. 한껏 게으름 피우며 놀아도 된다. 방을 나갔다가 아무 때고 내키는 시간에 돌아온다. 무엇이든 해도 되는 매혹적인 나날. 호텔에서는 화분에 물을 주거나, 방마다 똑같이 놓여 있는 복제품 같은 꽃병의 물을 갈아 주지 않아도 된다. 이 꽃병은, 남겨 두고 떠나면서 마음 아파할 일이 없는 꽃병이다. 등 떠밀려 떠나기 전에, 타인의 손에 밀려 출발하기 전에 친구들에게 나눠 주고 떠나야 하는 책들도 없다. 벽에 걸린 그림을 두고 떠난들 하나도 괴롭지 않다. 모두 내 것이 아닌데다가, 형편없는 것들일 때가 대부분이니까.

나는 주민들이 모여 이야기를 나누곤 하던 게스트 하우스의 실내를 찬찬히 훑어보았다. 여기가 내 출발점이다. 사람들의 얼굴과 목소리가 내게 다가온다. 아니면 오래전 세상을 뜬 이들에게서 빌려 온 내 상상일까? 그들이 생전의 모습 그대로 생생하게 내 앞에 나타났다가 사라진다. 바르구티 일족의 이야기들이 그들에게서 딸려 나온다. 죽은 시인 압둘 라힘 오마르는 "라말라에는 무슬림, 기독교도, 그리고 바르구티들이 있지!"라고 말한다. 이 게스트 하우스에 떠도는 옛이야기들은 세대에서 세대를 이어가며 아이들에게 전해진다. 그 허풍투성이 이야기들은 이야기꾼의 유머 감각에 맞춰 군살이 붙는다. 내 경우 어떤 얘기들은 아버지로부터, 또 다른 얘기들은 아부 하짐을 통해서 들었다. 하지만 그 얘기들을 가장 온전히 기억하고 있는 사람은 아부 키파와 알 무타델이다. 아부 키파는 사미흐라고 부르는 아저씨와 또 다른 삼촌 마지드에게서 옛날이야기들을 들었다. 알 무타델은 어려서부터 똑똑했기 때문에 어른들 곁에 끼어 앉는 걸 허락받았다. 나중에 사우디아라비아에서 일하게 된 뒤에도 그는 휴가철이면 고향에 돌아와 게스트 하우스에서 지냈다.

마루깔개(보통 마루깔개의 길이는 주인이 얼마나 부자인지에 따라 달라진다)의 저쪽 끝에 앉아 있는 사람은 아부 우다다. 어느 여름날 저녁 아부 우다는 갑자기 내게 "사람들이 어리석은 사람과 똑똑한 사람을 어떻게 구분하는지 아느냐?"라고 물었다.

"어떻게 구분하는데요, 아부 투누부?"(투누부는 '기다란 남성 성기'를 뜻한다. 아부 우다는 아버지에게 떠밀려 어려서 결혼했기 때문에 이런 별명을 얻었다.)

"어리석은 사람은 턱수염이 넓게 난단다."

아무도 대꾸하지 않았지만, 게스트 하우스 가운데에 앉아 있던 촌장은 오른손을 들어 올려 천천히 자기 수염을 쓰다듬었다. 방 안에 있던 사람들 모두 웃음을 터뜨렸다!

한번은 아부 우다가 사람들에게 말했다. "당신들의 마을, 당신들이 사는 이 데이르 가사나는 위선자들의 마을이오. 당신들은 아부 우다가 하는 말이라면 진주 얘기라도 못 들은 체하면서, 촌장님이 방귀를 뀌면 사향 냄새가 난다고 아부들을 하지!"

그리고 마을의 모든 것을 신통하게 손보고 고치던, 알 무타델의 아버지 '비스마르크'도 빼놓을 수 없다. 그 별명에는 그 양반이 갖고 있던 꾀 못지않게, 그런 별명을 붙인 마을 사람들의 느낌도 배어들어 있다. 한번 마을에서 별명이 붙으면 어느새 별명이 진짜 이름을 대체한다. 이번 방문에서 내가 접한 가장 그럴싸한 비유는, 늘 붙어 다니는 두 친구를 가리키는 별명이었다. 두 사람은 '클리넥스'라고 불렸는데, 티슈 통 속의 티슈들처럼 하나를 뽑으면 제꺼덕 하나가 더 튀어나왔기 때문이다. 데이르 가사나에서 가장 교활한 남자인 아부 주헤이르도 저기 보인다. 그의 아들 주헤이르가 결혼을 했는데, 그랬더니 아부 주헤이르는 일흔 나이에 며느리의 여동생과 혼인을 했다. 둘 사이에서 훗날 순교자가 된 아들리가 태어났다.

여기 아부 세이프도 있다. 이 마을과 주변을 통틀어 제일 넓은 땅을 가졌던 무서운 양반. 이스라엘 사람들이 믈라비스 마을에 있는 그의 땅에 정착촌을 짓고는 '브타 티크파'라고 이름을 붙였다. 데이르 가사나의 올리브 압착장도 아부 세이프의 것이었다. 그는 자기보다 60살이나 어린, 다마스쿠스에서 온 소녀를 신부로 삼았는데, 소녀가 아들을 낳은 뒤 두어 달 만에 죽어 버렸다.

늙고 인심 좋고, 언제나 졸린 듯했던 아부 자우다트도 보인다. 이자를 받고 돈을 빌려 주던 아부 탈라브도 있다. 그리고 이 덧없는 인생 따윈 중요하지 않다는 듯 언제나 말이 없던 아부 무티. 하지만 인생은 그에게 중요하지 않은 게 아니었다. 한번은 그의 아내인 하키마에게 쿠웨이트에 있는 우리 친척 한 명의 소식을 물었다. 하키마는 대단히 자랑스러워하는 말투로 이렇게 얘기했다. "아이고 세상에, 그 사람이 지금 얼마나 높은 자리에 있는지 몰라. 하느님도 기뻐하실 거야. 냉장고, 세탁기, 에어컨, 비디오 레코더, 라디오, 자동차고 뭐고, 십자드라이버 하나만 있으면 그 사람이 몽땅 다 고칠 수 있다니까."

저기 칼리 아부 파크리가 터키 군대랑 '붉은 띠 부대'에 있었을 적 이야기를 늘어놓고 있다. 움 파크리와 돌아다니며 함께 일했던 시절의 이야기도. 저이는 아침 일찍 케밥과 간肝 요리를 먹고 라말라에 가서 양을 잡곤 했다. 웃을 때 금니가 보이긴 했어도 저 양반의 웃음은 최고였다. 눈에서부터 번져 나오는 웃음이었으니까.

이런 것들이 내 기억 속의 이미지들이다. 하지만 기억 속에는 그런 것들만 있는 것은 아니다. 이 각도에서 카메라를 돌리면 아름다운 모습만 비치기 마련이다. 각도를 조금 바꾸면 저들과, 저들이 살았던 시대의, 지금은 다 지나 버린 것 같으면서도 지나가지 않은 그 시절의 '덜 매력적인 모습'들이 눈에 들어오기 마련이다. 게스트 하우스의 가구들처럼 눌어붙어 있던 저 사람들 중에서 몇몇이 어느 겨울 아침 여자애들 두 명을 모스크에 데려다 준 적이 있었다. 초등학교 4학년인 어린 여자애들을 데리고 광장을 가로질러 모스크로 들어가면서 아이들에게 꾸란의 한 장章을 외워 보라고 시켰다. 아이들은 멈칫거리며 외우지를 못했다.

"대체 학교에선 너희에게 뭘 가르치는 거냐?"

"받아쓰기하고 수학하고 그림 그리기하고 노래요."

어른들은 애들을 우리 집과 촌장의 집으로 데려갔다. 두 여자애 중 한 명은 촌장의 딸이었고 다른 한 명은 훗날의 내 어머니인 사키나 마흐무드 알리 알 바르구티였기 때문이다. 아부 무티, 아부 알 무타델, 아부 주헤이르와 몇몇 남자들은 어머니가 결코 잊지 못하게 될 결정을 내렸다. 어머니는 우리한테 그 얘기를 하나도 빼놓지 않고 자세히 들려주곤 했다. 그럴 때마다 어머니는 마치 그 순간으로 되돌아간 듯이 몹시 분노하고 또 낙담했다.

데이르 가사나의 여학교는 초등학교 4학년 교육과정까지밖에 없었다. 새 학급을 더 만들기 어려워서도 아니었고, 팔레스타인 땅에 여학생들을 가르칠 여교사가 드물어서도 아니었다. 4학년 과정을 마친 여학생들은 결혼할 때까지 집 안에 꼭꼭 '들어앉아' 있어야지, 학교가 됐든 어디가 됐든 밖으로 돌아다녀서는 안 된다는 것이 그 마을 사람들의 생각이었기 때문이다.

그해 라말라에 있는 '우애 여학교'Friends' School for Girls의 교장이 4학년 여학생 중 두 명을 선발하기 위해 마을에 들렀다. 교장은 이 학생들이 라말라에 있는 중학교에서 공부하고 졸업장을 받을 수 있도록 장학금을 주겠다고 했다. 그는 학생들이 시설 좋은 여학생 기숙사에 살 것이고 그 비용도 모두 내줄 것이며 모든 보살핌을 아끼지 않겠다고 말했다. 그러자 게스트 하우스에 모여 있던 남자들 사이에 난리가 났다.

"저 학교는 기독교 학교라서 우리 여자애들을 망쳐 버릴 거야."

"이 마을의 학교 선생들조차 여자애들한테 꾸란 외우기를 시키지 않는데, 라말라에 애들을 보내 놓으면 어떻게 되겠어?"

남자들은 두 여학생이 공부를 계속하고 싶어 안달하는 것을 보더니 더 화가 났다. '비스마르크'가 아이디어를 냈다. 두 여학생들에게 꾸란 시험을 내보자는 것이었다.

"들어봐요, 움 아타. 당신 딸은 라말라에 갈 수 없다고. 알았소? 데려가서 집 안에 꼭꼭 가둬 놓으라고. 이제 걔도 사춘기인데 광장에서 뛰어놀게 할 수는 없지. 알아들었소?"

그들은 촌장의 딸이 학교에 진학하는 것은 막지 않았다. 그래서 내 어머니 대신 다른 한 여학생이 라말라에 가게 됐다. 그 여학생의 아버지는 마을의 반대는 아랑곳하지 않았다. 그 여학생의 이름은 파우지야였다. 촌장의 딸인 아디바는 계속 공부해서 우애 여학교의 졸업장을 받은 뒤 교사가 됐다. 나중에는 팔레스타인에서 가장 훌륭한 학교의 교장까지 지냈다. 하지만 파우지야는 상급학교 생활을 좋아하지 않았고, 얼마 지나지 않아 마을로 되돌아왔다. 결국 마흐무드 알리 알 바르구티의 딸 사키나만 교육받을 기회를 빼앗겨 버린 꼴이 됐다. 그 모든 것이 사키나가 아버지 없는 아이였기 때문이었다.

아버지는 사키나가 두 살 때 돌아가셨다. 임신 중이던 사키나의 어머니, 즉 내 외할머니는 남편이 죽은 뒤 유복자를 낳았다. 죽은 남편 집안의 사람들은 외할머니를 집에서 내쫓으려 했다. 돈 한 푼 없는 과부, 그것도 애가 딸린 채로 또 하나를 낳으려는 여자를 돌봐 주려고 할 까닭이 있었겠는가.

"이렇게 사정할게요. 몇 달 만이라도, 아기를 낳을 때까지라도 이 집에 머물게 해주세요. 신께서 저를 아껴 주신다면 틀림없이 아들이 태어날 거예요."

"알았다, 그 대신 또 딸을 낳으면 두 계집애를 데리고 당장 이곳을 나가서 네가 살던 곳으로 돌아가야 한다는 걸 알아 둬."

태어난 아기는 아들이었다. 그녀는 아들을 아탈라라고 불렀다. 그 아이가 커서 칼리 아타라 불렸다. 그 덕에 외할머니는 남편이 세상을 떠났어도 다르 라드에 남을 수 있었다. 그렇게 그녀는 스무 살도 채 되지 않은 나이에 아비 없는 아이 둘을 홀로 키워야 했다.

젊은 과부를 꼬드기려고 달려드는 사내들도 있었다. 아부 우다는 그녀에게 "낙타가 떠난 자리는 낙타로 채워야 한다."라며 꾀었다.

아부 마흐무드도 그녀를 탐냈다. 그 밖에도 여러 남자들이 다가왔지만 그녀는 모두 거절했다. 마을 사람들이 그녀를 홀대하기 시작했다. 그러나 마을 사람들의 횡포가 그녀의 삶을 비참하게 만들 수는 있었을지언정, 그녀의 삶을 망가뜨릴 수는 없었다. 그녀는 아버지 없이 자라야 하는 두 아이, 칼리 아타와 내 어머니 사키나를 돌보는 데에 온 삶을 바쳤다.

내 외할머니 움 아타는 아흔이 될 때까지 살았는데, 말년에는 거의 시력을 잃었다. 움 아타는 1987년에 세상을 떠났다. 명랑하고 밝은 분이었지만 언제나 당신의 방식대로 살았고 뭐든 당신 뜻대로 했다. 어느 날 움 아타는 평소처럼 집 안 한 귀퉁이에 앉아 있었고, 어머니가 병원에 가느라 자리를 비운 사이 움 탈랄이 그녀를 돌보고 있었다. 갑자기 움 아타가 움 탈랄에게 말했다. "라티바, 가서 베란다 문 좀 열어다오."

"왜요, 움 아타?"

"가서 뛰어내려야 네 꼴을 안 보지."

내가 쿠웨이트에서 아버지 쪽 친척들과 같이 살 때 외할머니도 그곳에서 우리와 같이 지냈다. 나는 외할머니가 기도를 올릴 때 몰래 뒤에 숨어 지켜보곤 했다. 그러다 그녀가 기도문의 마지막 구절인 "알 살라무 알라이쿰"[5]을 말하고 몸을 돌리면 튀어 나가 뺨에 키스를 하면서 놀라게 해드렸다. 그러면 외할머니는 팔을 뻗쳐 나를 때리는 시늉을 하면서, 라드와하고 결혼하고 싶어 하던 나를 놀렸다. "가서 네 이집트 여자 친구에게나 뽀뽀해 주려무나."

움 아타는 외할아버지가 돌아가신 후 재혼하지 않았다. 그녀는 내가 부다페스트에 있을 때 돌아가셨다.

생의 마지막 날
죽음이 그녀의 두 팔에 내려앉았지.
그녀는 죽음을 몰아내지 않고 기꺼이 받아들이며
죽음을 향해 이야기를 했지.
그러고는 죽음과 함께 잠들었다네.

늘 그랬듯이 나는 멀리 있었고, 외할머니에게 마지막 인사도 하지 못했다.

이런 것들도 게스트 하우스의 남자들에 대한 이미지 중 하나다. 그것은 좋든 싫든 우리의 삶이자 그들의 삶이었다. 원한다면 우리 삶의 그런 단면들을 모두 끌어안고 살아갈 수는 있지만, 무작정 옹호할 수만은 없다. 그래, 삶은 때로는 잔인했으며, 이상적인 삶이 아니었던 것은 분명했다. 이 또한 우리네 삶의 모습들인 것이다. 다르 압둘 아지즈에서 다르 라드로 시집온 외할머니는 아마도 처음엔 이방인 대접을 받았을 것이다. 비록 아몬드 나무들로 이어진 두 집 사이의 거리가 1백 미터도 되지 않았지만 다른 행성, 다른 부족 난민이라도 되는 것처럼 이방인 취급을 받았을 것이다.

---

5 알 살라무 알라이쿰(al-salamu alaykum) : 아랍어의 인사말. '평화가 그대에게'라는 뜻.

우리의 이미지 하나 더. 외할머니는 아들을 낳은 덕에 죽은 남편 집에 머물 수 있었다. 그러니 아들에게 보살핌을 쏟아붓느라, 딸들은 뒷전으로 밀렸을 것이 뻔하다. 어찌 됐든 그녀는 자기 삶의 주인이 아니었고, 딸내미가 라말라로 멀리 공부를 하러 떠나야 한다고 주장할 만큼 강하지도 못했다.

내 어머니는 지식에 대한 갈증을 풀기 위해 쉰이 넘어서 성인 교실에 등록했다. 어머니가 당신 인생의 가장 큰 교훈이라며 우리에게 일러준 것은, 지식이 인생에서 가장 중요하며 어떤 희생을 치르더라도 갈구할 가치가 있다는 것이었다. 언젠가 파드와 투칸[6]이 암만의 우리 집에 와서 자서전 『험난한 여정』*A Mountainous Journey*[7]을 선물하고 갔다. 그 책을 가장 먼저 읽은 어머니는 이렇게 말했다. "내 여정이 훨씬 힘겨웠구먼. 파드와는 내가 겪은 일 같은 거 한 번도 안 겪어 봤어."

나는 대학에 다니는 동안 오로지 어머니를 위해서, 어머니가 기뻐하는 모습을 보려고 공부하는 것 같다는 생각을 했다. 공부를 못하면 너무 창피할 것 같았다. 어머니가 슬퍼할 테니까. 어머니가 우리네 형제에게 당신 인생의 모든 의미를 걸고 있다는 것을 생각하면 그런 압박감은 더 심해졌다. 어머니는 우리 모두를 한 몸같이 사랑했다. 어머니에게는 자식들이 곧 세계였다. 어머니는 그렇게 사는 게 좋은 거라고 생각했지만 그게 나쁠 때도 있었다. 어머니는 자식들이 곁을 떠나면 못 견뎌 했으나, 안타깝게도 자식들은 오래도록 당신 곁을 멀리 떠나 있어야 했다. 우리 중 가장 뛰어났고, 가장 소중

---

6 파드와 투칸(Fadwa T(o)uqan, 1917~2003) : 팔레스타인의 여성 시인. 이스라엘 점령 통치 아래 주민들의 삶을 노래해 '팔레스타인의 시인'이라는 별칭을 얻었다.

7 원서에는 *A Mountain Journey, a Difficult Journey*라고 되어 있으나 투칸의 자서전 영어판 제목은 *A Mountainous Journey*이다.

했던 어머니의 아들[무니프]은 당신 곁을 영원히 떠나 다시 돌아오지 않았다. 어머니는 그걸 감내해야만 했다. 어쩌면 어머니는 마치 당신만의 행성을 꿈꾸듯, 당신이 원하는, 모든 것이 당신의 뜻대로인 세상을 마음속으로 상상했을지 모른다.

그녀는 지구에서 멀리 떨어진 행성으로 가고 싶었네
복도를 메운 사람들은 저마다 자기 방으로 뛰어들고
아침이면 침대들은 모두 어지럽혀 있고
목화솜이 베갯잇 속에 뭉쳐
엉망으로 찌그러져 있는 집.
세탁거리가 잔뜩 널려 있고 점심을 지을 쌀도 듬뿍 담겨 있고
오후가 되면 난로 위 커다란, 아주 커다란 주전자에 물이 끓는 곳
저녁이면 모두가 식탁에 앉아 참깨처럼 수다를 흘리는 곳.
점심때면 마늘 냄새로 밖에 나가 있던 식구들을 불러들이는 집을 바랐네.
그러나 어머니의 스튜보다는 정부들의 힘이 강했고,
어머니의 저녁 빵은 아무도 손대지 않은 채 말라붙었네.
그걸 보고 어머니는 놀라셨지.
이 세상은 참아 낼 수 있을까,
디아스포라의 아침에
홀로 커피를 타 마시는 이 잔인한 삶을?
그녀는 지구를 떠나 머나먼 행성으로 가고 싶었네.
모든 길은 당신 가슴속 항구로 통하고
두 팔 사이의 곳에선
어떤 작별 인사도 없는 곳.
그녀가 원한 것은 오직 돌아오는 비행편.

돌아오는 이들만 있는 공항,

땅에 내리면 다시 떠나지 않는 비행기들.

어머니에게는 사랑이 곧 일이었다. 어머니는 사랑하는 사람들에게 세심히 다가가려 애썼고, 그럴수록 스스로 지쳐 나가떨어졌다. 집을 관리하는 일에서부터 인생 그 자체를 관리하는 일까지, 당신이 할 수 있는 일은 무엇이든 당신 손과 당신의 노력으로 직접 하고자 했다. 철마다 피클을 만들고, 바느질을 하고, 자수를 놓고, 버리는 물건들로 깜짝 놀랄 만한 것들을 만들어 내곤 했다. 한번은 디자이너 겸 목수로 변신해, 거실에 있던 낡은 의자들과 소파 세트를 고치고 새롭게 단장한 적도 있었다. 아들네 부부와 자식들이 살 수 있도록 방을 늘려 집을 고칠 때에는 직접 증축을 감독했다. 어머니는 새 집의 청사진을 놓고 설계사와 직접 부딪치기도 했다. 나중에 그 설계사는 내게, 어머니가 청사진에 있는 부엌의 위치를 고치자 했다고 귀띔했다. "어머님 말씀이 맞았어요. 그래서 설계를 바꿨죠."

전문 직업을 가진 여성들이 정당에 소속되지 않았음에도 잘 훈련된 듯 혁명의 수사修辭를 읊는 것을 볼 때마다, 우리 어머니들처럼 진짜 혁명을 일으키는 이들에 대한 내 믿음은 더욱 깊어졌다. 그분들은 이론을 들먹이거나 공연한 소란을 떨지 않으면서도 매일 혁명을 일깨웠다.

자코메티[8]의 전기를 읽으면서, 나는 이브 본푸아[9]가 자기 어머니에 대해 묘사했던 내용하고 완전히 똑같다는 생각을 했다. 자코메티

---

8 알베르토 자코메티(Alberto Giacometti, 1901~66) : 스위스의 조각가.

9 이브 본푸아(Yves Bonnefoy, 1923~) : 프랑스의 시인.

의 어머니인 아니타 자코메티는 강렬하면서도 매력적인 개성을 지닌 여성이었다. 자코메티는 이렇게 표현했다.

> 어머니는 가족의 중심에서 존재 자체만으로도 전통이 살아 있게 지켜 주는 조용한 수호자, 잠들지 않는 파수꾼이었다. 어머니는 가족의 힘의 원천으로 깊이 뿌리 내리고 있었다. 당신이 가진 지식으로 가치를 판단하고 사실들을 구분하는 분, 우리가 무엇을 바라야 하고 어떤 결정을 내려야 하는지를 말해 주는 분이었다. 인생에서 큰 위기를 맞았을 때나 하루하루의 의무를 수행해야 할 때에는 주저 없이 명령을 내리는 분이기도 했다.

내 어머니도 저런 몇 가지 특징들을 갖고 있었다. 안정됨에서 느껴지는 아름다움, 세월에서 나오는 편안함, 살짝 숨겨져 본인조차도 알지 못했던 내밀한 여성성. 하지만 될 수 있는 한 오래도록 우리를 곁에 두고픈 바람이 있었기에, 자식들을 보호하기 위해서라면 헌신을 아끼지 않았다. 어머니의 그런 강고함은 우리에겐 때로는 존경스럽게 느껴졌지만 때로는 이상하게 보이기도 했다. 아버지는 가족의 중대사를 결정하는 임무를 비롯해, 집안의 일을 모두 어머니에게 맡겼다. 아버지는 어머니보다 열다섯 살이나 위였지만 천성이 조용한 분이어서 어머니의 격렬한 리듬이나 끓어오르는 기상에 발을 맞추기가 쉽지 않았다. 아버지는 성격이 온화해서 어머니가 하자는 대로 늘 기꺼이 따랐다. 아버지는 어머니가 결정하는 것은 무엇이든 옳다고 믿었다. 말 그대로 '마음이 따뜻한' 분이었고, 언제나 상냥했다. 신비스러울 정도의 인내심을 가지고 언제나 당신 인생에 만족하는 분이었다.

어머니는 야망에 끝이 없었다. 어머니가 끝내 이루지 못한 일은 아들들을 다시 불러들이는 것이었다. 아들들뿐만 아니라 손자들도 곁에 둘 수 없었다. 어머니는 "의지만 있으면 무엇이든 할 수 있다."고 철석같이 믿었다. 어머니는 일흔다섯이 넘은 지금도 자유로운 영혼의 소유자로, 사회적 관행의 구속에 반기를 든다. 여전히 집안일을 계속할뿐더러, 작은 정원에 꽃을 심고, 물을 주고, 낮은 담장을 직접 세운다. 직접 돌을 날라 한쪽에 자그마한 테라스를 쌓는가 하면, 그 옆 화단을 어떻게 꾸밀지 그림을 그린다. 늘 정원이나 화분에 꽃 피고 자라는 것들을 심기 때문에 어머니의 손가락은 초록색이다. "이 나무는 뭘 몰라." 어머니의 이 말은, 열매를 맺기엔 덜 자랐다는 뜻이다.

다 자란 과실나무가 열매를 맺지 않을 때에는 '바보 나무'라 불렀다. 손님이 오면 어머니는 바질이나 포도 잎, 치자를 잘라 선물로 들려 보냈다. 그것들을 옮겨 심고 잘 돌봐서, 나중에 놀러 올 때 다시 갖다 달라는 당부와 함께.

내 외할머니인 움 아타에게는 자매가 한 명 있었는데, 칼리 아부 파크리와 결혼했다. 아부 파크리는 늘 아내 곁을 지켰다. 내 어머니와 외삼촌에게도 애정을 쏟아부었지만, 자식들을 품 안에 두고 참견하고 싶어 하는 아버지처럼 굴지는 않았다. 그래서 우리는 어릴 적부터 아부 파크리를 좋아했다. 외할머니는 어머니와 외삼촌을 데리고 움 파크리 집으로 이사했다. 그 이후로 좋을 때나 힘들 때나 아부 파크리는 두 집 식구들을 모두 돌보고 책임졌다.

데이르 가사나 사람들, 제각각 놀랍고 재미난 이야기들을 지닌 그들이 모두 내 앞에 서있다. 저마다의 개성과 한 시대를 간직한 이들.

마을 광장에서 쿠피야[10]를 높이 휘날리며, 어깨를 겯고 다브카를

추는 그들의 모습이 내겐 익숙하다. 어떤 사람들은 성질 사나웠고 어떤 사람들은 친절했다. 인심 좋은 사람도 있었고 구두쇠 같은 사람도 있었다. 하지만 마을의 젊은 총각을 장가보내거나 새 신부를 맞아들일 때면, 그들 모두 플루트의 거친 음조에 맞춰 빗살처럼 가지런히 늘어서서 나란히 춤을 췄다.

빗살들이라고 다 똑같지는 않다는 것을 우리가 알게 되기까지, 인생의 오랜 여정을 지나 지혜와 슬픔을 배우게 되기까지는 오랜 시간이 걸려야 했다.

---

10 쿠피야(kufiya/kefiya) : 아랍 남성들의 머리쓰개.

아빠 아저씨

아침에 나는 아부 하젬과 함께 칼리 아부 파크리 댁에 들렀다.

"무슨 일로 오셨어요?" 젊은 남자 하나가 이웃집 발코니에서 날 보고 소리쳤다. 아부 하젬이 대답했다. "우리 친척 집이오. 그냥 좀 들여다보려고 왔소."

"하지만 우리는 정식 임대계약을 맺고 있습니다." 젊은 사내가 말했다.

층층이 아치가 놓인 3층 건물이었고, 그 옆에는 흰 돌이 놓여 있었고, 작은 레몬나무 과수원도 딸려 있었다. 쇠로 된 대문에는 녹이 잔뜩 슬었다. 1967년 이래로 아무도 이 집에 드나들지 않은 것이 분명하다.

"안으로 들어오세요." 젊은이가 말했다. 우리는 괜찮다고 사양한 뒤 자리를 떴다. 이제 저 청년도 우리가 온 까닭을 알았으리라. 사람들은 누구나 자기가 가진 것들 때문에 두려워한다. 재산의 소유주가 떠나 버려 여기 없는 경우에, 주변 사람들이 나서서 친척들 이름으로 등록해 점령 당국에 몰수당하는 걸 피했다. 디아스포라 시기에도 팔레스타인 사람들의 부동산 소유권이 작동할 수 있었던 이유였다.

올리브 과수원을 유지하고, 밭을 돌보고, 쟁기질을 해 갈아엎고, 이랑을 파고 물을 댈 수 있었던 것도 그 덕이었다. 거기서 살아가는 이들과 떠나 있는 이들 사이의 신뢰가 없었더라면 이스라엘이 모든 것을 몰수해 버렸을 것이다.

하지만 또 하나 말해 두어야 할 점은, 디아스포라로 떠나간 팔레스타인들이 돌아오는 건 기적이나 다름없으며, 그런 일은 영원히 일어나지 않으리란 듯이 행동한 사람들도 있었다는 것이다. 떠나 있는 부동산 소유주들 중에는 자기 재산이 어떻게 되어 가고 있는지를 챙기지 않는 이들도 있었고, 남의 재산을 맡아 돌보던 사람들 중에도 거기 상응하는 의무를 지지 않으려 하는 사람들이 있었다. '맡아 돌보는 사람들'이 그곳에 없는 소유자들의 권리를 얼마나 충실히 지켜주고 임무를 수행했는지를 보여 주는 감탄할 만한 이야기들도 많았다. 소유자들의 권리라는 것이 계약서에 명시돼 있거나 공증인들의 감시 아래 있지 않았음에도 지킴이들은 충실히 임무를 수행했던 것이다. 반면에 맡아 관리하던 남의 재산을 자기 것으로 만들고 원래 주인에게 돌려주지 않은 사람들에 대한 이야기도 있었다. 알다시피 인생은 그리 단순하지 않은 법이다. 어떤 관리인들은 땅 주인들이 돌아와 재산을 돌려 달라고 요구할까 봐 겁냈다. 그 재산이 올리브 밭일 수도 있고, 집일 수도 있고, 그저 비바람을 피하는 것이 고작인 값싼 임대료의 아파트 방 한 칸일 수도 있었다.

몇몇 사람들과 함께 나를 찾아온 아부 바실은 사우디아라비아에서 일하는 동안 자기 집과 땅의 소유권을 누이 이름으로 등록해 놓았다고 한다. 어찌어찌 재결합 허가를 받아 데이르 가사나로 돌아와 보니, 소유권이 누이의 아들들에게로 이전돼 있었다. 그에겐 살 곳도 없었다. 손실이 크든 적든, 이유가 어떠했든 간에, 이런 상황에서 점령 당국의 재판소를 찾아가는 사람은 없다. 그렇다고는 해도 요사이 가족들 간에 재산 다툼이 벌어지는 걸 심심찮게 볼 수 있다.

오슬로 협정이 성사된 직후부터 팔레스타인으로 돌아오는 이들이 생겨나기 시작하면서, 아부 바실과 비슷한 일을 겪은 이들의 얘기를 여러 번 들었다. 내 친구와 나는 이 새로운 환경 속에서 운명이 뒤바뀐 사람들의 얘기를 희극으로 써보면 좋겠다는 데에 의견을 모았다. 우리는 한 문장씩 번갈아 가며 글을 썼다. "누구누구가 데이르 가사나로 돌아와서, 사촌에게 월급을 주는 대가로 돌봐 달라고 했던 올리브 밭을 다시 돌려 달라고 말한다."

"하지만 30년 동안 그 밭을 소유해 온 것에 맛들려 있던 사촌은 조용히 이렇게 말한다. '네가 나에게 뭘 주었다는 거야? 땅이 필요하면 바다를 메워서 쓰든가, 아니면 저기 가서 벽에다 머리나 박아.'"

"순간 심장마비가 찾아온다."

"그의 아내는 남편이 갑자기 죽은 것을 보고 미쳐 버린다."

"아이들은 어머니가 미치고 아버지가 숨진 걸 알고는 아버지의 사촌을 살해한다."

"사촌의 아버지인 노인은 데이르 가사나에서 셰익스피어 풍의 학살이 일어난 것을 보고는 자기 머리에 휘발유 드럼통을 쏟아붓고 불을 댕겨 목숨을 끊는다."

"그 불똥이 집 한쪽으로 튀더니 그 옆집, 그다음엔 게스트 하우스, 그리고 그 안의 손님들, 이웃한 들판으로 번져 나가 데이르 가사나가 불타오른다."

"마치 '파리는 불타고 있다'Paris is Burning[1]처럼."

---

1 제2차 세계대전을 다룬, 르네 클레망(René Clément) 감독의 1966년작 영화 〈파리는

암만이 눈에 덮이던 밤, 우리가 카드를 꺼내 놓고 이런 놀이를 하는 걸 보고 아부 아와드는 "상상력 참 풍부하기도 하네."라고 말했다. 그러더니 뭔가 떠올랐다는 듯 이렇게 외쳤다. "트럼프!"

그러고는 내게 물었다. "내전[2] 때 베이루트에서 카드놀이 했다는 거 사실이야?"

"맞아, 사실이야." 나는 말했다.

"부끄럽지도 않아? 트럼프라니!"

사실이었다. 폭격이 퍼붓는 밤, 바리케이드와 학살의 밤에 우리는 카드놀이 말고는 아무것도 할 게 없었다. 나는 알 다르할리가 몹시도 아끼던 스페이드 에이스를 펼쳐 보이며 "우리 늙은 움 아타. 아마 지금쯤 하늘을 쳐다보며 '우리 무리드 이븐 사키나가 모쪼록 어디에 있든지 간에 예언자의 가호로 저 망할 놈들을 이기고 보호받아야 할 텐데.' 하면서 기도를 드리고 있겠지."라고 말했을 것이다.

그 말에 다르할리는 이렇게 답했을 것이다. "아마 우리 엄마는 '다르할리는 따뜻하게 지내나? 거기서 어떻게 살고 있나? 이 추위에 따뜻하게 덮을 거라도 있나? 신이 지켜 주시고 구해 주실 거야. 거기 젊은 애들 모두 다 지켜 주실 거야. 얘, 파티마, 젊은 애들 소식 좀 듣게 라디오 켜라.' 이러고 계실 걸. 트럼프!"

전쟁도 오래 끌면 지루한 법이다. 어느 날 저녁 나는 라스미 아부 알리와 함께 팔레스타인의 온갖 사투리들을 뒤지며 '철퍼덕 때린다.'라

불타고 있는가〉(Is Paris Burning)에 빗댄 표현이다.

2 1980년대 초반의 레바논 내전을 지칭한다.

는 뜻을 가진 말을 누가 더 많이 찾아내는지 게임을 했다. 당연히 전기는 끊겼고, 우리는 각자 침대에 누워 서로 얼굴도 보지 않은 채 누워 있었다. 아무 단어도 떠오르지 않자 그는 내게 잘 자라고 말했고, 몇 초 동안 우리는 조용해졌다. 그러다 갑자기 우리 중 누군가가 새로운 단어를 기억해 냈고, 이겼다는 제스처로 베개를 얼굴에 집어던지며 "사누흐 카프"라고 외치는 식이었다. 그러면 게임은 다시 시작된다. 그날 밤 우리는 자바두흐, 카하두흐, 라자우흐, 라후흐, 샤푸흐, 하푸흐, 사나두흐, 라푸흐, 라투흐, 라누흐, 사파쿠흐, 나다푸흐, 자후흐, 하바두흐, 라카우흐, 라크후흐, 파쿠흐, 라하푸흐, 타주흐, 마자우흐, 샤마투흐, 나울루흐 등 온갖 사투리들을 끄집어냈다.

그 방 안에는 커다란 집쥐 한 마리도 우리와 함께 살고 있었다. 그 녀석과는 온갖 수를 써서 전쟁을 벌여도 아무 소용이 없었다. 방 안에는 난방 기구도 카펫도 없었다. 자기 생활을 잘 꾸려 가는 재주가 있는 사람들은 엘리베이터와 발전기가 딸린 좋은 방에 살았지만, 누구든 긴장 속에 살아가기는 마찬가지였다. 내 막내 동생 알라아는 레바논 베이루트 아메리칸 대학의 학생 기숙사에서 지내고 있었다. 공과대학의 마지막 학기를 다니고 있었던 터라, 날마다 얼굴 보기도 힘들었다. 그 애가 날 찾아오는 날에는 대학이 있는 함라Hamra로 돌아가는 길이 차단당하지나 않을까 싶어 내가 노심초사해야 했고, 내가 그 애한테 가는 날에는 반대로 그 애가 파키하니[3]에 있는 우리 집으로 돌아오는 길이 차단될까 걱정해야 하니, 또 그게 싫었다. 칼리 아타의 아들인 파힘은 내가 베이루트를 떠난 뒤에 샤이야흐Shayyah에서

3 파키하니(Fakihani) : 베이루트 시내의 거리 이름. 1981~82년 레바논 내전 때 이스라엘군의 공격으로 큰 피해를 입었다.

유탄에 맞았다. 파힘은 며칠 뒤 숨을 거뒀다. 스물두 살이었다. 그 소식이 삼촌에게 어떻게 전해졌는지는 나중에야 들었다. 알라아가 베이루트에서 쿠웨이트에 있는 삼촌에게 전화를 했다. 알라아의 생각은, 삼촌이 그 사실을 조금씩 받아들이도록 하자는 거였다. "삼촌, 파힘에 대해 말씀드릴 게 있어서 전화했어요. 길 가다가 어제 파힘이 총알을 맞았어요. 의사들이 그러는데, 신의 가호로 잘 회복될 것 같대요."

삼촌은 조용히 대답했다. "그 애 어디다 묻을 거냐?"

파힘의 두 누이 일함과 나즈와, 형 마흐무드, 그리고 내 동생 알라아는 주검을 관에 넣어 비행기로 쿠웨이트에 보냈다. 파힘은 그곳 살리브카트 묘지에 묻혔다.

미국 매사추세츠의 애머스트. 우리는 시드니 카플란[4] 교수(그는 나더러 자기를 '시드'라고 부르라 했다)의 초청을 받아 외출 준비를 하고 있었다. 라드와의 지도 교수였던 카플란이 라드와가 박사 학위를 받은 것을 축하한다면서 우리를 저녁에 초대했던 것이다. 아파트 전화벨이 울렸다. 무니프의 목소리는 다급했다. "파힘이 오늘 베이루트에서 희생됐어."

카타르에 있던 무니프는 미국에 있는 내게 전화를 걸어, 베이루트에서 숨져 쿠웨이트에 묻힐 파힘의 죽음을 알리고 데이르 가사나에 있는 내 외할머니 움 아타와 나블루스에 있는 파힘의 외할머니, 요르단에

---

4 시드니 카플란(Sidney Kaplan, 1913~93) : 미국 흑인들의 역사와 흑인 문화 연구에 큰 영향을 미친 학자·저술가. 『미국 혁명 시대 흑인들의 존재』(*The Black Presence in the Era of the American Revolution*)(1973) 등의 저서를 남겼다.

있는 우리 어머니에게 어떻게 알릴지를 의논하고 있었다. 라드와와 나는 로마를 거쳐 카이로로 돌아가는 항공권을 확인해 보았다. 라드와는 이 대륙에서 외로이 하룻밤을 보내는 것보다는 카플란 교수 부부, 그리고 마이클 셀웰[5]과 함께 있는 편이 낫겠다고 판단했다. 모두들 우리에게 잘해 주었다. 카플란의 부인인 엠마는 여러 가지로 신경을 써주는 게 눈에 보였다. 분위기는 따뜻하면서 친밀했고 대화가 넘쳐흘렀다. 라드와의 생각이 옳았다. 친구들과 함께 있으면서 슬픔의 짐이 조금은 가벼워졌다. 나는 카플란 집의 화장실로 가 바닥을 엉금엉금 기면서, 꺽꺽하는 소리가 새어 나가지 않도록 애쓰면서 구토를 했다.

그날 저녁, 그리고 미국에서 머무는 동안 슬픈 일들만 있었던 것은 아니었다. 거기서 우리는 여러 아프리카 작가들과 아프리카계 미국 작가들을 만났다. 알면 알수록 그들은 우리 아랍인들과 분위기가 비슷했고, 문화적·정치적으로 비슷한 문제들을 안고 있었다. 그들은 미국의 성공 이면에 가려진 것들을 거침없이 비판했다. 셀웰의 집에서 먹은 아침 식사는, 내가 지금껏 먹어 본 것 중 가장 멋지면서도 낯선 식사였다. 요리 솜씨가 좋은 셀웰이 직접 망고 튀김, 생선 구이, 치즈, 커피를 차려 주었다. 그날 식탁에서 나는 스토클리 카마이클[6]

---

5 에크웨메 마이클 셀웰(Ekwueme Michael Thelwell, 1939~) : 미국 매사추세츠 대학 교수. 1970년대 민권운동의 흐름 속에 흑인 문화에 대한 관심이 높아지자 아프로-아메리칸 연구학과를 만들어 흑인 문화 연구를 주도했다.

6 스토클리 카마이클(Stokely Carmichael, 1941~98) : 미국 흑인 민권운동 지도자로 흑인 학생 조직인 학생비폭력조정위원회(SNCC)를 이끌었다. '검둥이', '니그로' 등으로 폄하되던 흑인들의 자존감을 높여야 한다며 '블랙 파워'(Black Power)라는 구호를 외쳤다. 트리니다드 토바고 이주자 가정 출신으로 나중에는 크와메 투레(Kwame Ture)라는 이름을 썼다.

을 만났다. 라드와가 내게 소개해 준 사람 중에는 치누아 아체베[7]도 있었다. 시인 줄리어스 레스터[8]는 라드와와 함께, 내 시 "마을 사람 사이드와 아름다운 봄"을 영어로 옮겨 카플란에게 보여 줬다. 카플란은 자기 집에서 만찬을 할 때에 내게 '휘트먼 풍의 시'라고 평했다. 카플란의 부인은 "월트 휘트먼[9]을 숭상하는 시드가 해줄 수 있는 최고의 찬사"라고 귀띔했다. 너무나 자랑스러운 일이긴 하지만, 지금와 생각해 봐도 내 시가 그런 찬사를 받을 만한 자격이 없다는 걸 나도 잘 안다.

아부 하짐의 집에 머물던 그날 밤, 나는 침대에 누워 대체 지금까지 내가 묵었던 집이 몇 곳이나 될지를 헤아려 보았다. 서른 곳까지 셀 수 있었다.

베란다에 서있는데, 움 칼릴이 일을 끝내고 나를 보러 올 거라고 파드와가 말했다. 사지도 움 칼릴과 함께 온다고 했다. 아부 하짐은 친척인 바시르 알 바르구티가 오늘 아침 전화를 걸어와 모두를 자기 집 저녁 식사에 초대했다고 알려 주었다. 파드와의 딸인 사우산은 암만에서 전화를 걸어왔다. 사우산의 여동생 레일라는 미국에서 전화를 했다. 편지를 쓰는 시대가 끝나 버린 지금, 전화는 팔레스타인 인들을 이어 주는 성스러운 끈이다. 요르단 강 서안과 가자에서는

---

7 치누아 아체베(Chinua Achebe, 1930~2013) : 나이지리아 작가. 아프리카 영문학의 아버지로 평가받는다. 1958년 28세에 발표한 첫 소설 『모든 것이 산산이 부서지다』(조규형 옮김, 민음사, 2008)는 아프리카 문학의 대표작이다. 『더 이상 평안은 없다』(1960)(이소영 옮김, 민음사, 2009), 『신의 화살』(1964)과 함께 '아프리카 3부작'으로 불린다.
8 줄리어스 레스터(Julius Lester, 1939~) : 뉴베리상을 받은 미국 작가, 아동문학가.
9 월트 휘트먼(Walt Whitman, 1819~92) : 미국 시인.

주머니에 휴대전화를 꽂고 다니는 신생 자치정부의 관리들이 주민들의 빈축을 사고 있다. 서안과 가자를 잇는 전화선이 불통인 지금, 이들은 휴대전화를 가지고 다닐 필요가 있는 사람들임에도 주민들은 이들에게 반감을 갖는다. 거기에는 다른 이유가 있다. 자치정부 장차관들과 국장들이 사들였거나 혹은 비싼 돈을 내고 세를 얻은 집들, 그들이 타는 고급 승용차 같은 것들 말이다. 오슬로에서 맺어진 그 생소한 협정에 따르면 팔레스타인인들에겐 여전히 주권이 없고 국가권력이라는 것도 존재하지 않는데 개인 권력이라니, 온당치 않은 일이다.

사람들이 삶에 만족하고 있을 때에는 일상 용품의 기능과 실용적인 측면이 우선시된다. 그럴 때에는, 예를 들면 자동차는 이곳에서 저곳으로 먼 거리를 갈 수 있게 해주는 일종의 신발 같은 물건이 된다. 하지만 그렇지 못할 때에는 자동차가 지위를 과시하는 수단이 된다. 요새 아랍의 벼락부자들이 지위와 힘을 자랑하는 데에 쓰이는 것은 휴대전화다. 베이루트에서는 기자나 작가나 공무원이나 정당 정치인이나, 내전 시대의 향취가 담긴 권총을 허리춤에 늘어뜨리고 다니는 것이 영광의 상징이었다.

자동차도 그렇다. 이곳에 머무는 동안에 느낀 것은, 자동차가 지위의 상징처럼 돼서 해가 지날수록 옵션들이 추가로 붙더라는 것이다. 자가용에 에어백이 있는 사람과 없는 사람이 어찌 같을 수 있겠는가? 자기 손으로 차를 몰아 일하러 다녀야 하는 가난뱅이들과 개인 운전사를 두는 사람이 같을 수 없는 것과 똑같은 이치다.

본질을 벗어난(본질이 뭔지는 모르겠지만) 이런 일들이 벌어지는 것을 보면서 잠시 조용히 숨을 멈추고 있던 나는, 모로코 속담을 생각해 내고 베란다에서 아부 하짐과 파드와에게 말해 주었다. "하느님도 돈맛을 보고 나면 가난뱅이들을 내치고 부자를 보호해 주신다."

오후가 되자 움 칼릴과 사지가 왔다. 사지와 나는 카이로에서 같은 대학 영문학과를 함께 다녔지만 자주 보지는 못했던 것으로 기억한다. 그는 대부분의 시간을 정치적인 일에 할애했다. 사지는 정치학을 공부하는 쪽이 딱 맞았다. 그 시절 카이로의 학생들이 많이들 그랬듯이, 그는 학생회와 비밀 정당 활동에 관심이 많았다. 나는 그들에 동조하지 않았다.

나는 카이로에서 공부하던 시절 정치 활동을 전혀 중요하게 생각하지 않았다. 그런 운동들의 목적이 무엇인지 알 수가 없었다. 나는 영어 억양과 강세 따위를 공부하는 것에 폭 빠져서 너무나 즐거웠다. 거기서 나는 체호프와 T. S. 엘리엇, 셰익스피어와 브레히트, 그리스 문명과 유럽의 르네상스, 신비평[10]을 배웠다. 나는 태어나 처음으로 아무디'amudi(전통적인 정형시)를 벗어나 카시다트 알 타필라qasidat al-taf'ila(자유시)에 도전해 보았다.

무니프는 카타르에서 일을 하면서 이집트 돈으로 한 달에 18파운드씩을 내게 보내오곤 했다. 나는 그중 9파운드는 집값으로 내고 나머지 9파운드로 먹고살면서, 매주 토요일 밤이면 카이로 교향악단의 오페라(입장권은 19피아스터[11]였다)나 국립극장에서 하는 공연들을 보러 갔다. 무니프는 내가 대학 입학 허가를 받은 뒤 처음으로 보내온 편지에서 이집트 국영 은행으로 내게 돈을 보내면 언제든 달러로 바꿀 수 있게끔 조치를 취해 놓으라고 했다. "언제든 내가 때가 됐다고 알

---

10 신비평(New Criticism) : 1920년대 미국을 중심으로 일어난 문학 운동. 텍스트 자체를 중심으로 작품의 구조와 표현 등 내재된 특징을 중시하는 객관적인 비평을 지향했다.
11 1파운드는 1백 피아스터.

려 주면, 너는 암시장에 가서 돈을 바꾸고 곧장 라말라로 가는 거다. 너는 이제 갓 성년이 되었으니 자칫 잘못된 길로 빠져들었다가는 다시는 바른길로 올 수가 없어."

이런 편지를 썼을 때, 무니프도 스물두 살에 불과했다.

대학에 다니는 몇 해 동안 나는 동기들한테 우리 '큰형'에 대해 자주 이야기하고, 형이 정기적으로 내게 편지를 통해 전해 오는 소식을 들려주곤 했다. 언젠가 라드와에게 형의 사진을 보여 줬더니, 깜짝 놀라며 말했다. "아니, 이건 남자애잖아! 당신은 '우리 큰형, 우리 큰형.' 하지 않았어? 나는 그래서 나이가 든 사람인 줄 알았지. 그런데 당신보다도 젊어 보여!"

몇 년이 흘러 우리는 결혼했고, 라드와도 형을 만났다. 라드와는 형이 젊고 성격도 부드러울 것 같다는 자기 느낌이 사실이었음을 확인했다. 무니프는 나보다 세 살 위였다. 형은 1941년 아리하에서 태어났고, 나는 1944년 데이르 가사나에서 태어났다. '우리 큰형'이라는 호칭은 무니프가 언제나 자기 나이에 비해 큰 역할을 맡았고 성숙함과 책임감을 지녔음을 보여 주는 표현이었다.

나는 팔레스타인 사람이고 1948년의 대재앙[이스라엘 건국]의 소산이지만, 고백하자면 그 시기에 나는 정치에는 별로 관심이 없었다. 카이로의 가와드 후스니 거리에 있는 팔레스타인학생총연합 본부의 초청을 받아 한두 번 정치 행사에 나가 보기는 했다. 하지만 나는 그 사람들의 운동에 섞일 수가 없었다. 나는 그 일에 맞지 않고, 그 일도 나에게 맞지 않는다는 느낌을 받았다.

시간이 흘러 여러 사건들이 터지고, 탄압을 받아 깨진 저항운동

진영에 숱한 정파들이 나타나는 것을 보면서, 내가 카이로에서 공부를 했던 1963년부터 1967년까지 기간이 팔레스타인 무장 정파 '파타'[12]와 '하라카트 알 카우미인 알 아랍'Harakat al-Qaumiyin al-'Arab(아랍민족주의운동) 등의 조직들이 물밑에서 틀을 갖추던 시기였음을 깨달았다. 그런 조직들이 학생 연맹이라는 틀 안에서 모습을 갖춰 가고 있었다. 조심스럽게 내게 다가와 자기네 정치 활동에 참가해 보지 않겠냐고 권했던 학생들이 실은 엄청난 프로젝트를 수행하고 있었던 거였다. 아마도 그 친구들은 내가 너무 순진하거나, 혹은 겁쟁이라고 생각했을 것이다. 그들이 실제로 무엇을 하고 있었는지를 알았더라면 나도 그들의 기대에 맞춰 거기 뛰어들었을까? 잘 모르겠다.

우리 어머니가 잘못한 일이 있다면, 자식들이 어떤 종류의 위험에도 가까이 가지 못하도록 지나치게 조심하도록 가르쳤다는 점이다. 우리 형제들 중엔 이 나이가 되도록 자전거를 탈 줄 아는 사람이 아무도 없다. 어머니는 우리가 자전거에서 떨어져 팔다리가 부러질까 걱정했다. 뒤에 해방운동의 투사가 된 동료들이나 친척들을 보면서 그들은 원래가 영웅으로 타고난 사람들이고, 나는 그렇지 못하다고 생각했다. 그들은 좋은 종자를 타고난, 나와는 아예 다른 인종이 틀림없다고.

---

12 파타(Fatah) : 아라파트가 이끈 PLO의 주축이 된 무장 조직. 오슬로 평화협정으로 요르단 강 서안과 가자에 팔레스타인 자치정부가 들어서자 정당 성격의 정치조직으로 변신해 자치정부의 근간이 되었다. 그러나 부패와 파벌 싸움, 팔레스타인을 떠나지 않고 살아온 주민들과의 알력, 아라파트 개인의 명성에 의존하는 구조 등으로 인해 반발도 거셌다. 2006년 자치정부 총선에서 가자를 기반으로 한 무장 정치조직 하마스가 승리를 거둬 정권을 잡자, 아라파트의 후계자로서 파타 세력을 대표하는 마흐무드 압바스(Mahmoud Abbas) 현 대통령은 미국과 이스라엘의 지원 속에 친위 쿠데타를 일으켜 하마스 내각을 몰아냈다. 그 후 사실상 파타와 압바스 정권은 요르단 강 서안 정권으로 축소됐으며 가자는 여전히 하마스의 영향력 아래에 있다.

정치 활동을 계속한 사지는 민주전선[13] 정치국 위원이 됐다. 그의 어머니 움 칼릴은 아들을 팔레스타인 자치정부 대통령 후보에 내보냈다 해서 국제적으로 유명해졌다. 사지는 아라파트 의장에게 맞선 유일한 라이벌이었다.

우리는 오전에 움 칼릴이 이끌고 있는 가족지원협회 본부에 가보기로 했다. 그리고 사지, 왈리드와 함께 그날 저녁에는 라말라 밖으로 나가서 밤을 지내보기로 결정했다.

저녁이 되자 우리는 바시르 알 바르구티의 집으로 식사를 하러 갔다.

"오슬로 [협정] 때문에 독립을 하거나 아니면 지옥에 가거나 둘 중 하나겠지. 두 번째 가능성을 피하려면 뭐든 잘해 내는 수밖에 없어." 바시르의 말이다.

그는 새로 전개되고 있는 상황을 이해하고 있다. 그는 고향에 살면서 『알 탈리아』*al-Tali'a*라는 잡지 편집장으로 일한다. 팔레스타인인민당Palestinian People's Party, PPP의 사무총장이기도 하다. 며칠 전에는 신생 자치정부의 산업부 장관으로 임명됐다. 바시르는 차분하고 명상하는 듯한 얼굴을 하고 있다. 평소에는 말이 많지 않지만, 이런 날 저녁에는 데이르 가사나에서 일어난 온갖 사건들과 농담들을 꺼내며 우리와 이야기꽃을 피웠다. 그날 저녁에는 바시르의 아내와 아들 나빌, 그리고 내가 라말라에서 학교 다닐 때 동급생이었던 바시르의 처제 노하와 노하의 두 아들, 아니스와 후삼, 아부 하짐도 모두 함께였다. 나는 67년 이후로 노하를 본 적이 없었지만 그녀의 자원 활동

---

13 팔레스타인해방민주전선(The Democratic Front for the Liberation of Palestine, DFLP) : 팔레스타인의 청년 해방운동 조직. 마르크스-레닌주의를 내세운 세속주의 좌파 조직으로 1969년 좌파 게릴라 조직인 PFLP에서 갈라져 나왔다.

에 대해서는 익히 들어 알고 있었다. 그녀와 함께 일했던 여러 유럽 여성들이 그녀가 고향에서 벌이는 활약을 시공을 넘어 전해 주었던 것이다.

다음 날 아침 말리하 알 나불시야가 여덟 아들 중 두 명을 데리고 찾아왔다. 그녀는 하자 움 이스마일 아파트에서 우리 옆집에 살았다.
"이스라엘인들이 아이들을 구금 센터로 끌고 간다는데 당신은 용케 피했군요, 하자 말리하."

"아가, 모두 신이 돌봐 주신 덕이란다. 하지만 나도 겪을 만큼 겪었다. 하나를 풀어 주면 둘을 잡아가곤 했으니. 나는 딱하게도 그들이 우리 애들을 끌어다가 어느 마을, 어느 구금 센터에 가둬 놨는지, 면회는 되는지 물어보러 찾아다녀야 했단다. 그놈의 류머티즘 때문에 진이 다 빠졌어. 제발 넌 그런 거 안 걸려야 할 텐데. 그래도 우리끼리 말이지만 인티파다 시절이 더 좋았지. 넌 어떻게 생각하니?"

나도 그때가 더 좋은 세상이었다고 말했다.

"네가 보기엔 저들이 정말로 여기서 나갈 것 같니? 그 네타냐후 말이다. 그 사람이 하는 말은 하나도 믿으면 안 된다. 그자는 악마야. 넌 그 사람을 몰라."

페레스[14]가 네타냐후보다 낫느냐고 물었더니 그녀는 손을 흔들었

---

14 시몬 페레스(Simon Peres, 1923~) : 이스라엘 정치인. 두 차례 총리와 임시 총리, 부총리와 외무 장관 등을 지냈으며 2007년부터 대통령을 지내다 2014년 8월 퇴임했다. 좌파 노동당 소속으로 이츠하크 라빈(Yitzhak Rabin, 1922~95) 총리 밑에서 부총리를 지내며 팔레스타인과 협상해 오슬로 평화협정을 이끌어 냈다. 그 공로로 라빈·아라파트와 함께 노벨평화상을 받았다. 1990년대 중반 한 차례 총리를 지내고 2009년 재집권한 우익 리쿠드당 소속의 베냐민 네타냐후 현 총리에 비하면, 팔레스타인과의 협상을 통한 평화공존을 추구해 온 온건파였다.

다. "막상막하야." 그러고는 덧붙였다. "다 후레자식들이지."

말리하는 자식을 여덟이나 두었는데 남편이 인티파다 두 번째 해에 목숨을 잃었다.

"초반에 순교한 것을 하느님께 감사하고 있단다. 그때는 열정으로 가득해서 기상이 하늘을 찌르고 바람 위를 떠다녔지. 그이한테 닥친 일들을 남들도 다 겪고 있다고 생각하면서 그이가 떠난 뒤의 시간을 버텼단다. 그 양반이 인티파다가 끝날 무렵에 떠났으면 나도 견디지 못했을 거야. 결국은 놈들이 모든 걸 망쳐 버렸구나, 아가. 하느님께 맹세컨대, 나중엔 모든 게 뒤죽박죽이 되고 다 더럽혀져서, 인티파다가 끝나니 다들 기뻐했다니까. 넌 어떻게 생각하니?"

PLO에서 순교자 가족들에게 재정적인 지원을 해주고 있지 않느냐고 말하자, 말리하는 재빨리 대답한다. "그 조직이 규칙적이지가 않아. 한 달 주는가 하면 다음 달엔 건너뛰거든. 원조해 주는 나라가 자기네들한테 자금을 보내지 않는다나. 하느님이 모두를 굽어살피시길. 돈이 있을 때는 그 사람들이 한 달에 50달러를 주는데, 그걸로 우린 어찌어찌 살아. 다 신의 가호란다."

신세지고 있는 집이 내 손님들로 꽉 차버리면 몹시 민망하다. 아부 하짐이 말했다. "내가 좋아서 하는 일이니 미안해하지 마." 파드와도 남편을 거들었다. 하지만 가끔씩은 내 친구들이 자정이 다 된 시각에 찾아오는 일도 있었다. 손님들이 보통 때보다도 더 늦게까지 앉아 있으면 나는 집주인들 볼 낯이 없었다. 나는 아부 하짐의 마음을 상하게 하지 않으면서 호텔로 옮기겠다는 이야기를 자연스럽게 꺼낼 기회를 찾아야 했다. 라말라 호텔로 가는 택시를 잡을 때에 이야기를 꺼낼 기회가 있었다. 전날 암만에서 도착한 마흐무드 다르위시[15]가 그곳에 묵고 있었던 것이다. 나는 말했다. "아부 하짐, 같은 호텔에 내 방을 잡아 주면 편할 것 같아요. 그리고 내 번거로운 일정 때문에 모두를 괴롭히지 않아도 될 테고요." 아부 하짐과 파드와는 감히 호텔로 떠날 생각을 했다는 것만으로도 내가 당장 사과해야 한다고 답했다.

택시를 타고 마흐무드를 만나러 가서 이것저것 얘기를 나눴다. 라말라에서 [다르위시가 발행한 아랍어 잡지인] 『알 카르멜』*al-Karmel*을 다시 펴낼 수 있을지에 대한 이야기도 있었다. 그러고 나서 나는 움 칼릴을 만나러 가족지원협회 본부에 갔다.

그 협회의 여러 부서들을 둘러봤다. 바느질, 자수, 수공예, 과일 가공·포장 등, 이스라엘에 의해 목숨을 잃은 이들과 잡혀간 이들, 그리고 감옥에 갇힌 이들의 아들딸이 여기서 일하는 법을 배워 가족들을 먹여 살린다. 마치 사랑에 빠진 새 한 쌍이 행복한 입맞춤을 나누듯, 은빛 갈고리 두 개를 쥔 손이 분주히 움직인다. 갈고리 끝에는 아름다운 색실이 달려 있다. 색실은 고리에서 벗어나려 하지만 사람들의 몸을 따스하게 감싸 줄 숄이나 아름다운 침구 장식으로 변신할 뿐이다. 옆 테이블에서는 소녀들이 바늘을 들고 색실에 색실을 뒤섞는다. 하루하루, 한 땀 한 땀씩 몇 주가 지나면 놀랍도록 아름다운 수만 가닥의 자수가 놓인 팔레스타인 전통 드레스가 자태를 드러낸다. 올리브 나무 조각, 은세공, 밀랍 공예, 유리 공예, 자수 장식이 달린 거울 액자, 아동복과 남성복과 여성복, 맞벌이 부부를 위한 온갖 종류의 반찬을 비롯한 부엌살림, 피아노, 류트, 플루트, 다브카 춤, 노

15 마흐무드 다르위시(Mahmoud Darwish, 1941~2008) : 팔레스타인의 민족 시인으로 불리는 작가. 1948년 이스라엘의 침공 뒤 레바논으로 이주해 그곳에서 자랐다. 19세에 첫 시집 『날개 없는 새들』(*Asafir bila*)을 발표한 것을 시작으로 많은 시집과 산문집을 남겼다.

래, 댄스 공연, 그 밖에도 다양한 활동이 벌어지고 있다. 이 협회는 30년도 넘는 세월 동안 도움의 손길이 필요한 사람들을 보살펴 왔다. 이 협회의 기금은 부유한 팔레스타인 사업가들과 이웃 아랍 국가들로부터 나온다. 움 칼릴은 1967년 라말라가 이스라엘에 점령당하기 2년 전에 이 협회를 세웠다. 나는 이삼일 뒤 개관식이 열릴 예정인 팔레스타인 민속공예박물관에서부터 협회 구경을 시작했다. 관람의 마지막 순서는 아이들이 나를 위해 깜짝 선물로 준비한 합창 공연이었다. 타라지 부인이 피아노 반주를 해주었다. 어떻게든 살아내려는 지역민들의 노력은 라말라와 비레뿐만 아니라 이 지역 전체 팔레스타인 사람들의 관심을 끌었다. 협회는 일이 필요한 사람들을 위해 일자리들을 만들었다. 아이들 수백 명을 먹이고 재능을 키워줬다. 주민들이 주도하는 사업이야말로 효과적이라는 것을 보여 주는 증거가 이 협회다. 자신들의 처지와 환경, 끊임없이 바뀌는 수요를 가장 잘 아는 것은 주민들이기 때문이다.

저녁이 되자 나는 미리 약속한 대로 왈리드, 사지와 함께 라말라에서 밤을 보내려고 시내로 나갔다. 나는 라말라에 와서 아부 야쿠브, 와심과 함께 한 번 시내에 나갔고, 아니스, 후삼과 함께 한 번 더 나가 보았다. 그리고 나 혼자 나갔던 것이 두 번이었다. 우리가 라말라 시내를 어슬렁거리는 모습, 혹은 찻집 테이블에 앉아 큰 소리로 웃고 떠드는 모습을 본 사람들은 아마도 그저 한 무리의 행복한 친구들이라고 생각했을 것이다. 모든 게 겉으로 보이는 것보다는 복잡한 법이다.

이번에는, 1960년대가 아닌 1990년대의 라말라다. 친구들의 설명을 듣지 않았으면 이 도시의 구석구석까지 이해하기 힘들었을 것이다. 오랜 세월 떠나 있던 사람의 눈에는 도시의 겉모습이 달라져 보이는 게 당연하다. 내 친구들은 아무데서나 솟아오른 콘크리트 고층 빌딩을 보면서 당혹스러워했다. 라말라 사람들에게 이 도시는 살굿빛 기와지붕을 얹은 집들, 집을 둘러싼 정원들, 샘이 솟아오르는 공원들, 양옆으로 키 큰 나무들이 늘어서 있고 예전에는 곧잘 '연인들의 거리'라고 불렸던 방송국 거리, 밤이면 불빛이 반짝반짝 빛나는 팔레스타인의 바닷가까지 초록빛 언덕들이 이어져 있는 그런 곳이었다. 나는 친구들이 느끼는 당혹스러움에 공감할 수는 없었다. 이런 것이 발전이고, 도시가 성장하면서 치러야 하는 대가다. 사실 우리가 저들의 점령을 증오하는 이유는, 팔레스타인의 도시들과 그 안에 사는 우리의 삶이 점령 탓에 성장하지 못해서이지 않은가. 점령은 우리의 도시들이 자연스럽게 발전하는 걸 막고 있다.

이날 밤, 혹은 그전의 밤 외출에서 나는 내가 예전에 즐겨 가던 곳을 거의 둘러보았다. 라말라 중학교의 운동장, 『키타브 알 아가니』[16]를 읽었던 도서관, 아치가 늘어서 있는 회랑. 구시가지인 올드 라말라. 바튼 알 하와Batn al-Hawa 주택단지. 신의 교회Church of God. 나블루스 거리. 가말 압둘 나세르 모스크. 알 마나라 광장. 친구들에게 나움 공원은 어찌 되었느냐고 물으니 이미 사라졌고, 그 자리에는 고층건물과 가게 들이 들어섰단다.

카이로에서 대학 3학년 때 방을 같이 썼던 푸아드 타누스와 아델 알 나자르, 바심 쿠리의 집은 알아볼 수가 없었다. 하지만 네 번째 룸

---

16 『키타브 알 아가니』(*Kitab al-aghani*) : '노래의 책'이라는 뜻으로, 이스파한(오늘날의 이란) 태생인 문학가 아부 알 파라지 알 이스파하니(Abu Al-Faraj Al-Isfahani, 897~967)가 고대로부터 전해 오는 아랍의 시가(詩歌)를 집대성해 묶은 것이다. 1만 쪽, 전체 20권에 이를뿐더러 문장이 수려해 아랍 문화사의 정수로 꼽힌다.

메이트였던 라미 알 나샤시빌리의 집은 알아볼 수 있었다. 그는 칼리 아부 파크리의 집 바로 맞은편의 오마르 알 살리 알 바르구티 빌딩에 그대로 살고 있었다.

라말라가 가진 아름다움 중의 하나는 이곳이 따뜻하면서도 투명한 사회라는 것이다. 이 도시는 기독교와 이슬람 두 종교의 의식들이 자연스럽게 어우러져 직조된 옷감과 같다. 거리들과 가게들, 단체들은 성탄과 새해, 라마단과 이드 알 피트르,[17] 종려주일[18]과 이드 알 아드하[19]를 모두 기념했다. 라말라 사람들은 교의나 종파 따위는 몰랐다. 그리고 라말라 공원과 루카브 아이스크림. 광고에서 루카브라는 글자를 보거나 이름을 듣는 것만으로도 그 맛을 떠올릴 수 있다. 팔레스타인 경찰은 교통을 잘 통제해 알 마나라 광장의 체증을 해결하고 있다. 사람들 말로는 이스라엘의 점령으로 시정市政이 중단된 직후에 도시가 쓰레기로 넘쳐 났는데, 곧 다시 깨끗해지면서 우리가 알던 라말라의 모습을 찾았다고 한다. 이스라엘이 1967년 이래로 물을 다 빼앗아 가면서 녹지가 줄긴 했지만 여전히 푸름은 남아 점령에 맞서고 있다.

정치 얘기, 그리고 다음엔 무슨 일이 벌어질지에 대한 추측들은 결코 끊이지 않는다. 앞으로도 오랫동안 그럴 것이다. 시오니스트들의 점령 작전이 우리 창문을 두드리고 날카로운 손톱으로 문을 긁고 우리 방문을 걷어차고 들어와 우리를 사막으로 내던진 이후로, 남녀

---

17 이드 알 피트르('Id al-Fitr) : 이슬람 금식성월(禁食聖月)인 라마단의 마지막 사흘간 벌어지는 축제.

18 종려주일 : 부활절 직전 일요일. 예수가 예루살렘에 들어간 것을 기념하는 날.

19 이드 알 아드하('Id al-Adha) : 성지순례인 하지가 끝난 것을 기념해 열리는 희생제(犧牲祭).

를 불문하고 우리 백성들의 영혼 가운데 어느 사소한 구석조차도 정치가 개입되지 않는 곳은 없다.

그러나 그렇더라도 디아스포라의 현장에서나 조국에서나, 팔레스타인의 시詩들 모두가 노골적인 정치적 접근으로 일관하는 걸 옳다고 할 수는 없다. 아랍과 팔레스타인 작가들에게는 희극도 필요하다. [우리의 처지가] 비극이라고 해서 비극적인 글만 쓸 수는 없다. 우리가 살고 있는 현실은 역사적이고 지리적인 소극笑劇이기도 하니까. 조국에 살고 있는 팔레스타인 화가들은 이 덫을 용케도 피해 놀라운 작품들을 만들어 내고 있다. 현실을 무시하지 않고, 보편성 속에 내재한 특수성을 건너뛰지 않고서도 말이다. 어디를 가든, 팔레스타인 외부에서 발간된 책을 구할 수 없어 안타깝다는 하소연이 들려온다. 아랍 문화, 나아가 세계 문화로부터 격리되고, 아랍권 작가들과 끈을 유지할 기회를 가질 수 없다는 것이다.

동시에 팔레스타인에는 저만의 즐거움도 있다. 슬픔 사이에 녹아 있는 기쁨이 있다. 인생의 놀라운 모순이 있다. 텔레비전 뉴스에 보도되는 국제 정세에 종속된 처지이기 이전에, 팔레스타인은 하나의 살아 있는 피조물이다. 인티파다에 나섰던 이들이 말하는 이야기 속에서 그 모순을 만날 수 있다. 데이르 가사나에서 어린 시절을 보낼 때부터 알았던 사람이 있다. 뺨에 덴 자국이 있는 그는 마을 이발사인 유수프 알 자빈에게 이발료를 절반으로 깎아 달라고 떼를 쓰곤 했다. 자기는 얼굴 반쪽엔 흉터가 있어 수염을 깎을 필요가 없다는 것이었다. 한번은 그가 아랍에미리트에 사는 친척들을 만나러 갔는데, 인티파다 때 어떻게 뺨을 데었는지를 이야기해 친척들을 즐겁게 해주었다 한다. 그것은 인티파다의 알맹이는 쏙 빼버리고 언론에 난 여러 가지 기사로 꾸며낸 이야기였다.

아부드 마을에 살던 아니스 알 바르구티가 남긴 기록이 기억난다. 파르하라는 여성은 그 마을에서 농사를 짓던 아낙이었다. 인티파다가 벌어지던 기간에 마을 여성들은 이스라엘군이 젊은 남성을 잡아가기만 하면 모두 달려들어 울부짖었다고 한다. “아가, 내 아들아. 우리 아들을 그냥 둬.” 그런데 한번은 이스라엘군이 젊은 남성을 멀찌감치 끌고 가다가 파르하를 향해 외쳤다. “저리 가, 거짓말쟁이. 대체 애 하나에 엄마가 몇이야! 아들은 하나인데 엄마는 1백 명이야? 당장 꺼져!”

파르하는 군인에게 소리쳤다. “그래, 맞아. 여기 애들은 엄마가 1백 명이야. 너희네 애들이랑 달라서 아버지도 1백 명이라고!”

인티파다 때의 이 팔레스타인 여성이 보인 모습은 존경해 마지않을 수 없지만, 파르하의 이야기는 아직도 온전히 기록으로 남겨지지 않았다. 사람들은 도망 다니던 팔레스타인 난민을 파르하가 자기 집에 숨겨 준 일에 대해서도 이야기했다. 그녀는 무려 7년 동안이나 도망자를 숨겨 줬다고 한다. 사람들은 산에 숨어 지내던 수배자들, 시골 마을의 굳건한 사회적 연대에 대해 이야기를 나누곤 한다. 사람들이 일상에서 보여 준 작은 희생들이 합쳐져, 우리 지식인들이 ‘영웅적’이라 부르는 행위들이 쌓여 갔다. 인티파다 도중에 다쳐 병원에 간 사람들이 체포되는 일이 없도록 의사들이 스스로 나서서 몰래 외과 수술을 해주기도 했다고 한다.

또 한편으로는 단돈 몇 푼을 받고 이스라엘인들에게 협력한 배신자들에 대한 이야기도 있었다. 당시 변절자들과 그 가족들의 신변을 보장해 주겠다고 약속한 이스라엘은 지금 애물단지가 되어 버린 그들을 달래느라 골치를 썩이고 있다. 관리들이 재건과 개발 과정에서 지나치게 이윤을 남겨 먹는 등 부패를 저질러, 팔레스타인 보안군이 이를 적발해 한밤중에 재판을 열었다는데 재판 기록조차 남겨지지 않았다는 얘기도 들었다. 하지만 그 시절의 이야기를 회고하면서 사람들은 희망이라는 압력에 밀려(희망도 고통과 마찬가지로 압력이 될 수 있다) '그런 정도의 문제는 당연히 있는 것'이라든가 '그런 문제는 미리부터 예상하고 있었다.'며 합리화하기도 한다. 희망이 그들에게, 이 어려운 시절만 끝나면 나쁜 것들은 모두 다 사라지리라 속삭이고 있는 것이다. 야세르 아라파트를 지지했던 사람들이 절대 다수였다. 이들은 역사적인 약속[오슬로 협정]이 지켜질 것이라 믿으며 지금도 기다리고 있다. 정확히 말하면 팔레스타인 사회 전체가 아직도 기다리는 중이다. 팔레스타인은 아직 눈을 감지 않았다. 팔레스타인 언론이 이런 현실을 전혀 보여 주지 않는다는 점이 놀라웠다. 언론들은 꽃다발로 현실을 가리기에만 바쁘다.

왈리드는 가는 곳마다 젊은 남녀와 끊임없이 인사를 주고받았다. 그는 무대에서 노래도 하고 류트 연주도 하고 연기도 하는데 라말라를 떠난 적은 한 번도 없었다. 이 젊은 아가씨는 극장에서 왔고, 저 청년은 무용단을 가르치고 있고, 이쪽은 우리 오랜 이웃이야. 기타 등등. 우리는 이 모든 일의 가치에 대해 이야기했다. 작가든 예술가든, 자신의 지평선에 있어야만 가치가 있다. 오늘날에는 세상이 이상해져서 아랍 작가들이 외국 말, 특히 서양 언어로 자기 작품을 번역 출간하려고 혈안이 되어 있다. 영어를 사용하는 사람들이 자기 작품을 읽어야 아랍에서 유명해질 수 있다는 듯이, 자기네 지역의 목소리를 남의 나라 말로 옮기려 하는 것이다. 우습고도 슬픈 일이다. 다른 나라들에서도 그러는지 궁금하다.

극장 세 곳은 모두 오래전에 문을 닫았다. 간판은 너덜너덜해졌고 극장가 주변은 어둑어둑하다. 책방에서는 이제 책을 팔지 않고 사탕이라든지, 펜이나 종이 같은 학용품을 팔고 있다. 자동차 번호판은 모양이나 색깔이 제각각이다. 히브리어 번호판도 있고 아랍어 번호판도 있다. 나처럼 간만에 갓 돌아온 이들은 적응하기가 쉽지 않다. 왈리드는 극장에서 일했던 경험을, 아부 야쿠브는 구호 기구에서 하고 있는 일을, 사지는 정치 활동을 포기하고 보험회사에서 일자리를 찾아야 했던 일을 내게 말해 주었다. 와심은 타일 지붕으로 덮인 멋진 주택 한 채를 문화부 건물로 다시 꾸며 '칼릴 알 사카키니 문화 센터'로 만들었다고 했다. 앞으로는 그 건물에 극단과 예술가들을 위한 공간, 공예 코너, 도서관 등이 들어갈 예정이다. 『알 카르멜』을 내는 잡지사도 한 층을 차지하게 된다. 친구들은 구경시켜 주겠다며 나를 그리로 데려갔다.

나는 이곳에서 난생처음으로 팔레스타인 텔레비전 프로그램을 봤다. 지난 세월을 통틀어 봐도, 남의 나라에 사는 난민 처지인 우리 같은 사람들은 '팔레스타인 항공', '팔레스타인 경찰', '팔레스타인 텔레비전', '팔레스타인 정부' 같은 이름의 뭔가를 가질 수가 없었다. 아랍 텔레비전이나 라디오와 마찬가지로 팔레스타인 텔레비전엔 모든 것이 들어 있었다. 라말라의 라디오 방송과 인터뷰를 했는데, 진행자는 내게 이렇게 물었다. "우리는 다른 나라, 다른 민족과는 다른 기적의 민족이 아닙니까?" 나는 말했다. "정확히 누구와 다르다는 거죠? 무엇과 다르다는 건가요?" 모든 사람이 조국을 사랑하고, 필요하다면 조국을 위해 싸운다. 어디서든 순교자들은 자신이 정당하다고 여기는 명분을 위해 싸우다 희생됐다. 감옥과 구금소들은 제3세계에서 온 전사들로 붐빈다. 그들의 머릿속에는 아랍 세계가 있다. 우리는 고통을 겪어 왔고, 끝없이 희생당해 왔다. 하지만 다른 민족과 비교해 나을 것도 못할 것도 없다. 우리 나라가 아름다운 만큼 남의 나라도 아름답다. 다른 점이 있다면 시민과 국가의 관계일 것이다. 그 관계가 착취와 뇌물과 부패로 점철되어 있다면 조국에 대한 이미지에도 당연히 영향을 미친다. 진행자는 팔레스타인 방송이 잘되려면 어떤 조건이 필요한지 내 생각을 물었고, 나는 정부 권력으로부터 거리를 두어야 한다고 대답했다.

나는 잠들기 전에 "존재들의 논리"라는 제목으로 나올 내 글의 초고를 방에서 훑어봤다. 희극적인 요소를 남용한 게 아닌가 싶은 부분이 있어 잠시 멈췄다. 하지만 이내 그대로 두자고, 현실이 그런데 안 될 이유가 뭐 있냐고 나 자신에게 말했다. 그래, 세상은 비극이다. 그래, 세상은 희극이다. 내 말은 희극인 동시에 비극이라는 뜻이다. 글에 실린 대화를 보면 하나같이 웃음과 슬픔이 한 문장 안에서 만난다. 비극 속에 숨겨진 희극을 볼 줄 모르는 눈을, 나는 믿지 않는다. 우리 손으로 저지른 일보다는, 남들이 우리에게 저지른 일을 비극적으로 묘사하는 게 언제나 훨씬 편하다. 상황은 비극적이지만 그 비극에는 항상 희극이 녹아 있다. 장엄함 따위는 없다. 그리스신화나 셰익스피어 비극의 영웅들이 쓰러질 때와 같은 파열음 한 번 내보지 못한 채 우리는 소리 없이 무너졌다. 사악한 미디어들은 그 무너짐의 의미를 꾸며내, 승리 혹은 부활인 양 우리에게 내보냈다. 그런 일은 고전적인 비극에서는 일어나지 않는다. 햄릿은 말했다. "덴마크라는 나라에서 무언가가 썩어 가고 있다." 그러면 그걸로 끝이다. 다음 날 잠에서 깨어 보니 라디오나 텔레비전 방송에서 윌리엄 셰익스피어는 자기 생각에만 몰두했던 별 볼일 없는 인물이었고 민족의 투쟁과는 아무 상관없었으며 덴마크는 훌륭한 지도자 덕에 모든 게 잘 굴러가고 있다고 떠들어 대는 그런 일은 없다. '움 윌리엄'[20] 여사의 아들 윌리엄이 두 손을 허리에 대고 서있는 사진과 함께 아침 신문에 "셰익스피어 씨, 그래서 대안이 뭐란 말입니까?"라고 쓰인 기고문이 실려 있을 일도 없다. 안와르 사다트는 자신의 역사적인 이니셔티브[21]를 내세우면서 "나보다 더 뛰어날 자신이 있는 사람이 있다면 내가 박수를 쳐주겠다."라고 말하지 않았던가. 자신의 비극 속에서 명료하게 자신의 몫을 뽑아내 저처럼 웅변해 보인 인물은 오이디푸스뿐일 게다. 하지만 오이디푸스는 대재앙을 축제나 사육제로 바꾸지는 않았다. 셰익스피어는 비극을 쓰고 싶을 때는 비극을 썼고, 희극을 쓰고 싶으면 『햄릿』·『리어왕』·『맥베스』·『오셀로』[22]와는 완전히 다른 희극을 썼다. 우리 아랍인들은 같은 페이지, 같은 사건, 같은 조약, 같은 연설 안에서 비극과 희극을 동시에 읽는 데에 익숙해져 있다. 우리는 승리 속에서 패배를, 결혼식에서 장례식을, 고국 내에서 망명을 읽는다. 매일 아침 만나는 사람들의 얼굴 속에서 희극과 비극을 읽는다.

이스라엘의 침공을 받고 베이루트에서 도주하면서 팔레스타인 관리들은 늘 하던 소리에다가 승리의 변辯을 덧붙였다. 그 뒤에 있었던 팔레스타인 민족협의회 회동에서는 영광과 저항과 승리를 주장하는 발언의 강도가 더 세졌다.

---

20 윌리엄 셰익스피어의 어머니를 아랍식으로 부른 것.

21 팔레스타인에는 치명타가 된, 이집트와 이스라엘의 1979년 평화협정을 지칭한다. 앞서 설명했듯이, 사다트는 이스라엘과 손잡음으로써 미국의 지원을 얻어 낼 수 있었지만, 이에 반발한 이슬람 정치조직 '무슬림 형제단'에 의해 암살됐다.

22 셰익스피어의 4대 비극으로 꼽히는 작품들.

민족협의회 문화위원회 회의에서 나는 내 발언이 팔레스타인 문화·미디어 담당 관리들에게 충격적으로 들릴 것임을 알고 있었다. "역사는 우리에게 두 가지 교훈을 주었습니다. 첫째, 재앙과 패배를 승리로 묘사할 수 있다는 것입니다. 둘째, 그러나 그것은 오래 지속될 수 없다는 사실입니다."

나는 이렇게 덧붙였다. "우리에게 일어난 일에 대해 자화자찬으로 대응하는 것은 맞지 않습니다. 이 상황을 이해하는 데에 도움이 되지도 않고요."

그 무렵에는 우리 안에 퍼져 있던 만족감에 타격을 주는 행동은 용납되지 않았다. 당시 일어난 일련의 사건들과 그 결과를 단계별로 검토해 보고 잘못을 고치는 것도 허용되지 않았다. 지금은 허용되는지도 솔직히 나는 의심스럽다.

잘못을 저지른 이들은 비판에도 둔감하다. 그들은 내 말에 별로 충격을 받지는 않았지만, 좋아하지도 않았다. 그 모임이 끝나고 모든 참가자들은 각자 갈 곳으로 돌아갔다. 나는 카이로에 살고 있다는 한 여성 대표와 우연히 함께하게 됐다. 부다페스트로 돌아가기 전에 라드와와 타밈에게 편지를 보내고 싶었고, 그 여성을 통해 편지를 전하면 되리라고 생각했다. 그녀는 말했다. "카이로로 바로 돌아가지 않을 거예요. 파리에 가까운 곳에 온 김에, 기분 전환 삼아 파리에서 며칠 지내야죠. 은을 좀 살까 해요. 은을 정말 좋아하거든요. 파리에 좀 머무를 생각입니다. 언제 카이로로 돌아갈지는 모르겠네요. 기분 전환을 하려고요."

자치정부와 꾸준히 연결되어 있던 팔레스타인 지식인 집단은 지나치게 자치정부에 가까워지고 의존했으며, 자치정부가 하는 것들을 흉내 내면서 즐거워했다. 자치정부의 요인들과 자신들을 동일시하기도 했다. 그 점에서는 자치정부를 지지했던 사람들이나 반대했던 사람들이나 똑같았다. 성숙한 시민이 아닌 부족민처럼 구는 것은 지금도 마찬가지다. 그때는 애국자연하는 이들은 자기가 무슨 정치적인 선택을 하든 다 애국적인 것처럼 보일 수가 있었다. 잘못을 저지른 사람들조차 희생양처럼 보일 수 있었다. 모두가 위협을 받고 있었다. 모욕당하는 것은 물론, 부상을 입거나 심지어 죽음의 위험에 노출돼 있었으며, 사랑하는 사람을 잃을지 모르는 상황에 놓여 있었다. 어떤 지식인이 자치정부 지도부와 가깝게 지낸다는 것은, 전통적인 의미에서 친정부적이라는 것과 사뭇 다른 것으로 받아들여졌다. 망명 중이든 점령 아래 있든 간에 팔레스타인 사람들과 자치정부가 예외적인 상황에서 살아가고 있다는 점은 똑같았다. 심지어 팔레스타인 지식인들이 마땅히 있어야 할 곳은 자치정부 곁이라고 말하는 사람들도 있었다. 하지만 지식인들이 그 길을 택한 결과가 늘 긍정적이지는 않았다. 개인적으로 부패에 빠져드는 경우도 있어 문제가 됐다.

나는 마음에 들지 않는 일이 있으면 너무 쉽게 물러서는 단점이 있다. 아예 등을 돌려버린다. 돌이켜 보면 내가 더 참고 노력하면 좋았을 것이라는 생각이 든다. 문화적으로든 정치적으로든 전제專制의 기미가 보이기만 하면 나는 그것과 거리를 두기 위해 스스로 주변화를 택했다. 지식인들이 전제적이 되는 것은 자치정부나 그 반대 세력의 전제정치와 다를 바 없다. 양쪽 지도자들은 같은 성질을 공유하고 있다. 그들은 영원히 자리에 눌러앉아 있으며 비판을 견디지 못한다. 이유를 막론하고 문제 제기를 금한다. 그러면서 자기네가 어디서 무엇을 하든 그 자리에 적격인데다가 언제나 옳고 창의적이며 식견 있고 호감 가는 존재라고 절대적으로 믿는다.

팔레스타인에 귀환하기 전까지 PLO의 이미지는 동정과 존경을 한 몸에 받아 마땅한 영웅이자 희생자인 자유 투사 아라파트의 이미지와 같았다. 지금 이곳에서 바로 그 자유 투사는 적이 내건 협상 조건에 매여 남녀노소 모든 이와 가게들과 교통 정체와 관세와 소비세와 예술과 문자와 세금과 법정과 투자와 온갖 미디어까지 모든 행정을 직접 관장하기 위해 연습을 하고 있다. 환경미화원들에서 장관들까지, 그들의 일자리는 물론 생활에 필요한 것들 모두 그의 선물이었다. 사회적 지위와 영향력을 결정하는 것도 그였다. 그는 부서진 것을 고치고, 무너진 것을 다시 세우고, 사람들 사이에서 자신의 지지자와 적을 골라낸다. 왜 아니겠는가. 심지어 그는 때때로 시민들을 체포하고 투옥하고 고문한다.

우리 보통 사람들에게 그의 달라진 이미지는 몹시 낯설다. 이 팔레스타인 사람의 역할이 이토록 바뀐 게 이해할 만하고, 나아가 바람직하다고까지 생각할 수도 있다. 팔레스타인의 운명을 진짜로 그가 관장한다는 뜻이라면 말이다. 영원히 싸우기만 하는 사람도 없고, 영원히 노래만 하는 사람도 없다. 하지만 이 새로운 환경 속에서, 우리에게 어떤 만평은 허용되고 어떤 만평은 허용되지 않을지를 통제하고, 자치정부와 연계가 있는 밴드들만 내보내는 것은 전혀 다른 문제다.

노래는 뒤로 물러서는데 현실은 그 고통스러운 요구를 좇아 앞으로 나아간다. 다른 영역에서도 그렇듯 문화 영역에서도 훌륭한 작품을 내놓은 뒤 양심의 거리낌 없이 그것을 효과적으로 이용해 인생에서 승승장구하는 사람들이 있다. 오슬로 협정의 부당성을 잘 알고 거기엔 반대하면서도 새로운 팔레스타인 공동체를 조직하기 위해 충심으로 모든 능력을 쏟아부으며, 조금이라도 지금의 나쁜 것들을 고쳐 덜 나쁘게 하려고 애쓰는 사람들이다. 하지만 침팬지가 나무 꼭대기 가지로 점프하듯 이 자리에서 저 자리로, 이 이데올로기에서 저 이데올로기로 옮겨 다니는 사람들도 볼 수 있다. 그런데 이 침팬지들은 프랑스 향수를 고르는 일과 명령을 내리는 일은 아주 잘한다. 자기 아이들, 자기 어머니, 자기 아버지, 그리고 자기 아내 등 일가족을 사랑하지만, 그 외에는 아무도 사랑하지 않는다. 한번은 지지한다고 했다가 다음엔 반대한다 하고, 반대하는 척하면서도 또 지지하는 침팬지. 그러고는 자기 조직을 분열시켜 다른 파벌 혹은 정당을 만들어 쓸데없이 사람들을 끌어 모으고, 남들에게는 단결해야 한다고 설교한다. 만족을 했다가도 투덜거리고, 이쪽에서는 겸손한 척하더니 저쪽에서는 사자처럼 군다. 하지만 언제나 자기 이익을 챙기는 데에는 명민하다. 인생은, 우리가 이미 보아 왔듯이, 단순화할 수 있는 게 아니다.

나는 아부 하짐에게 허락을 구할 게 있어 운을 뗴었다. “오늘은 세계 전화의 날이네요.”

암만에 계신 어머니와 카이로에 있는 라드와, 타밈에게 전화를 걸고 싶었다. 어머니와 가족들은 거의 매일 내게 전화를 걸었다. 그들에게 전할 뉴스도 있고 해서 이번에는 특별히 내 쪽에서 선수를 치고 싶었다.

팔레스타인 사람은 머나먼 곳에서 실려 오는 목소리를 들으면서 살아가는 전화형 인간이다. 하지만 전화를 쓸 수 있게 되기 전까지, 사람들은 마치 같은 내용의 정보를 여러 곳에 보내는 동보통신 서비스broadcasting service처럼 안부를 확인하는 게 고작이었다. "다 잘 있어. 너도?" 그러다가 놀라운 전화의 세상이 왔다. "누구누구는 시험에 붙었대." "누구누구를 병원에 데려갔어요. 걱정 마세요, 아무 일도 아니니까요." "누구누구가 세상을 떴어. 네가 그 몫까지 살아야지."

무니프는 새벽 1시 반에 카타르에서 내게 전화를 걸어, 암만에 계신 아버지가 돌아가셨다고 알려 주었다. 나는 부다페스트에 있었다. 7년 뒤, 오후 2시 15분에 알라아가 카타르에서 내게 전화를 걸어, 파리에 있던 무니프가 죽었다고 알려 주었다. 나는 카이로에 있었다.

사랑하는 이들의 굴곡진 인생과 그 구구절절한 사연들이 모두 전화벨과 함께 시작됐다. 기쁨의 전화벨, 슬픔의 전화벨, 절규의, 다툼의, 꾸짖음의, 비난의, 사과의 전화벨. 팔레스타인 사람들 사이에선 전화벨이 울리면서 이 모든 것이 일어난다. 우리에겐 그보다 더 사랑스러운 소리도, 그보다 더 두려움에 떨게 하는 소리도 없다. 내 말은 그것이 동시에 일어난다는 뜻이다. 테러리즘으로부터 보호를 받으려면 경호원을 두면 되지만 그건 운이 좋거나 머리가 좋은 사람들의 얘기일 뿐이고, 멀리 떨어져 사는 난민을 전화의 테러에서 보호해 줄 수 있는 건 없다.

하지만 좋은 일도 있다. 아부 사지가 아부 하짐의 집에 찾아오면서 내게 팔레스타인 신분증을 가져다주었다. "타밈의 입국허가증은 이삼일 더 기다려 주게."

나는 부다페스트에, 라드와와 타밈은 카이로에 있었던 그 낯선 나날들에 우리는 그럭저럭 살아 나갔다. 라드와는 대학에서 허가를 받아, 나와 함께 지내기 위해 타밈을 데리고 헝가리로 왔다. 우리는 타밈을 '마니 니니'라는 사설 보육원에 보내다가 나중에는 스타킹 공장에 딸린 보육원으로 옮겼다. 1981년 9월이 시작될 무렵 라드와와 나의 친구인 아와티프 압둘 라흐만이 우리를 만나러 부다페스트로 왔다. 그녀는 회의에 참석하느라 독일에 들렀다 오는 길이었다. 이틀간 함께 지냈다. 우리는 그녀를 부다페스트 공항에 배웅해 주었다. 그녀는 다시 베를린을 거쳐 카이로에 돌아갈 예정이었다. 그때 사다트가 자신의 '역사적인 이니셔티브'를 칭송하길 거부한 반대파 1,536명을 체포했다는 사실을 라디오와 신문을 통해 알게 됐다. 우리는 체포되었거나 체포될 예정인 이들의 이름을 훑어보았다. 당연히 그 명단에는 이집트에 있는 친구들이 모두 들어 있었고 아와티프도 있었다. 이집트로 돌아가지 말고 상황이 분명해질 때까지 함께 있자는 말을 하려고 독일에 전화를 했다. 예정대로 귀국하면 그녀는 카이로 공항에서 곧바로 체포될 것이었다. 하지만 너무 늦었다. 전화기 저쪽에서 우리 친구인 파티 압둘 파타의 목소리가 들려왔다. "아와티프는 떠났어. 지금 카이로행 비행기에 있어." 이틀 뒤 우리는 예상한 뉴스를 전해 들었다. 아와티프는 공항에서 곧바로 감옥에 끌려갔다. 하지만 이런 일에도 희극적인 측면이 없지 않았다. 그녀가 산 면세품들, 특히 스위스 초콜릿을 보고는 감방 동료인 라티파 알 자야트, 아미나 라시드, 사피나즈 카짐, 파리다 알 나카시 그리고 샤힌다가 몹시 좋아했다고 한다.

이집트에서 날아온 소식은 지독하고 빨랐다. 사다트는 언론인 60여 명을 신문사에서 쫓아냈으며, 비슷한 수의 대학교수들이 학계에서 쫓겨났다. 그중에는 라드와도 있었다. 라드와가 관광부로 전보 조치됐다는 것을 부다페스트에서 신문을 보고 알았다. "당신, 셰켈shekel[이스라엘의 화폐단위]로 팁 받겠는걸." 나는 라드와에게 말했다. 한 달 뒤에는 라디오를 통해 사다트가 암살되었다는 소식을 들었다. 사건은 계속 이어졌다. 구속된 이들은 풀려났고, 대학교수들과 언론인들은 복직됐다.

타밈의 학교 문제를 토론할 때 결정적인 계기가 찾아왔다. 우리는 결정을 내린 것이다. 어렵지만 올바른 결정이었다. 나는 라드와에게 말했다. "타밈은 우리 가족 중에서 안정된 쪽에 있어야 해." 라드와는 안정된 조국, 직장, 여권을 갖고 있었다. 카이로에는 집도 있었다. 지금은 임대를 주긴 했지만 우리 소유였다. 더 중요하게는 타밈이 헝가리가 아닌 아랍권에서 교육받았으면 했다. 내 상황은 임시적이었다. 어느 나라에 있더라도 내가 하는 일이나 여권 등은 모두 '임시'였다. 타밈이 있어야 할 곳은 라드와의 곁이었고, 라드와가 있어야 할 곳은 그녀가 일하는 대학, 그녀의 나라, 우리 집이었다. 결정을 내린 그 순간부터 우리 가족은 해마다 겨울에 3주, 여름에 석 달 동안만 재결합하는 가정이 됐다. 그런 상황은 1977년 내가 이집트에서 쫓겨났을 때부터 타밈이 고등학교 졸업반에 들어간 청년이 될 때까지 계속됐다.

1984년 여름, 이집트에서 추방된 지 꼬박 7년이 지나고서야, 나는 2주간 카이로에 돌아갈 수 있는 방문 허가를 얻었다. 카이로 국제 도서전에서 내 시를 낭송해 달라는 초대도 받았다.

그 뒤로 시를 읽어 달라는 초청은 계속해서 들어왔다. 나는 카이로 대학 문학 클럽과 카이로 아틀리에, 언론 연맹, 이집트의 좌파 정당인 타가무당Hizb al-Tagammu'에서 시를 낭송했다.

한번은 카이로에 갔다가 공항에서 붙들려 하룻밤을 동물 검역소에서 보내야 했다. 착각이 아니라, 정말로 동물 검역소였다. 그다음부터는 나를 공항에 억류할 때면 호화로운 귀빈실에서 기다리도록 했다. 카이로 시내에 들어가도 좋다는 허락을 받기까지 갇혀 있는 시간은 다섯 시간에서 열두 시간까지 천차만별이었다. 이렇게 특별대우를 한 이유는 몇 년이 지나서야 분명해졌다. 문화부는 내 귀국을 환영했는데, 보안 당국이 거부했던 것이다. 그래서 나는 공항에 도착할 때마다 매번 그 두 기관이 입국허가에 합의할 때까지 기다려야 했다. 나를 이렇게 묶어 두고 있는 데에 지친 그들이 1995년 초 마침내 허가를 내줄 때까지, 나는 하릴없이 기다렸다. 그제야 비로소 나는 독일이나 일본, 혹은 이탈리아에 갈 때와 마찬가지로 자연스럽게 카이로 공항에 입국할 수 있었다.

스스로에게 묻고 대답했지만 그 질문이나 대답이 중요한지는 나 자신도 확실히 몰랐다. 타밈은 언제 여기에 올까? 그 애가 이곳에 와서 내가 지내고 있는 곳, 아부 하짐의 집에 손님으로 머물려고 할까? 나는 타밈과 같이 있어야 하는데, 그렇게 되면 이 집에 손님 둘이 얹혀 있게 된다. 그 애가 혼자서 여기에 온다면? 아마 라말라에 아파트를 빌려야 남들한테 욕을 듣지 않을 것이다. 중요한 것들과 시시콜콜한 것들, 시간이 지난 뒤에도 기억되는 것들과 잊혀 가는 것들이 합쳐져 현재를 이룬다. 그것이 인생이다. 흩어져 사는 가족은 대개 다양한 가족 구성원들의 사정에 따라, 그리고 현실에 대한 서로 다른 해석과 앞날에 대한 서로 다른 예측을 바탕으로 모든 결정을 내린다. 결정에 영향을 미치는 우선순위는 시간이 흐르면서 달라지기도 하며, 때로는 그것이 최선의 순위가 아닐 때도 있다.

카이로 시내의 나일 강변에 있는 샤리프 고하르 박사의 병원에서 태어난 이 소년, 이집트인 어머니와 팔레스타인 아버지를 두고 요르단 여권을 가진 내 아들은 팔레스타인을 한 번도 본 적 없이, 팔레스타인의 완벽한 부재不在 속에 자라났으며 팔레스타인의 이야기를 온

전혀 들어본 적도 없다. 내가 이집트에서 쫓겨날 때 그 애는 겨우 생후 5개월이었다. 라드와가 그 애를 데리고 나를 만나러 부다페스트에 왔을 때는 13개월이었는데 나더러 "아저씨"라고 불렀다. 나는 웃으면서 고쳐 주었다. "나는 '아저씨'가 아니란다, 타밈. 나는 '아빠'야." 아이는 나를 "아빠 아저씨"라고 불렀다.

추방

추방은 항상 다층적이다. 추방은 당신 주변을 에워싼 뒤 원을 닫아 버린다. 아무리 달려 봐도 원은 당신을 에워싸고 있다. 추방을 당하면 당신은 당신이 속한 장소 안에서, 그리고 동시에 당신의 장소에 대해서 낯선 사람이 되어 버린다. 추방된 사람은 자신의 기억에 대해서조차 낯선 이가 되어, 기억을 붙잡으려고 애쓴다. 그는 실재하는 것들과 지나가 버리는 것들 모두를 초월한 존재다. 자기가 얼마나 부서지기 쉬운 존재인지 스스로 알아채지도 못하는 사이에. 그래서 사람들이 보기에 그는 취약하면서도 자부심으로 가득하다. 한번 뿌리 뽑히는 경험을 하는 것만으로 사람은 영원히 뿌리를 잃게 된다. 그건 계단의 첫 걸음에서 미끄러지는 것과 비슷하다. 미끄러지면 밑바닥으로 굴러 떨어진다. 또한 그것은 운전사가 운전대를 놓치는 것과도 같다. 자동차는 방향을 잃고 아무렇게나 움직인다. 그러나 역설적이게도, 낯선 도시들이 이제 완전히 낯설지 않게 되어 버린다. 삶은 이방인에게 매일매일 익숙해지라고 명령한다. 그렇게 사는 것이 처음에는 힘들지만 하루가 가고 해가 갈수록 조금씩 덜 힘들어진다. 인생은 날마다 투덜거리는 것을 좋아하지 않는다. 예외적인 환경을 받아들이다 보면 인생은 다소간의 만족감이라는 뇌물을 안기기도 한다. 패배한 자, 버림받은 자에게도 때로는 좋은 일이 생길 수 있듯이, 망명자나 이방인, 감옥의 수인에게도 그런 일이 생기곤 한다. 갑작스러운 어둠에 조금씩 눈이 익으면 자기를 둘러싼 환경이 가해 오는 예외적인 맥락에도 익숙해지기 마련이다. 예외에 익숙해지고 나면 어떤 면에서는 그것이 자연스럽게 느껴지게 된다. 이방인은 먼 미래, 혹은 가까운 미래에 대해서도 계획을 세울 수 없다. 어쩌면 단 하루의 계획조차도 세우기가 힘들어진다. 그러나 조금씩 이방인도 자기 삶을 개선하는 방법을 배운다. 자기의 미래, 자기 가족의 미래에 대한 이방인의 감각은 이주 노동자들의 감각과 비슷하다. 사랑하는 가족과 함께 있는 시간은 아무리 길어도 짧기만 하다. 사랑을 주는 사람은 안정돼 있지만, 사랑받는 사람은 불안한 처지로 해서 두려움에 빠져 있다. 그런 연인 사이가 어떤 건지 그는 안다. 멀리 있을 때에는 가까이 끌어당기는데, 가까이 있을 때에는 거리를 둔다는 느낌을 그는 받는다. 그는 두 가지 상태와 두 가지 위치를 동시에 바란다. 그의 집은 언제나 다른 사람들의 집이기도 하다. 자신의 뜻은 남의 뜻에 밀린다. 이방인이 시인이라면, 그는 '이곳'의 이방인인 동시에 세상의 '이곳' 그 어떤 곳에서도 이방인이다. 자기가 가진 보물이 시장에서는 아무 가치도 없다는 걸 분명히 알고 있으면서도, 그는 그것을 가지고 어떻게든 살아남으려고 발버둥 친다.

글을 쓰는 것은 추방, 즉 일상적인 사회계약으로부터의 추방이다. 습관적이고 정형화된, 준비된 형태로부터의 추방. 평범하게 사랑하고 평범하게 미워하는 삶으로부터의 추방. 정치조직에 대한 근본적인 신뢰로부터의 추방. 조건 없는 지원이라는 발상으로부터의 추방. 늘 쓰는 지배적인 언어들로부터 도망쳐 아무도 써본 적 없는 언어에 가까이 가려고 시인은 애쓴다. 부족의 사슬, 부족의 승인과 금기로부터 도망치려고. 탈출에 성공해 자유로워지는 순간 그는 이방인이 된다. 자유로운 정도만큼, 딱 그만큼 시인은 이방인이 된다. 사람들이 시나 그림이나 문학작품에 깊이 감동받으면 대개는 영혼이 추방당한 것 같은 상태가 된다. 어떤 것도, 심지어 고향도 이런 상태를 치료해 주지는 못한다. 그는 세계를 받아들이고 전달하는 자기만의 방식에 매달리게 된다. 그는 어쩔 수 없이, 이미 준비된 처방전을 갖고 있는 사람들로부터 가볍게 다루어진다. 익히 알려진 방식대로 규범에 따라 사는 사람들, 인생을 꼴사나울 정도로 쉽게 사는 사람들, 걱정 따위 모르는 사람들은 선반 위에 쌓여 있던 온갖 형용사들을 끄집어내 그가 '감정적이고', '변덕스럽고', '종잡을 수 없는' 사람이라고 말한다.

내가 인정할 수밖에 없었던 것은, 두어 달 동안 내 아이와 나의 관계를 이어 주는 항시적인 수단이 전화뿐이라는 사실이었다. 하지만 나는 이집트에서 쫓겨났다고 해서 비통하기만 할 것이라고는 생각지 않았다. 내 가족들이 뿔뿔이 흩어져 있어야 한다는 것에 상처를 받고 바보처럼 투덜거릴 수도 있었겠지만, 팔레스타인에 살고 있든 디아스포라 상태로 흩어졌든 팔레스타인 사람인 한 그런 재앙이 닥치지 않은 집은 하나도 없었다.

텔 알 자타르의 학살[1]은 여전히 사람들의 뇌리에 박혀 있고, 요르

---

1 1976년 8월 레바논 내전 시절 베이루트 북동쪽에 있는 팔레스타인 난민촌인 텔 알 자타르(Tell al-Za'tar)에서 벌어진 전투와 일련의 학살 사건을 가리킨다. 당시 텔 알 자타르에서는 기독교 우익 민병대인 팔랑헤와 타이거 민병대, 아라파트가 이끄는 PLO 무장 병력, 팔레스타인 좌파 게릴라 등이 혼전을 벌이고 있었다. 그해 초부터 유혈 분쟁이 심

단 강 서안과 가자에서는 집을 부수는 일이 반복되고 있다. 이스라엘이 만든 구금소들은 청년부터 노인까지 팔레스타인 사람으로 넘쳐 난다. 다친 이들은 어찌어찌 운 좋게 병원에 간다 하더라도 약을 구할 수가 없다. 이런 문제들을 타밈이 단순한 것, 참을 만한 것으로 여기게 만든 건 라드와와 나였다. 우리는 함께든 혼자서든 타밈에게 그런 식으로 이야기했다. 그래서 타밈은 자기가 불행한 아이라는 생각에서 곧 벗어날 수 있었다. 카이로에 있는 라드와는 타밈을 지혜롭게 보살폈고, 나는 익살스러운 말이나 농담을 건네 전화선 너머의 타밈이 깔깔대고 웃게 만들었다. 그 애가 즐겁고 행복한 어린 시절을 보내는 데에 이런 것들이 도움이 되었다.

헝가리에서의 망명 생활은 타밈에겐 천국이었다. 우리는 3층짜리 작은 아파트의 맨 꼭대기 층에 살았다. 비슷비슷한 건물들이 늘어서 있었고 단지는 벽으로 둘러쳐 있었다. 넓이는 80제곱미터밖에 되지 않았지만 다뉴브 강이 굽어보이는 아름다운 로차돔브[2] 위에 자리 잡고 있었다. 우리 아파트에는 철제 난간이 달린 작은 발코니가 있어서, 거기에 네모난 화분을 놓아두고 제라늄을 심었다. 내가 그 꽃들을 너무 애지중지하니까 한번은 타밈이 이렇게 말했다. "아빠는 나랑 엄마보다 무슈카틀리Mushkatli하고 더 많이 지내는 것 같아요." 무슈카틀리는 헝가리에서 제라늄을 가리키는 말이다.

아파트에는 언덕 아래로 이어지는 넓은 정원이 딸려 있었다. 정원

해지자 시리아군까지 개입하면서 긴장이 더욱 고조됐으며, 유엔이 관할하던 난민촌의 '점령자'가 며칠 간격으로 바뀌는 상황이 이어졌다. 그해 8월 12일 이스라엘의 지원을 받은 것으로 알려진 기독교 민병대가 난민 수만 명을 학살했는데 사망자는 5만~6만 명으로 추정된다.

2 로차돔브(Rózsadomb) : 부다페스트 부다 지구에 있는 지명. '장미 언덕'이라는 뜻이다.

가운데에는 동네 아이들을 위한 그네와 모래밭 두 개가 있었다. 키 큰 포플러 두 그루가 나란히 붙어 서있었는데 한 그루가 조금 작았다. 타밈이 도착해서 가장 먼저 한 일은 그 나무들이 제자리에 잘 있는지 살피는 것이었다. 아이는 제 작은 방의 창문으로 달려가 나무들을 바라보았다. 마당가에는 사과나무 한 그루가 있어, 아이들이 늘 가지를 오르내리고 나무 아래 연녹색 피스타치오 빛깔의 풀밭을 뒹굴며 놀았다. 그래서 나무에 사과와 아이들이 함께 달려 있는 것 같았다. 타밈도 자기가 좋아하는 세발자전거를 타고 아무 위험 없이 너른 정원과 커다란 문들 사이에서 놀 수 있었지만, 우리는 가끔씩 부엌 창으로 밖을 내다보며 아이가 잘 있는지 확인하곤 했다. 학기 중간의 방학을 맞아 부다페스트에 와있을 때에 눈이 내리기라도 하면 타밈의 하루는 매순간 축제로 변했다. 나는 부다페스트가 타밈에게 주었던 선물을 생각하면서 나 자신에게 말하곤 한다. 그것들은 모두 망명지 덕분이었다고, 거짓말을 하고 싶지는 않지만 좋은 것들만 기억하자고.

이 아름다운 집, 행복이 넘치는 자연 속에서, 푸르른 인생이 피어나는 걸 바라보는 순간에, 어느 날 밤 문득 전화벨이 울리더니 주저주저하는 목소리가 '반시간 전에' 아무개가 죽었다는 소식을 전해 온다. 당신은 장례식에 갈 수도 없고, 죽은 이를 무덤까지 배웅할 수도 없다. 여권이 없거나, 비자가 없거나, 혹은 주거 등록이 되어 있지 않거나, 아니면 그 나라로 입국하는 것이 금지되어 있기 때문이다. 새벽 1시 반에 무니프의 목소리가 전화선을 타고 내게 말했다. 아버지가 돌아가셨다고. 나중에서야 알았지만 형은 저녁을 먹고 잠자리에 든 차였단다. 어머니의 통곡 소리가 형을 깨웠다. 그걸로 모든 게 끝이었다. 나는 무엇을 해야 할지 몰랐다. 부다페스트에서 사는 동안 아침에 일어나면 무엇을 했었는지를 까맣게 잊어버렸다. 도대체 아침이라는 것이 매일 찾아오기나 했던가?

그리고 나를 둘러싼 밤은 지나가지를 않네,
내 곁의 누구도 내 영혼을 위해
상처를 나누거나 충심 어린 거짓말을 해주지 않네,
유약한 나를 탓하기라도 해준다면 나도 그를 탓할 수 있을 텐데,
사랑하는 이들과 나 사이의 먼 거리는
정부보다도 추악하다네.

타밈은 명랑하고 유머 감각도 갖춘 아이로 자라났다. 타밈은 두 돌이 채 되기도 전에 안와르 알 사다트 대통령의 연설을 따라 해 우리를 놀라게 한 적이 있었다. 아이는 사다트가 자주 말했던 "그자를 혼쭐내 주겠다!"와 "비스밀라-아-아"Bismilla-a-ah,[3] 그리고 지금은 기억나지 않는 몇 가지 구절을 되풀이하면서 흉내를 냈다. 학생이 된 타밈은 카이로 교외 기자Giza의 후리야 학교에서 매일 이집트 친구들로부터 재미난 농담들을 한 무더기씩 배워 왔다.

"잠깐, 잠깐만! 종이와 펜 좀 가져와 보려무나. 나사렛[4]으로 돌아갈 때까지 잊어버리지 말아야지." 두어 해 전 카이로에서 우리 식구와 저녁을 보낸 타우피크 자야드[5]의 부인 나일라는 이러면서 타밈이

---

3 bismillahirahmannirahim의 줄임말. 꾸란의 첫 문장으로 "신의 이름으로 위대함과 영광이 있으라."는 뜻이다. 무슬림들은 식사 때나 도축을 할 때, 혹은 행사를 할 때 이 말로 시작하곤 한다.

4 나사렛(Nazareth) : 팔레스타인 북부 도시. 예수가 자라난 곳으로 알려져 있다.

해준 농담들을 빽빽이 적어 갔다.

타밈은 데이르 가사나에 대해서는 뭐든 알고 있었다. 게스트 하우스의 이야기, 나이든 어르신들의 소식도 모두 알았다. 마치 자기가 다르 라드에서 태어나기라도 한 것처럼 그곳 농부들 사투리로 말을 했다. 무화과나무가 잘려 나갔다는 소식에는 온 집안 식구들보다 더 화를 냈다. 타밈은 불쌍한 우리 숙모가 나무에 저지른 짓을 결코 용서하지 않을 터였다. 타밈은 그 나무 열매를 제 눈으로 본 적도, 먹은 적도 없었지만 무화과나무 없는 다르 라드는 상상도 할 수 없었다.

'아부 하짐, 타밈은 아저씨네 베란다도, 거기 있는 모든 것에 대해서도 알고 있어요. 자기 삼촌 무니프의 사진이 정확히 베란다 어디에 걸려 있는지도 콕 집어낼 거예요.'

이 아이, 이집트아랍공화국[6]의 수도 카이로의 마냘 구區에서 세상 빛을 처음 보고, 집에선 이집트 방언으로 부모에게 말하는 아이, 스무 살이 될 때까지 팔레스타인이라고는 가보지 못한 아이는, 멀리 떨어진 난민촌에서 자라난 아이라도 되는 듯이 팔레스타인을 보고 싶어 했다.

타밈은 미자나[7]와 아타바[8]의 틀을 빌려 시를 쓴다. 정치학 교과서는 내던져 놓고 즐거움이 가득한 눈으로 내가 공부하는 곳에 온다. 그러고는 라드와가 가져다준 류트를 들고, 다마스쿠스에서 온 나지

---

5 타우피크 자야드(Tawfiq Zayyad, 1929~94) : 팔레스타인 시인. 나사렛 태생으로, 팔레스타인의 아픔을 묘사한 "동방박사의 불"(Fire of the Magi)과 "올리브 나무 둥치에서"(On the Trunk of an Olive Tree) 등의 시를 발표했으며 팔레스타인 구전 시가를 집대성한 책을 출간했다. 나사렛 시장을 지내기도 했다.

6 이집트아랍공화국(Arab Republic of Egypt) : 이집트의 정식 국호.

7 미자나(mijana) : 팔레스타인 전통 시가(詩歌)의 일종.

8 아타바('ataaba) : 아랍의 결혼식이나 축제에서 행해지는 전통 악극의 일종.

아부 아파슈에게서 배운 대로, 데이르 가사나의 늙은 가수 알 후즈루크처럼 노래를 한다.

1980년 카르타고에서 저녁 시 낭송회에 들렀다가 마르셀 칼리파와 나는 타밈에게 류트를 사줬다. 그때 세 살짜리 타밈에게 사준 류트는 장난감 크기였다. 하지만 마르셀은 튀니지 전통 수공예품 가게에서 파는 그 류트가 크기는 말도 안 되게 작지만 진짜 류트라면서 연주해 보였다. 카이로에서 라드와는 타밈에게 마흐무드를 류트 선생님으로 붙여 주었고, 마흐무드는 좀 더 큰 류트를 사주었다. 타밈은 타이무르, 아디브 선생님을 거치며 류트를 배웠다. 아디브는 지금도 타밈과 함께 류트를 연주한다. 에밀 하비비[9]는 타밈에게 농담을 던지곤 한다. "넌 왜 네 아버지 같은 테러리스트가 되지 않았던 거니?"

나는 아부 사지에게 타밈의 입국허가가 나오려면 얼마나 기다려야 할 것 같으냐고 물었다. 그는 젊은 사람들은 입국허가가 나오기까지 시간이 좀 걸린다고 대답했다. 50세 이상의 노년층과 함께라면 입국허가를 받기가 좀 더 쉽다고 한다. '50'이라는 숫자가 내 귓속에 울려왔다. 마치 내 손가락이 채 닿기도 전에 커피 잔이 대리석 바닥에 떨어져 산산조각 나는 것처럼. 내가 오래 살아온 것 같기도 하고 아직 조금밖에 못 산 것 같기도 한 느낌이 든다. 나는 어린아이인 동시에, 나이 든 어른이다.

---

9 에밀 하비비(Emil Shukri Habibi, 1922~96) : 팔레스타인 출신의 이스라엘 정치인. 오늘날의 이스라엘 영토인 하이파의 팔레스타인 가정에서 태어났으나 이스라엘 국적으로 옮겨 크네세트 의원을 지냈다. 드물게 이스라엘과 팔레스타인 양쪽에서 문학적 성취를 인정받고 존경받는 작가 중의 한 명이기도 하다. 『카트르 카셈』(*Katr Kassem*), 『괴물의 딸 사라야』(*Khurafeyyet Sarayet Bint el-Ghou*) 등의 작품을 남겼다.

타밈을 이 세상에 태어나게 하는 데에는 7년이 걸렸다. 우리는 1970년 결혼했는데 처음부터 아이를 갖는 건 상황이 명확해질 때까지 미루기로 결정했다. 우리 둘이 명확해지기를 기다리고 있는 그 '무엇'이 어떤 건지는 우리도 몰랐다. 우리의 일반적인 상황, 혹은 재정적인 상황, 아니면 정치적인, 또는 문화적인, 학문적인 상황? 라드와는 결혼하고 2년 뒤 카이로 대학에서 석사 학위를 받았다. 그러고는 대학에서 연구 경력을 쌓기 위해 정부의 연구 업무를 따내 매사추세츠의 애머스트로 가 아프리카계 미국인들의 문학을 공부했다.

한번은 라드와와 나 모두를 아는 사람이 우리와 친한 아부 우다를 이집트 밖에서 만나 라드와와 내게 여전히 아이가 없는지를 물었다고 한다. 우다는 이렇게 대답했다. "라드와와 무리드는 중동 문제가 해결될 때까지 아이를 갖지 않기로 했대요."

1975년 라드와가 박사 학위를 받고 돌아왔을 때 우리는 가정의 안정이라 할 만한 것을 처음으로 느꼈다. 라드와는 임신했지만 이듬해 유산했다. 그리고 다시 아이를 가졌고, 1977년 6월 13일 타밈이 태어났다. 난산이었다. 나는 힘겨운 출산 과정을 보면서 아이들이 어머니의 성姓을 따르지 않게 하는 것은 불공평하다는 생각을 했다. 남자들이 어떻게 아이들에게 자기네 성을 따르게 할 권리를 여자들에게서 빼앗았는지 모르겠다. 그런 느낌은 여성이 아이를 낳는 고통스러운 과정을 보면서 생겨난 일시적인 반응만은 아니었다. 나는 지금도 모든 아이들은 어머니의 자식이라고 믿는다. 그게 정의다. 나는 병원 문을 나서자마자, 태어난 지 이틀 된 타밈을 안고 있는 라드와에게 이렇게 말했다. "타밈은 모두 당신 거야. 타밈이 내 성을 따르고, 출생신고도 당신이 아닌 내 쪽으로 하게 된다는 게 부끄러워."

이집트 대통령 안와르 알 사다트는 우리 가족의 규모가 정해지는 데에 결정적인 역할을 했다. 나를 추방한다는 그의 결정 때문에 나는 한 아이의 아버지밖에 될 수 없었다. 이를테면 라드와와 나는 딸을 낳을 수도, 아들딸 열 명을 더 낳을 수도 없었다. 나는 이쪽 대륙에 있었고, 라드와는 저쪽 대륙에서, 아이 하나 외에는 더 돌볼 수 없는 곳에서 살고 있었다.

허가증, 그러니까 재결합 허가증이 나왔다. 초록색 비닐로 덮인 카드에는 내 이름과 함께 라말라라는 지명이 쓰여 있다. '기혼', '타밈'이라는 단어, 그리고 팔레스타인의 인장.

무니프가 카타르를 떠나 프랑스에서 살고 있을 때엔 자주 찾아갔었다. 입국 비자를 받기가 쉬웠고, 내가 살고 있던 부다페스트와도 가까웠기 때문이다. 어느 여름에 나는 비정부기구들이 스위스 제네바에 모여 개최한, 팔레스타인 관련 국제 심포지엄에 참가하고 있었다. 라드와와 타밈도 데려갔다. 우리는 제네바에서 자동차로 10분 거리에 있는 베기 폰세노 마을의 무니프 집에 묵었다. 하지만 제네바에 간다는 것은 프랑스와 스위스 사이의 국경을 넘어야 한다는 뜻이었다. 비록 하루에도 몇 번씩 오갈 수 있는 거리이긴 했지만. 국경 경찰은 대개 운전자에게 손을 흔들어 통과시킨다. 여권을 잠깐 훑어보고는 웃으며 여행자들을 보내는 경우도 있다. 그 여름 무니프 집에 머물던 손님은 우리 식구만이 아니었다. 형수의 자매 두 명과 친척들, 아이들도 있었다. 우리는 자동차 두 대에 나눠 타고 함께 국경을 넘었다. 경찰이 앞으로 나오더니 여권을 보자고 했다. 우리는 여권들을 모두 모아 그에게 건넸다. 그에게는 경이로운 일이었을 것이다. 손에

쥔 여권들은 전 세계에서 온 것들이었으니. 요르단·시리아·미국·알제리·영국, 심지어 카리브 해 연안 소국인 벨리즈Belize 여권도 있었다. 하지만 그 여권들에 적혀 있는 이름들은 우리 모두가 다 한집안이고 바르구티 출신임을 보여 주고 있었다. 거기에 라드와의 이집트 여권, 그리고 에밀 하비비(그도 제네바에서 열리는 그 심포지엄에 참가하기 위해 나사렛에서 왔다. 나는 그를 무니프의 집으로 초대해, 프랑크족의 땅[프랑스]에서 카타예프[10]를 대접했다)의 이스라엘 여권까지.

경찰이 대체 이 여권들의 칵테일은 어떤 연유인지 설명해 달라 한다고, 우리 가운데 프랑스어를 하는 사람이 내게 전해 주었다. 하지만 누군가가 설명을 시작하자마자 경찰은 대화를 끊고는 웃으며 말했다. "됐어요! 더 알고 싶지 않아요."

그는 우리더러 제네바에서 즐거운 시간을 보내라고 말했고, 우리는 다시 여행을 계속하면서 그 프랑스 경찰이 우리 때문에 어찌나 놀랐는지를 놓고 이야기를 나누었다. 누구는 이런 말을 했다. "봐, 모두 알잖아. 진짜로 우린 스캔들 같은 존재라니까."

신분증이 됐든, 팔레스타인 자치정부가 오슬로 평화협정에 따라 발급해 주기 시작한 새 여권이 됐든 어느 것 하나 우리가 국경에서 겪는 문제들을 해결해 주지는 못한다. 세계 모든 나라가 팔레스타인 신분증과 여권에 대해 서류상으로는 알고 있다. 하지만 국경 검문소나 공항에 가면 팔레스타인 신분증과 여권을 가진 사람들은 이런 말을 들어야 한다. "당신은 보안 당국의 사전 허가를 받아야 합니다."

---

10 카타예프(qatayef) : 얇게 편 밀가루 반죽 속에 치즈나 땅콩 따위를 집어넣은 만두 모양의 과자. 주로 라마단 기간의 해가 진 뒤 만찬에 등장하는 아랍식 디저트.

아마 우리는 절대로 사전 허가를 받지는 못할 것이다.

더군다나 디아스포라로 흩어진 수백만 명의 난만촌 사람들에게는 오슬로 협정에도 불구하고 팔레스타인 당국에서 내준 서류를 소지하는 것은 허용되지 않는다. 그들은 자기네 땅으로 돌아오기 위해 투표할 수도 없고, 선거에 출마할 수도 없고, 의견을 개진할 수 없으며, 어떤 식으로든 정치적 기여를 하는 것도 허용되지 않는다. 레바논에 사는 팔레스타인 난민촌 사람들에게는 현지 정부 포고령으로 취업할 수 없게 된 직업이 87개나 된다. 다른 말로 하면, 구두닦이나 넝마주이 말고는 할 일이 없다는 뜻이다. 레바논 밖으로 나가는 난민촌 주민은 다시는 레바논으로 돌아갈 수 없다. 믿기지 않겠지만, 상황은 이렇다. 레바논에 살고 있는 25만 명이 넘는 팔레스타인계 주민 중 레바논에서 태어난 사람이 수만 명이고, 상당수는 1930년대와 1940년대부터, 그러니까 (이스라엘이 건국된) 1948년 이전부터 레바논에서 살아왔음에도 그들이 '팔레스타인 뿌리'를 갖고 있다는 사실은 지워지지 않는다. 물론 어떤 팔레스타인 사람들은 레바논에서 잘못을 했다.[11] 그래서 난민촌의 팔레스타인 아이들이 날마다 그 대가를 치르고 있다. 하지만 팔레스타인 사람들에게 잘못을 한 이들도 그 대가를 치러야 하지 않는가! 4백만 명에 이르는 난민들 문제, 유대인 정착촌과 예루살렘의 문제, 그리고 스스로 운명을 결정할 자결권 등등은 모두 '최종 지위 협상'이 해결된 뒤에야 다뤄져야 한다고 저들은 말한다. 그렇다면 대체 '시급한' 일은 무엇인가? 나는 내가 만나는 거의 모든 사람들과 이 문제에 대해 토론했다. 특별히 질문을 던지지 않더라도 그 답을 얻을 수 있었다. 분명한 것은 모두가 기다

11 레바논 내전을 부추기고 확대한 PLO 등의 정치조직과 무장 분파를 지칭하는 듯하다.

리고 있을 뿐이라는 점, 그리고 이스라엘 점령군이 조금이라도 자기네들 집 근처에서 떨어진 곳으로 움직이면, 그것이 겨우 몇 백 미터일지라도 조만간 그들이 저 멀리 물러나기라도 할 것처럼 모두가 갑자기 희망에 휩싸인다는 점이었다.

요즘은 모두의 눈길이 역사보다는 지리에 쏠려 있다. 소유, 욕망, 꿈들 때문에 그들은 스스로를 뒷자리로 밀어 놓는다. 팔레스타인은 노동자들이 현재의 일자리에만 관심을 쏟아붓고 있는 공장과 비슷하다. 하지만 또 하나 눈여겨봐야 할 점은, 이곳 사람들이 이론이나 분석은 대체로 듣기 싫어하지만 이스라엘의 미심쩍은 의도와 속임수, 그리고 앞으로 들이닥칠 놀랄 일들의 기미만큼은 누구나 줄기차게 느끼고 있다는 사실이다. 두려움과 의심으로 얼룩진 희망. 누구도 '승리'와 같은 표현은 입 밖에 잘 내지 않는다. 대부분의 사람들은 긴장된 마음으로 기다리고, 비록 어렵더라도 강요당한 현실에 적응해 가고 있다. 이제 승리했으니 춤추고 기뻐하자며 대놓고 옹호하는 사람들은 지금의 이 새로운 상황에서 곧바로 직접적인 물질적 이득을 얻는 사람들뿐이다. 인티파다가 시작된 첫해에 거리에서 일어난 일들을 지켜봤던 지식인들에게서 들은 흥미로운 이야기가 있다. 그들은 민족혼이라 할 만한 것이 그 모든 희생 속에서도 나날이 형태를 갖추어 형상화되는 드문 장면을 지켜봤다고 한다.

하지만 지금은 그게 중요했는지도 잘 모르겠다. 우리 옛 이웃 중 하나인 아부 무함마드가 내게 말했다. "그땐 젊은 사람들이 거리의 전봇대 꼭대기나 학교 지붕, 집의 지붕에 조그만 팔레스타인 깃발을 꽂으려고만 해도 목숨을 걸어야 했거든. 깃발을 들려고만 하면 라빈[12]의 군대가 총을 갈겨댔으니까. 그러니 깃발 하나만 걸면 다 순교자가 됐던 거지. 그런데 지금은 사방에 깃발이야. 말단 공무원 책상이나, 구멍가게에나 모두."

"낭만의 시대가 갔다는 게 싫은 거야?"

"아냐, 깃발은 많아졌지만 그 속에 진정한 주권이 들어 있지 않다는 게 싫은 거지. 이스라엘은 교통처럼 사소한 문제에서도 우리가 주권을 갖는 걸 허용하지 않을 거야. 이스라엘이 지금도 모든 걸 통제해. 다리에서 그자들 보았지? 팔레스타인 쪽은 다리 위에서 무얼 하고 있던? 보지 않았어? 듣지 않았냐고?"

나도 보고 들었다.

아부 무함마드는 이스라엘 정부가 붓 한 번 놀리는 것만으로 서안 및 가자 지구를 끊임없이 봉쇄하고 있다고 말했다. "심지어 우리 지도자들도 서안과 가자 사이를 마음대로 오갈 수가 없다니까. 너는 네가 예루살렘이나 적어도 가자까지는 갈 수 있을 거라고 생각하겠지만, 저들이 그곳을 봉쇄 지역으로 선언했어. 이번에는 선거 핑계를 댔지. 금요일[13]에 성소로 기도하러 가지도 못해. 바리케이드, 수색꾼들, 컴퓨터 보안 검색……. 저들이 보내는 메시지는 하나야. 언제 어디에서나 '우리가 이곳의 주인이다.'라는 거지."

"그럼 내가 여기 온 게 잘못인가, 아부 무함마드?"

"그 반대지. 여기 돌아와서 살 수 있는 사람들은 당장 돌아와야 해. 우리가 이 문제를 팔라샤[14]나 러시아인,[15] 브루클린 유대인[16] 들

---

12 이츠하크 라빈 전 이스라엘 총리를 지칭한다.

13 이슬람의 주일.

14 팔라샤(falasha) : 에티오피아에 사는 햄족 유대교도. 스스로를 솔로몬 왕과 시바 여왕의 후손인 유대계 혈통으로 여긴다. 이스라엘은 이를 이용해 이들을 모두 유대인으로 인정하고 이스라엘 국민으로 받아들여 인구를 늘리는 정책을 쓰고 있다.

15 이스라엘은 건국 전후부터 지금까지 러시아를 비롯해 동유럽 출신 유대인을 일컫는 '아슈케나지'(Ashkenazi)가 주류를 차지하고 있으며, 지금도 인구를 늘리기 위해 러시아 출신 유대계를 대거 국민으로 받아들이고 영구 거주를 유도하고 있다.

에게 맡겨 둬야겠어? 그렇다고 유대인 정착민들한테 맡길까? 밖에 나가 있는 사람들, 돌아올 수 있으면 다 돌아와야 해. 입국 허가증을 주든, 재결합 절차를 밟게 해주든, 일자리를 만들어 주든, 고향 마을에서 할 수 있는 건 다 하게 해줘야지. 팔레스타인에 팔레스타인 정착촌을 만들어야 한다고. 돌아온 게 잘못인 거냐고? 그런 질문이 어디 있나? 어서 오게, 친구. 어서!"

그는 새 담배를 꺼내 피우던 담배에서 불을 이어 붙였다. "하지만 그 몹쓸 놈들이 눈을 감고 가만히 있는 게 아니라고. 그자들은 세상이 보고 있으니까 어쩔 수 없이 그저 몇 천 명 돌아오게 해준 것뿐이야. 맹세컨대 그자들이 모든 걸 망쳐 버릴 거야. 자네가 들어올 수 있었던 건 다행이지만, 봉쇄가 시작되기 전에 왔으면 더 좋았을 텐데. 자네가 예루살렘에도 가볼 수가 없다니, 부끄러운 일이지."

"정말 불가능한 거야?"

"저들은 예루살렘을 이스라엘과 동일시해. 봉쇄가 됐다는 건, 팔레스타인 자치정부 지역과 이스라엘 사이를 아무도 오갈 수 없다는 뜻이야. 이스라엘이 허가해 준 사람이나 팔레스타인 자치정부 당국의 VIP 카드를 가진 사람들 빼고는."

"그러면 다른 방법은?"

"밀입국. 몰래몰래 드나드는 사람들이 있지만 위험하긴 하지."

그는 잠시 조용히 있다가 다시 입을 열었다. "하지만 결국 말이야, 자네 정말로 예루살렘에 밀입국을 하려는 거지?"

---

16 미국 뉴욕 브루클린 내 유대인 집단 거주 지역 주민을 가리키는 말. 여기서는 미국 정부를 상대로 로비를 하고 이스라엘을 적극 지원하는 미국의 유대인 집단을 뜻하는 것으로 보인다.

세상이 예루살렘에 대해 알고 있는 것은 그 도시가 상징으로서의 힘을 가졌다는 것뿐이다. 한눈에 보이는 바위의 돔[17]은 이스라엘을 만족스럽다는 듯 굽어본다. 종교의 도시 예루살렘, 정치의 도시 예루살렘, 분쟁의 도시 예루살렘이 세계의 예루살렘이다. 하지만 세상은 우리의 예루살렘, 민중들의 예루살렘에는 관심이 없다. 자갈길 골목 사이로 집들이 있고 향신료 시장이 있는 예루살렘, 아랍 칼리지와 라시디야 학교와 우마리야 학교가 있는 예루살렘. 짐꾼과 관광 안내원이 딱 세 끼 밥벌이할 수 있을 정도로만 세상의 온갖 언어를 말하는 예루살렘. 올리브기름을 파는 시장, 골동품과 자개와 참깨 케이크 따위를 파는 상인. 도서관, 의사, 변호사, 엔지니어, 비싼 지참금을 지닌 신부를 위한 드레스 집. 아침마다 물건을 사고팔러 장에 가는 농부를 태운 버스가 오가는 터미널. 흰 치즈와 올리브와 기름과 백리향과 무화과 바구니와 목걸이와 가죽과 살라흐 알 딘[18] 거리가 있는 예루살렘. 이웃집에 살던 수녀님, 그리고 그 옆집에 살았던, 언제나 허둥거리던 무에진.[19] 종려주일마다 거리를 덮던 종려 잎들, 예루살렘의 마당, 자갈이 깔린 골목, 좁다랗게 포장된 도로. 통행을 막는 줄로 에워 쌓인 예루살렘. 이것이 우리의 감각과 우리의 몸과 우리의 유년기에 녹아 있는 도시다. 예루살렘을 걸어 다닐 때에는 '신성함' 따위는 모른다. 우리가 그 안에 있으니까. 그 도시가 곧 우리이기에. 우리는 샌들을 신거나 갈색 혹은 검은색 신을 신고 어슬렁거

---

17 바위의 돔(Dome of Rock) : 예언자 무함마드가 승천했다고 알려진 이슬람 성지. 예루살렘을 다스리던 칼리프인 압둘 말리크가 무함마드의 승천을 기려 692년에 건축했다.

18 살라흐 알 딘(Salah al-Din, 1138~93) : 유럽 십자군을 격퇴하고 예루살렘을 차지한 뒤 오늘날의 시리아에서 이집트로 이어지는 대제국을 세운 중세 아랍의 군주.

19 무에진(muezzin) : 모스크 미나레트에 올라가 하루 다섯 번 예배 시간을 알리는 사람.

리거나 종종거리며 다닌다. 이드(축제) 때면 가게 주인들과 실랑이하면서 명절빔을 장만하고, 라마단 때는 금식을 지키는 척하면서 장을 보러 다닌다. 부활절 일요일. 젊은이들은 거리에서 유럽 여자애들을 스치게 될 때면 은밀한 즐거움을 느끼기도 한다. 그 애들과 성묘聖墓[부활할 때까지 예수가 묻혀 있던 묘]의 어둠을 함께 나누며, 그 애들이 밝힌 흰 촛불을 함께 들어올린다. 이것이 보통의 예루살렘이다. 마치 물은 물이고 번개는 번개인 것처럼 너무나 평범해서 기억할 필요조차 없는, 그래서 금세 잊게 되는 일상의 순간들이 스쳐 지나가는 도시. 그런데 도시는 우리 손에서 미끄러져 나가는 순간, 드높은 상징이 되어 하늘로 떠오른다.

모든 분쟁은 상징을 좋아한다. 이제 예루살렘은 신학의 도시 예루살렘이 되었다. 세계가 예루살렘의 '지위',[20] 예루살렘이라는 개념과 예루살렘의 신화에 관심을 쏟는다. 하지만 예루살렘 속의 우리네 삶과, 우리네 삶 속에 있는 예루살렘에는 관심이 없다. 예루살렘의 하늘은 영원하겠지만 그 안의 우리네 삶은 절멸될 위험에 처해 있다. 그들은 도시 안 팔레스타인 사람들의 수는 물론이고 집과 창문, 발코니, 학교, 보육원, 금요일과 일요일에 기도하는 사람의 숫자까지도 제한한다. 관광객들이 어디서 기념품을 살지, 어느 길로 걸을지, 어느 상점가에 들어가야 할지를 모두 정해 준다. 우리는 이제 관광객으로든 학생으로든 아니면 노인으로든 그 도시에 들어가지 못한

20 현재 예루살렘은 팔레스타인 자치정부가 훗날의 독립국가의 수도로 삼으려 하는 동예루살렘과 이스라엘의 관할권인 서예루살렘으로 나뉘어 있다. 그러나 이스라엘은 동예루살렘까지 불법 점령한 채 유대인 정착촌을 늘리면서 이스라엘 땅으로 병합하려고 한다. 이것이 이른바 '예루살렘 지위 문제'로, 양국 간 평화 협상의 핵심 이슈 가운데 하나이다.

다. 거기 들어가 살 수도 없고, 그곳을 떠날 수도 없다. 예루살렘이 지겨워져도 나블루스나 다마스쿠스나 바그다드나 카이로나 미국으로 이사를 갈 수도 없다. 비싼 집값을 감당할 수가 없기 때문이다. 다른 나라 사람들이 자기네 수도에 대해 험담하는 것처럼 불평할 수도 없다. 점령당한 도시에서 가장 나쁜 것은 아마도 아이들이 즐겁게 놀지 못한다는 점일 것이다. 누가 예루살렘에서 재미있게 놀 수 있을까! 이제 우리의 집 주소가 적힌 편지는 배달되지도 않는다. 그들이 우리에게서 집 주소를 빼앗아 버리고 나서부터는 우리네 서랍 속에 먼지만 쌓이고 있다. 그들이 도시의 인파와 문들과 길들을 가져갔다. 그들이 우리의 미숙한 상상력을 자극했던 바브 후타 골목의 은밀한 매춘굴과 인도의 조각상들처럼 뚱뚱했던 매춘부들까지 가져갔다. 그들은 세인트 아우구스타 빅토리아 병원과 칼리 아타가 살았던 제벨 알 투르, 한때 우리 가족이 살았던 셰이크 자라흐 지역도 가져갔다. 화요일 마지막 수업 때면 책상 앞에 앉아 지루해하는 아이들의 하품, 하자 하피자와 그녀의 딸 하자 라시다를 만나고 돌아오던 우리 할머니의 발걸음도 가져갔다. 하자 하피자와 하자 라시다의 기도와 구시가지에 있던 그들의 작은 방, 바르지스와 바스라라는 카드놀이를 할 때 쓰던 밀짚 깔개도 가져갔다. 그들은 내가 라말라에서 일부러 찾아와 질 좋은 가죽 구두를 사던 가게도 가져갔다. 그 가게에 들렀다 갈 때에는 잘라티모Zalatimo에서 케이크를 사고, 자파르Ja'far's에서는 쿠나파kunafa[아랍식 과자]를 사서 집에 돌아가곤 했다. 5피아스터를 내고 바미야 버스를 탄 뒤 16킬로미터를 달려 라말라에 있는 집으로 돌아갈 때면, 내가 예루살렘에 다녀오는 길이라는 것이 얼마나 자랑스러웠던지.

이제 나는 천상의 예루살렘도, 진입 금지 줄이 쳐진 예루살렘도 볼 수 없다. 이스라엘이, 하늘의 가호를 받아, 그 땅을 점령해 버렸다.

"자네 친구 아부 나일에게서 전화가 왔어." 아부 하짐이 나를 불렀다. 나는 서둘러 전화를 받았다. 우리는 라말라 공원에서 만나기로 했다. 후삼과 함께 공원에 갔더니 아부 나일이 벌써 혼잡한 공원에 자리를 잡아 놓고 앉아 있었다. 후삼이 물었다. "아부 나일, 자네는 상황을 어떻게 보나?"

"주저할 것 없이, 난 튀니스에 있을 때부터 결정했어. 오슬로 협정 체제에서는 귀환 허가를 받을 수 있다고들 하던걸. 사람들이 나더러 어떻게 생각하느냐고 묻기에 이렇게 말했어. 오슬로에 동의하는 사람들, 그 위선자들은 오슬로에 묶여 있는 거라고. 오슬로에 반대하는 사람들도 마찬가지고. 나는 갈 테니 내가 어느 범주에 속하는지는 마음대로들 생각하라고. 내가 자치정부에서 일하게 되든 거리를 떠돌든 감옥에 가든, 나한테는 아무런 차이가 없으니 나는 갈 거라고. 그리고 이렇게 와있지."

나는 그에게 담배를 건넸다. 그는 담배를 끊었다고 했다. 나는 어떻게 끊었느냐고 물었다.

"담배 종류를 바꾸는 게 싫어. 알다시피, 나는 로스만스Rothmans만 피우잖아. 요 몇 년 새 튀니스에서 로스만스 담뱃값이 너무 올라서 도저히 살 수가 없더라고. 그래서 이참에 끊었어."

후삼은 그에게 지금은 무슨 일을 하는지 물었다. 아부 나일은 오랫동안 중국·에티오피아·이탈리아 주재 팔레스타인 대사를 지냈다. 그는 "여기 라말라에서 사회문제 담당 장관으로 일하고 있어."라고 답했다. 우리는 걸어 다니면서 문학 이야기를 나눴다. 그는 라드와의 『그라나다 삼부작』*Granada Trilogy*을 좋아한다고 했다. 이야기는 자연스럽게 시로 옮겨 갔다. 그는 취향이 뚜렷하며 독서광이다.

"맙소사. 세상에 어떻게 이럴 수가 있나. 책도 없고, 도서관도 없고, 신문도 없고, 잡지도 없어. 모든 게 금지돼 있어. 혹시 올 때 책 좀 가져온 거 있어?" 나는 최근에 출간한 책 세 권을 갖고 들어왔었다. 갑자기 산두카 서점이 머리에 떠올랐다. 서점은 리프타위 빌딩 근처에 있다. 나는 매일 그곳에 들러 서가에 매달려 책들을 구경하곤 했다. 나는 책들의 냄새, 책들의 빛깔, 책들의 느낌을 사랑했다. 학창 시절 책방의 서가에서 책 한 권을 빼 훑어보곤 했다. 책이 눈길을 붙들면 두어 쪽을 읽어 본다. 그러고는 다시 제자리에 놓아두고, 다음 날 다시 가서 읽는다. 현대 아랍 시 선집도 그렇게 해서 처음 읽었다. 바드르 샤키르 알 사야브[21]의 시들도 거기 들어 있었다. 나는 그 시들을 읽으면서 전통 시와는 전혀 다른 형태와 운율과 분위기에 깜짝 놀랐다. 그 시절엔 나도 그런 시를 써보려고 애를 많이 썼더랬다. 섹스와 결혼 등에 대한 잡지와 책을 접한 곳도 그 서점이었다. 나는 그런 잡지들을 넘기면서 내 안에서 막 자라나고 있던 남성다움을 느끼곤 했다. 가족 중에는 그런 것들을 일러주는 사람이 없었고, 주변에서 그런 내용의 책을 찾을 수도 없었다. 나기브 마흐푸즈와 무함마드 압둘 할림 압둘라, 유수프 알 시바이, 그리고 이흐산 압둘 쿠두스의 위대한 소설들도 거기서 읽었다. 그리고 어니스트 헤밍웨이와 장 폴 사르트르, 시몬 드 보부아르, 알베르토 모라비아, 콜린 윌슨. 『알 아다브』*al-Adab* 잡지. 양이 푸른 초원에 머리를 묻듯, 내 머리는 그곳

---

21 바드르 샤키르 알 사야브(Badr Shakir al-Sayyab, 1926~64) : 이라크 출신의 시인. 1940년대에 전통적인 아랍 시 양식을 깬 '산문시 운동'을 일으켜 아랍 문학계 전체에 영향을 미쳤다. 앞서 지은이가 언급한 팔레스타인 시인 다르위시도 알 사야브에게 많은 영향을 받은 것으로 알려져 있다.

에서 책 속으로 다이빙했다. 그러던 어느 날 서점 주인아저씨가 다가와서 내 손을 붙잡고 자기 책상으로 끌고 갔다. 아저씨는 내 얼굴을 빤히 쳐다보더니 이렇게 말했다. “얘, 내가 불쌍하지도 않으냐? 세상에나, 넌 나보다도 이 서점에 오래 붙어 있는구나. 대체 널 어떻게 하면 좋겠니?”

한참이 지난 뒤에 다시 서점에 가서는 빅토르 위고의 『레미제라블』을 샀다. 내가 열성적인 독자라는 걸 보여 주기 위해서, 누드 사진을 보며 키득거리기나 하려고(물론 가끔은 은밀한 목적을 위해 가는 일도 없지 않았지만) 서점에 가는 건 아님을 보여 주기 위해서였다. 그날 밤, 그리고 그다음 날까지 나는 내내 『레미제라블』을 읽었다. 용돈을 모아서 산 첫 번째 책이었다. 그 책을 사느라 아부 이스칸다르 식당에서 파는, 냄새가 솔솔 풍기는 환상적인 샤와르마[22] 샌드위치를 포기해야 했다. 집에서 매일 식구들과 함께하는 식사에 물린 우리는 저녁마다 그 식당을 찾아가 라말라의 휘황찬란한 밤을 즐기며 독립심을 만끽하곤 했다.

1948년 이래로 이 땅에서는 얼마나 많은 재능 있는 사람들이 희생되었던가? 얼마나 많은 도시가 쇠락해 갔던가? 지키지 못한 집들은 몇 채일까? 점령만 아니었다면 얼마나 많은 서점과 극장을 새로 세울 수 있었을까? 점령은 팔레스타인 마을들을 정체시키고 도시를 시골 마을로 되돌려 버렸다. 마을 방앗간 따위를 못 돌려서 슬픈 게 아니라, 서점이나 도서관을 세울 수 없어서 슬픈 것이다. 우리는 과거가 아니라 미래를 다시 얻고 싶다. 내일이 지나면 우리에게도 그다음 날이 오길 바라는 것이다. 팔레스타인이 미래를 향해 자연스레

---

22 샤와르마(shawarma) : 케밥처럼 꼬치에 꿰어 구운 아랍식 고기 요리.

걸어갔어야 할 길은 치밀하게 봉쇄당했다. 이스라엘은 팔레스타인 공동체 전체를, 이스라엘이라는 도시를 위해 존재하는 시골 마을처럼 만든 것 같다. 아니 그 이상이다. 이스라엘은 모든 아랍의 도시를, 히브리 국가를 위한 시골 마을로 바꾸려 하고 있다.

마음만 먹으면 라말라에서는 내가 없던 지난 30년의 세월을 건너뛰어, 그 시절과 똑같은 채소 가게에 갈 수도 있다. 채소 판매대는 그 시절이나 지금이나 변한 게 없다. 장사치들의 옷차림이나 채소 값도 30년 전과 비교해 달라진 게 없다. 그 시절과 똑같다는 것이 말이 되는가? 늪의 표면처럼, 착색된 틀로 찍어낸 건물에 칙칙하고 끈적거리는 껍데기만 씌워 놓은 듯, 과거와 완전히 똑같다는 게 말이 되는가? 대로변의 건물들조차도 마치 변두리 채소 시장처럼 예전 그대로라니, 어떻게 이런 일이 가능한 걸까?

나는 예루살렘에도, 텔아비브에도, 지중해에 면한 이스라엘의 도시에도 가보지 않았지만 저들이 그 도시들에 대해 이야기하는 것을 늘 들었다. 저들은 그 도시들에 있는 자기네 조직, 신록, 공장들과 그곳의 번영에 대해 말했다. 저들은 그 도시들을 유럽의 일부로 생각했다. 저들은 최대한 빨리 앞으로 나아가면서, 우리는 과거로 움직여야 한다는 듯이 굴었다. 나는 보고 듣는 모든 것을 통해 그걸 느꼈다. 진실은 단단하다고들 한다. 그들은 상상 속 신기루 위가 아닌 먼지 나는 현실 위에 서있다. 생각이 이제 몸으로 돌아온다.

우리는 라말라 공원을 떠났다. 나는 후삼과 함께 걸어서 집으로 왔다.

라말라는 푸른 언덕들 위에 넓게 자리 잡고 있는 시골 마을 같은 느낌을 준다. 라말라는 비레와 바로 이어져 있기 때문에 둘이 합쳐져 하나의 도시를 형성하고 있는 것처럼 보이지만, 두 곳 주민들의 삶을 보면 시골 마을 같은 느낌이 그대로 남아 있다. 사람들 사이의 관계는 시골 사람들의 관계 그대로다. 집안끼리 모두 알고 지낸다. 골목을 지나면서 사람들은 서로 이름을 부른다. 팔레스타인 자치정부가 세워지면서 나가 있던 사람들이 대거 들어온 뒤에야 이곳도 차차 도시의 모양새를 갖추기 시작했다. 도시란 본질적으로 낯선 사람들이 만나는 곳이다. 그런데 흥미롭게도 라말라와 비레에서 만나는 낯선 이들은 사실은 전혀 낯선 사람들이 아니다. 그들은 추방당해 떠밀려 나가야 했던 사람의 아들이고, 교외 마을에 살던 사람의 아들이며, 1948년 이래로 빼앗겨 버린 도시에 살던 사람의 아들이다. 하나같이 이제 다시 돌아와 막 확장되어 가는 교외에 정착하기로 마음먹은 사람들이다. 그들이 이곳에 사는 것은 자유로운 사회 분위기와 온화한 날씨, 아름다운 자연이 있고, 지리적으로 예루살렘과 인접해 있기 때문이다. 예루살렘에 가깝다는 것은 라말라가 예루살렘의 임시 대체물이라는 뜻이다. 팔레스타인이 결국은 예루살렘을 완전히 빼앗겨 버릴 가능성이 있기 때문이다.

후삼은 2주 뒤에 암만에 갈 거라고 했다. "술레이만의 결혼식이 있어. 예식을 암만에서 치르기로 했대."

"어느 술레이만 말이야?"

"수하의 조카 있잖아. 사메흐의 아들."

"그렇지만 술레이만과 약혼녀는 다 여기 살잖아, 서안에!"

"그 아이 숙모와 친척들, 신부네 친척들이 다들 밖에 있어. 그 애 아버지 쪽 식구들은 예루살렘에 살고. 귀환도 못 하고 방문 허가도 못 받으니, 모두 함께 만나려면 암만이 제일 나아."

이티칼Ttiqal('억류'라는 뜻의 이름이다)이 부다페스트에서 로베르트와 결혼했을 때가 생각난다. 이티칼은 나에게, 그리고 신랑과 손님들에게 애써 감정을 숨기려 했지만 나는 그녀가 슬픔을 참고 있다는 걸 알았다. 그것은 고향만이 치료약이 되어 줄 수 있는 슬픔이었다. 하지만 고향인들 모든 슬픔을 없애 줄 수 있을까? 고향에 사는 사람들이라고 덜 슬플까? 나는 부다페스트의 이라크 난민들과 함께 살고 있던 이티칼을 만나 알고 지내게 됐다. 두 번째로 만나던 날 그녀는 내게 말했다. "내 이름을 가지고 놀리지 않은 사람은 당신밖에 없어요. 누구나 내 이름을 들으면 이름에 대해 물어요. 당신만 빼고는. 당신과 이야기할 때는 설명하지 않아도 되더군요."

나는 웃으며 말했다. "그런데 당신은 설명하고 싶어 보이는데요!"

아무튼 그렇게 해서 우리는 친구가 됐다. 우리는 헝가리에 오랫동안 머물렀다. 이티칼은 학교를 졸업하고 영화학 박사 학위를 받았다. 그리고 부다페스트에서 문학잡지에 실릴 글을 번역하는 일을 했다. 그녀는 밤늦도록 앉아 라드와와 나에게 이라크에 있는 자기 어머니, 형제들, 그리고 고향에서 쫓겨나 부다페스트까지 오게 된 일에 대해 이야기해 주곤 했다. 어느 날 그녀가 내게 오더니 로베르트라는 헝가리 변호사와 결혼하기로 했다면서 증인이 되어 달라고 했다. 왜 헝가리에 있는 다른 이라크 동포들을 놔두고 내게 그런 부탁을 하는지 묻지 않았다. 이방인인 나로서는 참 희한한 상황을 맞게 된 셈이었다. 꽃으로 장식한 내 차에 그녀를 태우고 부다페스트 11지구에 있는 혼인 등록 사무소에 갔다. 나는 감색 정장을 입고 맡은 역할을 수행했다. 겨우 30대에 불과한 남자에게 어울리는 역할은 아니었지만. 그녀는 웨딩드레스를 입고 하얗고 노란 꽃으로 장식된 부케를 들었다. 결혼식을 마치고 출발할 때는 헤드라이트 불빛 사이로 초저녁 비가 반짝이며 내리고 있었다. 우리는 고맙다는 눈빛으로 서로를 바라보았다. 누이가 없는 나, 그리고 이 낯선 땅에서 내게 결혼식을 도와 달라고 부탁한 이티칼. 등록 사무소 앞에 도착하자 굵은 빗줄기가 머리를 때렸다. 우리는 넓은 포장도로를 건넜다.

로베르트는 그날 저녁 몹시 행복해 보였다. 그는 신부의 눈가에 갑자기 눈물이 맺혀 반짝이는 걸 알아채지 못했다. 그녀가 내 쪽으로 고개를 돌리자 눈물이 선명하게 보였다. "엄마는 나더러 이렇게 말하곤 했어요. '물이 주전자에서 끓어 넘치도록 놓아두지 마라. 안 그러면 결혼할 때 비가 온다.'라고. 무리드, 봤죠? 비 오잖아요."

우리는 여자 등록계원 앞에 앉았다. 등록계원은 가슴께에 헝가리 국기를 달고 있었다. 잠시 동안 이 모든 정경이 재미있게 느껴졌다. 그러나 헝가리어로 "이겐"Igen(네)이라 말하는 이티칼의 목소리는 떨리고 있었다. 그 목소리를 들으니 정신이 번쩍 들어, 도저히 웃을 수 없는 상황으로 다시 돌아왔다. 나는 혼인 서약서에 서명했다. 우리는 친구들이 모인 피로연에 가기 위해 사무소를 나섰다. 피로연 만찬에서 이티칼이 내게 물었다. "무리드, 이라크에서 전통 결혼식 본 적 있어요?"

헝가리를 떠난 뒤, 나중에 부다페스트를 방문했을 때 나는 이티칼과 로베르트의 소식을 물어 그들을 찾아갔다. 부부는 둘 사이에 태어난 아이를 보여 주었다. 하나Hana라는 이름의 아이는 이라크 억양의 헝가리어로 '바주나'bazzuna(고양이)라 말하면서 나더러 칼 오르프의 "카르미나 부라나"[23]를 좋아하느냐고 물었다. 망명지에서 열린 결혼식이라고 해서 모두 이티칼의 결혼식 같지는 않다는 사실을 나는 잘 알

23 "카르미나 부라나"(Carmina Burana) : 중세 라틴 시가 24편을 모은 『카르미나 부라나』에 바탕을 두고 1930년대 독일 작곡가 칼 오르프(Carl Orff, 1895~1982)가 작곡한 음악.

고 있다. 어떤 이들은 망명 중에도 지나칠 정도로 사치스럽고 화려한 혼례를 치른다. 하지만 이티칼의 결혼식은, '지금 여기에' 자기 민족도, 전통도, 역사도 없는 사람은 얼마나 왜소한지를 느끼게 해준, 그 외로움을 교훈으로 안겨 준 결혼식이었다. 겉으로는 기쁨이 만발했지만 그 밑에서는 고통스러운 슬픔이 남 몰래 소리 없이 흐르고 있었다. 우리의 조건 때문에 그런 것이 아니라, 우리의 조건에도 불구하고 말이다. 하지만 나는 이런 감정에 대해선 아무 말도 하지 않았다. 그녀도 나도 말할 필요가 없었다. 이방인들은 이방인들끼리 만나는 법이다. 상처 입은 아랍인이 겪는 경험을 통해, 팔레스타인 사람으로서 내가 받은 상처들은 더 큰 전체의 일부분에 불과하다는 사실을 배웠다. 그래서 그걸 과장하지 않는 법도 배웠다. 망명을 떠나야 할 운명에 처한 사람들은 비슷한 특질을 공유한다. 망명자에게는 주거지도, 개인적인 지위도 없다. 망명자는 익명의 존재이다. 제 손에서 빠져나가는 것들을 너그러이 지켜봐야만 하는 사람, 기뻐도 소리 없이 지켜봐야만 하는 사람이다. 운 좋게 존경받는 사람도 있지만 그 존경 속에도 의심이 들어 있다. 남을 쳐다보는 것 말고는 할 일이 없는 이들이 곧 일삼아 그를 질투하게 마련이다. 내가 오랫동안 살았던 유럽은 아랍 곳곳에서 건너온 그런 사람들로 가득했다. 누구에게나 내가 기록조차 할 수 없는 자신만의 이야기가 있었다. 아마 그 누구도 기록할 수 없는 이야기일 것이다. 망명지에서 고요하고 안전하게 살아가고픈 바람은 결코 완전히 실현되지 않는다. 마지막 순간, 죽음의 순간까지 고향의 그늘이 망명자의 육신에서 떠나가지 않기 때문에.

물고기,

어부의 그물에서조차도

여전히 흘러나오는

바다의 냄새.

상처 입은 고향의 이야기들이나 안전한 망명지의 이야기나, 희생자들의 바람대로는 되지 않는다는 점에서는 똑같다. 미셸 클레이피[24]의 영화 〈갈릴리의 결혼식〉이 생각난다. 데이르 가사나에서 찍은 그 영화는, 완벽하게 준비했지만 언제나 그렇듯 바람과는 정반대로 진행되어 버린 결혼식을 담고 있다. 영화에 담긴 리얼리티처럼, 실제 현실도 우리가 계획한 대로 되는 것은 아무것도 없다. 상처 입은 현실, 상처 입은 점령. 망명자는 언제나 무언가가 울컥하고 걸린 채, 목구멍을 넘어가지 않는다. 언제나 그런 일이 반복된다. 망명자는 늘 공포에서 벗어날 수 없다. 두려움, 공포 그 자체에 대한 두려움. 자기 나라 밖으로 내동댕이쳐진 사람들은 절망할 수밖에 없기 때문에, 그리고 자기 나라에서 도망쳐 나온 사람들은 절망할 수밖에 없기 때문에 그들은 일상생활에서 자기들끼리 부대낄 때에도 긴장과 분노를 피할 수 없다. 망명자의 눈은 서로를 재느라 바쁘다. 고향 사람들에 대한 따뜻한 마음은 지레 차갑게 식어 버린다. 그래서 원래는 부드럽고 섬세했던 사람도 잔혹해지고 만다. 어떤 이유에서, 혹은 아무 이유 없이도 감정이 솟구쳐 오르는 때가 있지만 금세 슬픔이 그 자리를 채운다.

---

24 미셸 클레이피(Michel Khleifi, 1950~) : 나사렛 출신의 팔레스타인 극작가로, 벨기에에서 활동하고 있다. 1987년작 〈갈릴리의 결혼식〉(Wedding in Galilee)으로 칸영화제 국제비평가협회상, 산세바스티안 국제 영화제 황금 조개상 등을 받았다.

모든 게 제대로 돌아가지 않는 상황에 남겨진 바로 그때처럼, 망명을 떠난 그들은 앞으로도 모든 것이 제대로 돌아가지 않으리라는 점을 깨닫게 된다.

재결합

집으로 돌아갔더니 손님들로 가득했다. 아부 하짐이 말했다. "어디 갔었어, 자네들? 걱정하고 있었잖아. 후삼, 대체 무리드를 어디로 데려갔던 거야? 라드와와 타밈이 카이로에서 전화했고, 움 무니프[지은이의 어머니]는 암만에서도 전화를 하셨다고. 집에는 손님이 잔뜩 왔고. 자네 찾는 전화가 많이 왔어."

타밈의 입국허가 신청서에 첨부하려고 타밈의 출생증명서를 복사해 팩스로 보내 달라고 라드와에게 부탁했었다. 나는 라드와에게 문화부의 팩스 번호를 알려 주었다. 라드와는 팩스를 보냈다고 확인 전화를 해왔다. 다음 날 아침 나는 팩스를 받으러 갔다. 거기서 친구들인 야히아 야클루프, 마흐무드 슈카이르, 알리 알 칼릴리, 그리고 왈리드를 만났다. 장관이 나를 만나기 위해 기다리고 있다는 얘기를 들었다. 그는 다른 사람들과 면담을 하던 차였는데, 그중에는 나도 알고 있는 비르 제이트 대학의 한나 나시르 총장도 있었다. 장관은 내게 웃으며 인사했다. "그래, 반골 인사도 여기 왔구먼!"

문화부에서 우리는 이집트 지식인들이 이집트-이스라엘 관계 정상화에 대해 어떤 입장을 보이고 있는지에 대해 오랜 시간 토론했다. 나는 이 문제에 대한 이집트 지식인들의 입장은 대단히 훌륭하고, 팔레스타인에 크게 도움이 될 것이고, 그들이 그렇게 신속하게 입장을 정한 걸 다행스럽게 여기며 우리도 그들을 지지해야 한다고 말했다. 그들은 아랍과 이집트 안에서 문화 전쟁을 치르고 있다. 그들은 캠프 데이비드[1]의 반동에 맞서, 그리고 팔레스타인에 부당함을 강요하는 이스라엘의 정책에 맞서 싸우고 있다. 1972년 카이로 대학 연좌 투쟁으로 정점에 올랐던 이집트 학생운동의 시발점 또한 카이로 대학 공학부 내 '팔레스타인 혁명 지지 모임'이었다는 사실을 잊지 말아야 한다. 팔레스타인이라는 대의는 이집트 젊은이들의 투쟁과 정치활동의 중심축이었으며, 그들의 지적·문화적 형성을 좌우하고 운명을 결정지었다. 나는 또한 전 세계가 팔레스타인 사람들에게 전시에는 물론 평화 시에도 압력을 가하면서, 이스라엘에는 그러지 않는다는 이야기를 했다. 우리는 협상을 하러 나가서 이스라엘 총리에게 한 걸음 더 나와 달라고 부탁하지만 그쪽에선 거절한다. 우리는 끝장을 보겠다며 회담에 나갔다가 빈손으로 돌아와서는 마누라 앞에서 혹은 도움도 안 되는 한 줌의 기자들 앞에서 불만을 늘어놓는다. 그런데 이스라엘 총리는 협상이 예루살렘에서 진전을 보지 못하도록 아예 내팽개쳐 둔다. 이스라엘과 우리 중 어느 쪽 상황이 더 어렵겠는가? 적들은 그 정도 어려움조차 떠안지 않겠다는 것인가?

친구들은 내가 발표하려고 모아 둔 시를 미리 복사해 달라고 하지만, 나는 시 몇 편을 따로 뽑아 주기보다는 내 고향에서 내 시집이 출판됐으면 한다.

---

1 1978년 미국 대통령 별장인 캠프 데이비드에서 지미 카터의 중재로 이루어진, 이집트와 이스라엘 간 수교 협상을 가리킨다.

떠돌이가 된 시인과 그의 민족 사이의 간극은 몹시 깊다. 시인의 작품이 출판 금지된 탓에 간극은 더욱 넓어진다. 이스라엘은 소설·산문·에세이 등 팔레스타인 사람들의 문학작품은 어느 것 하나 팔레스타인으로 반입되지 못하게 막는다. 신문은 기사를 도려낸 채 배달된다. 아랍 라디오방송과 텔레비전 프로그램, 얼마 안 되는 밀반입된 책들 따위가 빈자리를 메운다.

나는 친구인 마흐무드 슈카이르에게 떠나기 전에 시를 골라 주고 가겠다고 약속했다. 그 시들은 몇 달 뒤에 나블루스의 알 파루크 출판사al-Farouq Publishing House에서 문화부의 협조를 받아 출간됐다. 일부나마 나의 목소리가 제자리를 찾아 내 민족에게 돌아간 셈이다.

나는 거주 등록 사무소의 아부 사지를 찾아가 그간 신경 써줘서 고맙다는 인사를 하고 타밈의 출생증명서를 건넸다.

"걱정 말게. 신의 가호로 모두 잘될 테니까. 전화번호와 암만이나 카이로의 자네 주소를 남겨 두고 가게나. 승인이 떨어지는 대로 전화할 테니."

"아니스에게 전화하면 될 거야. 내가 어디 있는지 아니스가 알거든. 그런데 승인은 언제쯤 나올 것 같은가?"

"미뤄질 수도 있네. 아주 급한 건가?"

"타밈이 2~3주 안에 암만으로 와. 난 내일 암만에 가고. 허가증이 곧바로 나오면 타밈을 데리고 라말라로 돌아올 수 있을 듯해서 그래. 새 학기가 시작되기 전에 허가를 받는 게 중요하거든. 자네도 알다시피, 타밈은 학기가 시작되면 대학으로 돌아가야 하니까." 나는 작별 인사를 하고 사무실을 나왔다.

타밈은 언젠가는 여기에서 살 거다.

한번은 빈에서 열린 심포지엄에 참석한 적이 있었다. 나는 잠시 자리를 비우고 한 신문과 인터뷰한 뒤 돌아왔다. 한 여성이 내 좌석에 앉아 있었다. 팔레스타인 구금자들을 돕기 위해 싸우고 있던 이스라엘 변호사 펠리시아 랭거였다. 그녀는 뒤를 돌아보고 내가 서있는 것을 보곤 말했다. "이런, 우리가 오스트리아에서까지 팔레스타인의 자리를 점령했군요."

1980년대 들어 상황이 최악으로 치닫던 시기였다. 레바논의 팔레스타인 난민촌에서 일어난 전쟁은 가장 비열한 국면으로 치달았다. PLO는 분열됐고, 각 파벌들은 서로 야만적인 전쟁을 벌이고 있었다. 사브라와 샤틸라의 순교자들[2]은 팔레스타인의 파벌들과 그 일당들의 라이플총에 의해 두 번 죽었다. 부르즈 알 바라즈네[3]에서 죄 없는 이들이 뚜렷한 명분 없이 희생돼 순교자의 명단에 새로 이름을 올렸다.

심포지엄에 참가한 양쪽 패널들에게 잠시 쉴 시간이 있었다. 호텔 로비의 테이블에 앉았는데, 레바논민족운동LMN에서 온 대표 두 명과 랭거, 당시 소련의 아랍 전문가 예브게니 프리마코프,[4] 스웨덴에서 온 친구 둘이 함께 있었다. 누군가 와서 우리에게 말하기를, 레바논

---

2 레바논 내전이 한창이던 1982년, 레바논 내의 팔레스타인 난민촌인 사브라(Sabra)와 샤틸라(Shatila)에 기독교 민병대가 들이닥쳐 주로 여성·노인·어린이 등 3천여 명을 학살한 사건이 있었다.

3 부르즈 알 바라즈네(Burj al-Barajne) : 베이루트 외곽에 있는 팔레스타인 난민촌. 레바논 내에 있는 12개 팔레스타인 난민촌 가운데 유독 팔레스타인 정치조직인 이슬람 지하드(Islamic Jihad)와 파타 간 내분이 심해 최근까지도 수시로 유혈 충돌이 벌어진다.

4 예브게니 프리마코프(Yevgeny Maksimovich Primakov, 1929~) : 옛 소련 및 러시아의 정치인 겸 학자, 외교관으로 옛 소련의 마지막 소비에트 최고위원회 위원장을 지냈고 러시아가 출범한 뒤 외무 장관과 총리를 역임했다.

의 무프티[5]가 베이루트의 난민촌에서는 개와 고양이를 잡아먹어도 성법聖法에 위반되지 않는다는 판결을 내렸다고 했다. 나는 그것이 실제로 벌어지고 있는 뉴스인지, 이 지옥 같은 상황이 끝나도록 도와달라는 뜻으로 언론들 앞에서 절규하는 것인지 알 수가 없었다. 하지만 그전 며칠 동안 난민촌들에서는 긴장이 몹시 고조되고 있었고, 어리석은 싸움과 살인이 계속되던 터였다. 그 속에서 나는 다시 희비극이 교차되는 느낌을 받았다. 나는 펠리시아에게 말했다. "우린 어디로 가야 하는 걸까요? 당신네 나라는 나를 난민으로 받아 줄 수 있나요?" 물론 이것은 그녀가 우리나라를 어떻게 생각하는지 알아보기 위해 면밀히 생각해 보고 쓴 표현이었다. 이를테면 나는 우리가 사브라와 샤틸라, 부르즈 알 바라즈네 등의 난민촌들에서 살아야 하는 것에 대해, 우리의 나라를 두고 남의 나라를 전전해야 하는 것에 대해, 팔레스타인에 사는 사람이 됐든 디아스포라로 떠도는 이들이 됐든 우리의 운명 전체에 대해, 이스라엘에 책임이 있다는 얘기를 한 거였다. (펠리시아가 우리를 지지해 왔다는 사실은 잘 알려져 있었고) 나는 그녀가 내 질문 뒤에 숨은 의미를 조금이라도 알아차리고 함께 분노해 주리라고 기대했다. 하지만 그녀는 나의 질문에 들어 있는 비통함을 전혀 포착하지 못했다. 그녀의 대답은 내겐 충격이었다. 꼭 뺨이라도 얻어맞은 것 같았다. "나야 그러길 바라죠! 하지만 우리 정부의 법률상 불가능할 거예요."

이스라엘 사람들 중에도 우리를 동정하는 이들이 있지만, 우리가 이렇게 된 '이유'와 우리의 이야기에 공감하기는 힘든 것 같다. 그들이 느끼는 것은 패자를 바라보는 승자의 연민이다. 팔레스타인에서

5 무프티(mufti) : 판례에 해당되는 종교적 결정(fatwa)을 내리는 이슬람 율법학자(법관).

승자와 패자는 완벽한 대칭을 이룬다. 이 땅은 적들의 공간이며, 우리의 공간이다. 이곳의 이야기는 저들의 이야기이며, 우리의 이야기다. 저들의 것인 '동시에' 우리의 것이라는 뜻이다.

하지만 나는 이 땅에 대해 양측이 동등한 권리를 갖고 있다는 주장을 받아들일 수 없다. 나는 이 땅 위의 정치적인 삶을 신격화하는 것은 인정하지 않는다. 아무튼 나는 팔레스타인에 대한 권리를 주장하는 사람들과 신학적인 토론을 할 생각은 결코 없었다. 우리가 땅을 잃은 것은 토론에 져서가 아니라 힘에서 밀렸기 때문이니까. 팔레스타인에 있을 때에 우리는 유대인을 두려워하지 않았다. 그들을 증오하지도 않았다. 적으로 보지도 않았다. 중세의 유럽인들이 그들을 미워했지, 우리는 아니었다. 페르디난드와 이사벨라[6]는 유대인들을 미워했지만, 우리는 아니었다. 히틀러는 그들을 미워했지만, 우리는 아니었다. 그러나 그들이 우리 땅을 모두 빼앗고 우리를 쫓아냄으로써, 우리는 물론이고 그들도 마찬가지로 평등의 법칙 밖으로 내쳐졌다. 그들은 우리의 적이 되었고 강해졌다. 우리는 쫓겨났고 약해졌다. 그들은 '신성한 힘'으로 이 땅을 차지했다. 신성함을 빙자한 권력의 힘, 상상 속의 힘이지만 지리적인 실재가 되어 버린 힘. 타밈이 이 땅에 살 권리를 내가 지켜 줄 수 있을까? '올여름 타밈을 꼭 여기로 데려와야지', '여름방학에 타밈을 이곳에 데려와야지.' 하고 생각했던 게 벌써 몇 년이 됐다. 중요한 것은 타밈에겐 언젠가 이 땅

---

6 스페인 아라곤 왕가의 페르디난드(Ferdinand II of Aragon, 1452~1516)와 카스티야의 이사벨라(Isabella I of Castile, 1451~1504)는 1469년 혼인한 뒤 이베리아반도를 통일하고 이슬람 세력을 몰아내는 '재정복'(Reconquista)을 펼쳤다. 하지만 이들은 무어인(이베리아의 무슬림을 지칭)만 몰아낸 것이 아니라 유대인들에 대해서도 혹독한 추방 정책을 펼쳤다.

에 살 권리가 있다는 사실이다. 물론 어디에 살지는 타밈이 결정할 일이다. 그러나 비록 떠돌이일지라도 자기가 태어났어야 할 곳에 언제든 돌아갈 수 있는 떠돌이는, 자기의 뿌리에 대해 할 말이 한마디도 없는 추방당한 떠돌이와는 다른 법이다.

나는 타밈에 대한 나의 부성애를 되짚어 본다. 그리고 나의 아버지가 우리 형제들에게 보여 준 부성애를 기억해 본다. 아마도 나보다는 아버지가 자식들에게 더 자상했던 듯하다. 아니면 우리는, 조심스러운 나머지 자기감정을 남들 앞에서 내보이지 않는, 심지어 자기 아들 앞에서도 조심하는 그런 세대가 된 것일까? 어쩌면 이것은 어떤 다른 종류의 민감함에서 나오는 회피인지도 모르겠다. 큰 소리로 감정을 드러냄으로써 시대가 주는 충격과 맞부딪친다거나 강고한 심지를 드러내 보이는 짓을 하지 않겠다는. 그러면서 우리는, 자기 자신은 물론 우리 아이들이 이런 행동 방식을 따르기를 바라고 있다. 우리 안에서 일어나는 감정을 실용적으로만 표현하고, 아이들이 감정을 명료하게 드러내는 걸 부추기지 않으려고 조심한다.

부다페스트 공항에서 라드와와 타밈을 떠나보내며 작별 인사를 할 때가 되면 나는 끊임없이 농담을 했다. 하지만 우리 누구도, 우리 마음속에 있는 그 한 가지, 곧 떠나야 한다는 사실에 대해서는 입에 올리지 않았다. 내 아버지나 어머니가 우리 자식들에게 해주던 작별 인사는 늘 우리 마음을 무겁게 했다. 카타르로 일하러 떠나는 무니프를 배웅하러 나갔을 때 어머니는 갑자기 칼란디야[7] 공항의 돌바닥에 실신해 쓰러졌다. 어머니는 의식을 잃어 몇 분 동안 말씀도 하지

---

7 칼란디야(Qalandiya) : 이스라엘과 맞닿아 있는 팔레스타인의 지명. 양쪽 사이를 오가는 사람들을 검사하는 이스라엘의 국경 검문소가 있다.

못했고, 우리는 모두 겁에 질렸더랬다. 아버지는 종종 내게 감동적인 편지를 보냈다. 그 편지들을 읽다 보면 어쩔 수 없이 마음이 흔들리곤 했다. 나는 타밈을 내 동료처럼 동등한 사람으로 대한다. 하지만 친구들에게 아들에 대해 이야기할 때를 빼면, 내가 아들에게 얼마나 가까운 존재인지는 나도 잘 모르겠다. 심지어 라드와와의 일상적인 관계에서도 나는 마음을 숨기고, 말로는 통 감정을 표현하지 않는다. 나는 아내가 '아름다움의 혼합체'라고 친구들에게 말하곤 한다. 하지만 그런 말을 그녀에게 한 적은 없는 것 같다. 그녀의 이미지를 시로 그려보려 할 때마다, 그 시는 자아에 대한 귀 기울임으로 바뀌어 버려 그녀에게 전달되지 않는다. 사랑하는 이들의 사진을 주머니나 지갑에 넣고 다니는 사람들이 내겐 놀랍다. 만일 내가 사진을 넣고 다닌다면, 순전히 실용적인 이유에서일 것이다. 예를 들면 이번에 나는 타밈의 사진을 몇 장 넣어 가지고 왔다. 입국허가 신청서에 첨부하기 위해서다.

라티파 알 자야트[8]가 1960년대 말 요르단의 페다인[9] 기지를 방문했는데, 그녀가 카이로로 돌아온 뒤 페다인을 묘사한 말이 걸작이었다. 나는 그녀에게 "거기 사람들은 어떤가요?"라고 물었다.

그녀는 웃으며 대답했다. "좋은 악당들이야."

---

8 라티파 알 자야트(Latifa al-Zayyat, 1923~96) : 이집트의 유명한 여성 작가. 사다트 정권이 이스라엘과의 비밀 협상으로 전격 수교하고 팔레스타인인들을 탄압하자 그에 맞서 문화 연대 투쟁을 벌여 옥고를 치르기도 했다. 『옛 시절 이야기』(*al-Shaykhukha wa qisas ukhra*)(1986), 『자기 짐을 알았던 남자』(*Al-Rajul al-lathi 'Arifa Tuhmatuh*)(1995), 『집 주인』(*Sahib el-Beit*)(1995) 등의 소설을 남겼다.

9 페다인(Fedayeen) : 민병대를 뜻하는 말로, 여기서는 이스라엘에 맞서 싸웠던 아랍계 게릴라 조직의 명칭이다.

우리에게서 온화함을 빼앗은 것은 누구인가? 이제, 인티파다의 아이들이 '좋은 악당들'이 되었다. 그들은 거칠고 꾸밈없는 기상으로 가득하다. 가족들, 친구들과 만나면서 접해 본 그들은 우리보다 겁이 없고, 비겁하지도 않고, 우리가 그 나이였을 때처럼 수줍어하지도 않았다. 나 같은 사람은 그 애들의 손재주에 놀랄 수밖에 없었다. 토론과 논쟁 수준, 근거를 나열하고 이야기를 전개하는 실력 등은 다른 나라의 평범한 환경에서 자라나는 아이들보다는 훨씬 뛰어나 보였다. 다른 나라 아이들보다 더 많은 것을 봐왔기 때문일까? 어린 나이에 책임감을 배워야 했기 때문일까?

수줍음이나 예의범절을 가르치기엔 이 아이들의 부모들이 너무 심각한 상황에 놓여 있다 보니 이렇게 된 걸까? 아이들은 파벌과 정당에 대한 이야기를 나눈다. 얘는 파타, 쟤는 하마스, 이 아이는 공산당원, 저 아이는 인민전선 소속이란다. 아이들은 공식 찬가나 국가國歌는 몽땅 다 알고 있다. 다브카에 맞춰 춤도 잘 춘다. 한번 해보라고 하면 노래든 춤이든 머뭇거리는 법이 없다.

아이들이 천재여서, 혹은 유난히 명민해서라고 말하고 싶지는 않다. 그보다는 이 아이들을 보니 우리 또래가 보낸 어린 시절과는 참으로 다른 감수성을 지니고 있다는 생각이 든다. 우리 아버지는 가끔 나를 손님들 앞에 불러 놓고, 이를테면 학교에서 배운 시라든가, 심지어 구구단 따위를 암송해 보라고 시키셨다. 나는 그럴 때면 어떻게든 집에서 벗어나고 싶었고, 그런 상황을 피하기 위해 온갖 수를 썼다. 하지만 아부 하짐의 손자인 하븀은 할아버지 집 베란다의 소파에서 내 옆에 딱 붙어 앉아, 아무 준비도 없이 "제가 노래 불러 드릴까요?"라고 말하는 거였다. 아이는 일전에는 또 내게 이렇게 말했다. "과자 사러 가게에 갈 거예요. 뭐 사다 드릴까요? 저 돈 있어요."

그러면서 자기 말이 사실이라는 걸 보여 주려고 짧은 반바지 주머니를 뒤집어 돈을 꺼내 보였다. 내가 점잖게 거절하자 이렇게 덧붙였다. "사드리고 싶단 말예요." 나는 말했다. "선물을 해주고 싶은 건 바로 나란다. 얘, 아저씨가 어떻게 해주면 기분이 좋겠니?" 아이는 재빨리 대답했다. "우리 집에 와서 주무세요. 왜 계속 기두[10] 아부 하짐 댁에서만 머무르세요?" 나는 아이의 아버지인 아부 야쿠브에게, 아들이 아주 귀엽다고 하면서 아이가 나를 집으로 초대하고 가게에 가서 뭘 사주겠노라고 열심히 말하더라고 전했다. 아부 야쿠브는 반쯤은 기특하다는 듯, 반쯤은 알다가도 모르겠다는 듯이 아들을 힐끗 쳐다보더니 내게 말했다. "말썽꾸러기예요. 매일 학교에서 문제를 일으키고 온다니까요. 친구를 두드려 패거나, 선생님을 아주 돌아 버리게 만들거나."

'점령하에서 태어난 아이들'에 대해 내가 말하고 싶은 것이 아마도 이것일 게다. 두려움과 담대함, 연약함과 무심함 등의 감정을 서슴없이 드러내는 복잡한 인격체.

그 애들이 '돌의 시'라 불렀던 시나 '돌의 아이들'[11]과의 연대의 시라고 부르는 시 따위가 나는 이상했다. 그 시는 인간의 조건을 쉽게 단순화한다. 인간의 조건을 예찬하는 척하는 바로 그 순간, 인간의 조건을 명확히 보여 주는 대신 오히려 흐려 버린다. 무엇보다 흥미로운 것은 점령 아래 살았던 시인들과 인티파다 기간을 살았던 시인들이, 팔레스타인 밖을 떠도는 디아스포라 작가들과 똑같은 실수를 저지른다는 점이다. 디아스포라의 시인들처럼, 이들 역시 자기네가

10 기두(Giddu, Jiddu) : 아랍어로 할아버지라는 뜻이다.
11 인티파다에 참여해 돌을 던지는 팔레스타인 청소년들을 의미한다.

겪은 것들을 쓸 때조차 본질을 파고드는 데에 실패한다. 문제의 핵심은 삶에 대한 구체적인 지식에 있으며, 결국 모든 예술적 완숙함의 바탕이 되는 것은 인간의 성숙함이다. 이름값을 하는 모든 예술 작품들에서는, 살아온 인생 역정이야 어떻든 작가의 인간적 성숙함을 빼놓을 수 없다. 중요한 것은 날카로운 통찰력과 경험을 받아들이는 특별한 감수성이지, 단순히 그 사건이 일어난 현장에 있었는지가 아니다. 그것은 예술을 창조하는 데에는 충분치 않다. 예술에는 조건이 있다. 예술은 욕심쟁이다. 우리는 남의 땅에서 추방된 삶을 경험하고 있으며, 우리처럼 추방된 다른 사람들과 함께 살아가고 있다. 그런데 우리는 이 추방의 이야기를 기록하고 있었던가? 우리의 이야기에, 우리의 특별한 이야기에 세계가 귀를 기울여야 하는 이유는 무엇인가? 아무도 돌아가지 못하는 먼 곳으로 추방당한 남자들과 여자들, 아이들의 이야기에 귀를 기울이는 자는 누구인가? 우리 가운데 죽은 이들은 세상 모든 땅에 흩어져 있다. 때로 우리는 주검을 뉠 곳조차 알지 못한다. 전 세계의 수도들은 살아 있는 우리를 거부하듯 우리의 주검을 거두는 것도 거부한다. 추방당해 죽은 이들이나, 무기에 희생돼 죽은 이들이나, 갈망에 지쳐 죽은 이들이나, 아니면 그저 단순히 숨을 거둔 이들 모두가 순교자라면, 그리고 시에 적힌 것들이 다 진실이어서 모든 순교자가 장미꽃이라면, 우리는 온 세상을 장미 정원으로 만들 수도 있을 게다.

오늘은 라말라에서의 마지막 밤이다. 타밈을 위한 재결합 신청서를 가방에 넣는 순간, 이 자체가 하나의 성취라는 생각이 들었다. 온종일 북적이는 손님들과 함께 보냈다. 가족들, 친구들, 이웃들, 동료들. 대화가 넘쳐 났고 나는 말하기보다는 주로 듣는 쪽이 되려고 애썼다. 나는 밤늦게 "존재들의 논리" 초고를 들고 침실로 돌아왔다.

방 안은 완벽한 침묵이었다. 마치 책 속에 그려진 침묵의 원圓이라도 되는 것처럼. "존재들의 논리"는 무생물, 식물, 동물, 인간을 비롯한 모든 피조물이 '말을 한다'는 발상을 바탕으로 하고 있다. 그들의 말을 듣는 것이 내 역할이다. 첫 번째 시집에서 나는 휴머니티를 노아의 대홍수나 새로운 창조만큼이나 중요한 것으로 띄워 올렸다. 그때 나는 20대였고, 저 스스로 한껏 지혜로운 줄 알던 나이였다.

나는 [카이로의] 대학에서 시를 썼고, 이후 쿠웨이트로 갔다. 67년 이집트에서 나를 만난 칼리 아타가 쿠웨이트로 나를 보냈다. 나는 쿠웨이트를 떠날 방법을 찾으려고 노력했다. 나는 시와 문학에 관련된 일을 하고 싶었다. 나는 『알 아다브』*al-Adab*, 『마와키프』*Mawaqif*, 『알 카티브』*al-Katib* 등의 잡지에 글을 썼다.

쿠웨이트를 완전히 떠나 카이로에 돌아가도록 결정하게 해준 사람은 라드와였다. 우리는 1970년 결혼했고, 1년도 채 안 되어 함께 쿠웨이트를 떠났다. 우리는 알렉산드리아로 가는 배를 타기 전에 며칠간 머물 요량으로 베이루트로 갔다. 거기서 알 함라 호텔에 묵었다. 나는 시집의 겉표지에서 다르 알 아우다Dar al-'Awda 출판사 전화번호를 알아내 전화를 걸었다.

"여보세요. 아흐마드 사이드 무함마디야 선생이신가요?"

"그런데요?"

"저는 무리드 알 바르구티라고 하는데, 저기……."

"반갑소, 시인! 지금 베이루트에서 전화하는 건가요?"

방 안에는 라드와가 함께 있었다. 나는 손으로 수화기를 가리고 아내에게 말했다. "나더러 '반갑소, 시인'이래!"

그는 유명한 출판사의 소유주이자 경영자였다. 나는 내 첫 작품집을 내달라고 설득하기 위해 그와 약속을 잡으려던 참이었고, 그러려면 영리하고 자세하게 나에 대해 소개해야 할 것 같았다. 나는 그때까지만 해도 쿠웨이트에 있었기 때문에 아랍 출판의 수도인 베이루트에서 내 이름을 들어본 사람이 있을 줄은 몰랐다. 나는 "알 함라 호텔에 묵고 있습니다."라고 대답했다.

"이리 오셔서 커피나 한잔하시지요. 분명 원고를 갖고 계시겠지. 그걸 들고 오세요."

몇 분이 채 지나지 않아 그는 내 책을 출판하겠다고 약속했고, 책은 1972년 1월 세상에 나왔다. 나는 표지를 디자인한 모나 알 수우디에게 내 원고 필사본을 복사해서 선물해 주었다. 그녀는 책 표지를 만들면서 무리드 알 바르구티 대신에 무니프 알 바르구티라는 이름을 집어넣었다. 물론 사장도, 이걸 보았지만 다시 만들라든가 하며 트집을 잡지는 않았다. 그래서 시집의 겉장은 은색 잉크로 그린 사각형 속에 무니프의 이름이 숨겨져 있고 내 이름이 그 위에 쓰여 있는 모양이 되었다. 지금도 표지를 자세히 들여다보면 이름 두 개가 뒤섞여 있는 걸 알 수 있다. 형에게나 내게나, 이름을 섞어 놓았다는 것은 특별한 의미가 있는 일이고, 그래서 볼품없는 표지가 조금은 견딜 만해졌다.

잠을 자려고 애써도 잠이 오지 않는다. 일상적인 관찰, 사람들과 주고받은 대화를 간추려 여기 끼적, 저기 끼적댄다. 방의 불을 끄고 눈을 감으니 이 조용하고 캄캄한 방 안에서 내 삶의 소리들이 일어나기 시작한다. 생각들과 질문들, 지나온 삶의 풍경들, 그리고 나를 기다리고 있는, 우리를 기다리고 있는 인생이.

낮의 고달픔은 밤이 되면 무거운 짐이 되어 짓누른다. 무슨 일인가를 끝내야만 할 것 같다. 저기 사는 이들과 여기 사는 이들, 여기와 저기의 산 자들과 죽은 자들 사이에 생겨난 거리를 재어 보려 애쓴다. 나는 "존재들의 논리" 원고를 꺼내 읽는다.

행복한 사람은 밤에 행복하다.
슬픈 사람은 밤에 슬프다.
낮이라는 것은
사람들을 구속하니까!

나는 추방이라는 단어를 집어넣으려 했다. 개인적인 역사든 공적인 역사든, 슬픈 역사의 기나긴 문장 맨 마지막에 집어넣으려 했다. 그러나 겉으로 드러난 것은 쉼표들뿐이다. 나는 시대를 함께 꿰매어 넣고 싶은데, 순간과 순간들을 이어 붙이고, 어린 시절을 노년에 이어 붙이고, 현재를 부재不在에 잇고, 모든 존재하는 것을 모든 부재하는 것에 붙이고, 망명자를 고향 땅에 옮겨 붙이고, 내가 상상한 것들을 내가 지금 보고 있는 것에 이어 붙이고 싶은데 말이다. 우리는 우리 땅에서 함께 살지도 못하고 함께 죽지도 못한다. 거기, 파리 북역北驛에서, 밤 11시에, 무니프는 비틀거리며 플랫폼 끝에서 떨어졌고, 11월의 찬 서리를 맞으며 관에 담겨 어머니와 우리에게 돌아왔다. 벗들 덕에 살고 벗들을 위해 살았던, 자신의 삶을 사람들(오는 이들과 가는 이들, 찾아오는 이들, 전화를 걸어오는 이들)로 채우고 싶어 했던 사람. 형은 자기가 북역에서 그렇게 외롭고 고독하고 이상한 죽음으로 마지막을 맞게 될 줄 알았을까? 1993년 11월 8일, 라드와와 타밈과 나는 카이로의 집에서 점심을 먹고 있었다. 전화벨이 울려 내가 받으러 갔다. 카타르의 도하에서 들려오는 동생 알라아의 목소리였다.

동생이 울먹이며 뭐라 몇 마디를 했지만 기억나지 않는다. 내 어깨 위로 한기가 스쳤다. 내가 뭐라고 말했는지도 생각이 나지 않는다. 내가 분명히 떠올릴 수 있는 것은, 라드와가 자리에서 벌떡 일어나 창백한 얼굴로 무슨 일이 일어났는지 내게 물었다는 것뿐이다. 나는 말했다. "무니프가 죽었어. 죽었대."

제네바에 있던 형의 친구 한 명이 전화를 걸어, 형이 파리 북역에서 사고를 당했다고 동생에게 알려 주었다고 했다. 나는 상황을 좀 더 알아보려고 제네바로 전화를 했다. 친구들 말로는 형은 살아 있고, 그래서 살리려고 애쓰는 중이라 했다. 그러더니 형은 죽었다고 했다. 암만에 계신 어머니에게 전화를 하기 전에, 이 혼란스러운 상황을 우선 나부터 정리해야 했다. 친구들이 어머니에게는 형이 사고로 다쳤다고만 이야기했다는 걸 알아차렸다. 나는 라드와에게 말했다. "어머니는 형을 보내고는 못 사실 거야."

나는 도하에 있는 마지드와 알라아에게 전화했다. 어머니에게는 무니프가 죽은 걸 알리지 말라고 일렀다. 어머니 곁으로 가고 싶었다. 내가 지금 해야 하는 건 어머니를 지켜 드리는 일뿐이라고 라드와에게 설명했다. "그 소식을 듣고도 이틀만 버틸 수 있다면 어머니는 더 사실 거야. 중요한 건 어머니가 그 소식을 듣고서 그 순간을 넘길 수 있게 해드리는 거야."

그 슬픈 사건을 참 이상한 방식으로 처리해야 하는 상황이었다. 마치 지진이 일어난 곳에 던져졌다가, 곧바로 빠져나와 여전히 그 속에 있는 어머니의 운명을 살펴야만 하는 것 같았다. 그 소식 자체를 잠시 옆으로 밀어 놓기만 하면 상황을 어떻게든 통제할 수 있다는 듯이 말이다. 누구든 상황을 통제해야 했다. 나는 갑자기 공격을 당했다가, 곧바로 입장을 바꿔 비상 상황실에 들어가 지시를 내려야 하는 사람 같은 처지였다. 나는 모두에 대해, 내 어머니, 무니프의 아이들과 형수, 내 아우들에 대해 생각했다. 어떻게 하는 것이 현실적일지에 집중해 고민해야 했다.

나는 도하에 있는 마지드와 알라아에게 전화해 프랑스 입국 비자를 받아 즉시 무니프 형의 가족에게로 가라고 말했다. 내가 이집트에서 그런 비자를 받는 건 불가능했기 때문이었다. 그래서 아우들이 프랑스로 갔다. 다음 날 나는 라드와와 타밈을 데리고 암만으로 향했다. 후삼이 공항에 나와 있었다. 그가 우리에게 자세히 설명해 주었다. 무니프는 제네바의 집에서 파리로 가는 기차를 탔다고 한다. 파리에서 몇 가지 일을 처리하고 릴에서 열리는 모임에 참석하기 위해 북역에서 4시 30분발 열차를 타려던 참이었다. 그런데 형은 열차를 놓쳤고, 5시에 출발하는 다음 열차를 역에서 기다리고 있었다. 밤 11시에 프랑스 경찰은 역 플랫폼에 피를 흘리고 쓰러져 있는 그를 발견했다. 형은 왜 5시에 기차를 타지 못했을까? 일곱 시간이나 역에 쓰러져 있었던 이유는 무엇일까? 납치됐던 걸까? 강도나 신나치의 공격을 받았을까? 혹시 정치적인 암살일까? 형은 간 질환으로 몇 년째 치료를 받고 있었다. 갑자기 쓰러져 혼수상태에 빠졌다가 손쉬운 상대를 노린 노상강도에게 당한 걸까? 앰뷸런스가 달려왔을 때에는 가까스로 숨이 붙어 있었다고 했다. 사람들이 형을 살리려 애썼지만 소용이 없었고, 형은 몇 분 뒤 숨을 거뒀다.

기차역 커피숍 주인은 형이 피를 흘리면서 비틀비틀 커피숍에 들어오는 걸 봤다고 했다. 웨이터는 형이 술에 취했다고 생각해 밀어냈단다. 형은 다시 가게 안으로 들어오려 했다고 한다. 아마도 도움을 청하려던 것이었겠지. 전화를 하려고 했을 것이다. 형은 두어 걸음 들어오다가 젊은 포르투갈 남자들 두 명이 앉아 있는 자리 쪽으로 쓰러졌다. 두 사람이 일어나서 형을 밖으로 내쳤다. 가게 문에서 네 걸음, 형이 마지막으로 쓰러진 곳이었다.

후삼은 이 모든 이야기를 우리에게 들려주더니 감정이 북받쳐 울음을 터뜨렸다. 어머니에게는 사람들이 아직 아무 말도 하지 않았다고 했다. 친지들은 어머니에게 형이 교통사고를 당했지만 괜찮다고 얘기했다. 후삼의 말로는 의사인 지하드 선생과 무함마드 선생이 어머니 곁에서 지켜보고 있단다. 암만에 사는 일가친척 여자들이 모두 우리 집에 모여들었지만 애도의 말 따위는 모조리 금지됐다고 했다.

"모두가 아는데, 자네 어머님만 모르셔. 그 양반도 나쁜 일이 일어난 걸 감으로는 아시지만 자네가 와서 희망적인 말을 해주길 바라고 계신 거겠지. 자네가 시킨 대로, 우린 어머님께는 아무 말씀도 드리지 않았네."

우리 집 문은 활짝 열려 있었다. 우리는 집 안으로 들어갔다. 거실을 들여다보니 검은 옷을 입은 여자들 몇이 보였다. 어머니는 빛바랜 파란 옷을 입고, 반쯤 넋을 잃은 상태로 앉아 계셨다. 라드와와 타밈과 내가 들어선 순간, 집 안은 통곡의 바다로 변했다. 내가 그때 어떻게 무너지지 않을 수 있었는지 지금도 의문이지만, 어쨌든 나는 그 순간을 버텨 냈고 그 뒤로도 흔들리지 않았다. 어머니에 대한 걱정과 어머니를 지켜 드려야 한다는 생각이 내 버팀목이었다.

어머니에게는 딸이 없었고, 여자 형제도 하나 없었다. 라드와가 암만에 와있다는 점이 아주 중요했다. 어머니는 우리가 결혼한 뒤 라드와를 처음 보았을 때부터 딸처럼 여겼다. 라드와가 이런 순간에 곁에 있다는 사실은 어머니에겐 정말 다행이었다. 나는 곁으로 가서 어머니를 끌어안았다.

"아가, 말해라. 네 형에게 무슨 일이 일어난 거냐? 검은 옷을 입고 와서는 아직까지 형의 숨이 붙어 있다고, 형이 병원에 있는데 좋아지고 있다고들 말하는구나. 얘야, 말해라. 거짓말하지 마라, 아가."

그 순간에는 정말로 그 자리에서 죽고 싶었다. 어떻게 대답해야 할지 알 수가 없었다. 나는 어머니의 얼굴을 내 가슴에 대고 힘껏 끌어안았다. "어머니는 더 사셔야 해요. 우리 곁을 떠나지 않는다고 약속하세요. 가서 상복을 입고 오세요, 어머니."

그곳, 런던 교외의 서리Surrey에, 머나먼 그곳에, 에인 알 힐와 난민촌과 알 샤자라 마을에서 멀리 떨어진 그곳에 나지 알 알리[12]가 잠들어 있다. 윔블던을 출발해 묘지가 그려진 지도를 따라 구불구불한 영국의 숲길을 달리는 사이 내 옆자리에는 위다드 형수의 오빠가 앉아 있었다. "무리드, 우리가 왜 여기까지 오게 된 거야?"

나는 그의 말을 고쳐 주었다. "왜 그가 여기까지 오게 되었느냐는 거죠?"

우리는 그때 무슨 생각을 하면서 묘지로 향하고 있었을까? 그가 남긴 어린 자식들 걱정, 혹은 위다드 형수님 걱정, 아니면 우리 역사와 우리 모두에 대한 걱정?

그리고 또, 헝가리와 체코슬로바키아 사이의 국경 지대 비셰그라드 Visegrad 산맥 숲 속의 버려진 우물 바닥에는 루아이가 누워 있다. 잘생기고 마음이 따뜻했던 청년 루아이는 추방당해 헝가리에 머물면서도 삶을 잘 꾸려 나갔다. 그는 온통 숲으로 뒤덮인 산꼭대기 야영장과 그 옆 술집에서 일했다. 예쁘고 상냥한 헝가리 아가씨와 결혼해

---

12 이 책 33쪽 설명주 참조.

두 아이를 두었다. 우리는 부다페스트에서 40킬로미터 떨어진 그곳에 눈을 구경하러 가곤 했다. 우리가 가면 그는 술집 문에 '영업 끝났음' 팻말을 걸어 놓고 들어와 벽난로에 장작불을 피우며 부야베스[13]를 만들었다. 우리는 카드놀이를 하고, 친구들을 불러 아랍식 저녁을 먹었다. 눈싸움을 했고, 가파른 산비탈에서 버섯을 땄다. 우리가 페이루즈의 음악을 틀어 놓고 음식을 만들고 있으면, 아랍어를 몇 마디 배운 루아이의 아내가 요리를 도왔다.

그런데 미국에 있는 형에게 가서 함께 살지를 고민하던 루아이가 갑자기 흔적도 없이 사라졌다. 상냥하고 친절하던 아내가 늦은 밤 텔레비전을 보고 있던 남편을 총으로 쏴버린 것이다. 그녀는 루마니아인 잡범의 도움을 받아 남편의 주검을 어두운 숲 속으로 끌고 가서 버려진 우물에 묻었다. 그리고 시신 위에 시멘트를 두텁게 덮었다. 하지만 경찰에게 발각됐고 그녀는 감옥에 갔다. 우리 친구들 눈에 루아이의 삶은, 루아이는, 넉넉한 팔레스타인인일 뿐이었다. 인간관계와 음식과 옷에는 까다롭지만 가정을 이루고 열심히 일해 돈을 모으며 자기 삶을 잘 건사하던 팔레스타인인. 루아이는 이제 어두운 우물에 누워, 자신의 행복이 다 거짓이었다는 말조차 할 수가 없다. 안전, 멋진 외양, 사랑, 그 모든 것이 거짓이었는데. 추방이 그에게 가져다준 것은, 레바논 남부를 떠나올 때 그가 도망치고자 했던 바로 그것, 죽음이었다.

그리고 베이루트 공항에 멈춰 선 미들이스트항공의 여객기 계단에는 아불 아브드 다르위시가 있다. 무니프의 장인인 다르위시는 카타르에 있는 딸을 만나러 가다가 비행기 계단에서 떨어져 숨졌다.

---

13 부야베스(bouillabaisse) : 생선이나 조개에 향신료를 넣고 찐 프랑스 요리.

그의 주검은 레바논 시신 안치소에 일주일이나 보관돼 있었다.

머나먼 이국땅에서 늦은 밤 전화벨의 울림은 끊이지 않는다. 잠에서 깨어나 수화기를 들으면 저편에서 누군가가 머뭇거리며 사랑하는 이의, 친척의, 동료의 죽음을 알려 온다. 그들의 죽음은 고국 땅에서 일어났을 수도 있고, 로마·아테네·튀니스·키프로스·런던·파리·미국 등 다른 나라나, 이 세상 어딘가에서 일어난 것일 수도 있다. 죽음은 시장 바닥의 양상추처럼 값싸게 널려 있다.

나지의 아이들이 호텔 수영장에서 노는 걸 보면서 나는 나지에게 말했다. "저 애들이 자라나 홀로 세상에 나갈 수 있을 때까지만이라도 그들[이스라엘]이 기다려 주길 기대해 보자고요."

매일 나지를 향한 죽음의 그림자가 짙어지고 있었다. 은밀히 그를 제거하려는 음모가 도사리고 있었다. 나는 그에게 무슨 일이 일어날까 두려웠다.

나지는 어린 딸 주디가 레바논 남부 시돈에서 이스라엘군의 공습으로 다리를 다친 까닭에, 딸의 물리치료를 위해 가족들을 데리고 부다페스트에 있는 내게로 왔다. 한 달 동안 같이 지내다 헤어진 다음에, 그를 다시 만난 것은 몇 달 뒤 런던에 있는 형의 무덤에 갔을 때였다.

짧은 옷을 입은 나지는 수영장 가장자리에 나와 함께 앉아 있었다. 담배를 쥐고 있는 그는 어찌나 말랐는지 갈비뼈를 셀 수 있을 정도였다.

"알잖나, 무리드. 오랫동안 생각해 왔지만 남겨질 아이들은 내겐 문제가 아니야. 내 아버지가 돌아가실 적에 내게 뭘 물려 주셨는지를 떠올려 보곤 한다네. 아무것도 없어. 하지만 그래도 나는 그럭저럭 잘해 왔네. 저 애들도 자기들 힘으로 잘해 나갈 수 있을 거야."

내가 나지를 알고 지낸 것은 1970년 쿠웨이트에서부터다. 그는 『알 시야사』의 만평 작가였는데, 나는 그의 작은 사무실을 찾아가 저녁나절을 보내곤 했다. 나는 그곳에서 기술학교의 교사로 일하면서 첫 시집을 펴낼 준비를 하고 있었다. 그를 알면 알수록, 한 사람의 손끝에서 그토록 감동적인 재주가 흘러나올 수 있다는 게 신기했다. 관棺처럼 굳건한 그의 용기도.

우리는 밤늦도록 앉아 이야기를 나누곤 했다. 그러고 나서 나는 그가 그림을 마저 그리도록 남겨 두고 집으로 돌아왔다. 다음 날 아침 그가 내놓을 만평이 궁금했다. 아침이 되면 나는 신문을 사서 펼쳐 들고, 그 어떤 정치 분석가보다도 예리하게 당혹감과 단순함과 웃음과 슬픔을 네모 칸 안에 갈무리해 놓은 젊은 작가의 능력에 탄복하곤 했다. 우리의 우정은 한 해를 지나 다음 해로, 한 나라를 넘어 다른 나라로 이어졌다. 1980년 베이루트 아랍 대학Beirut Arab University에서 시 축제가 열렸다. 나는 "한달라, 나지 알 알리의 아이"라는 시를 썼다. 『앗사피르』는 전면에 걸쳐 그 시를 실으면서 주변을 나지의 그림들로 둘렀다.

당신이 바라는 대로 여기 모든 것이 준비돼 있소,
어떤 경우에든 다 들어맞도록.
축제의 밤을 위한 확성기도,
암살의 밤을 위한 소음 제거기도.

그로부터 7년 뒤, 암살의 밤이 찾아왔다. 나는 헝가리의 레이크 발라톤 호텔에서 라드와, 타밈과 함께 휴가를 보내고 있었다. 아침 일찍 일어나 런던발 BBC 뉴스를 들으려 라디오를 켰다가 "팔레스타인의 저명한 만평 작가"라는 구절을 들었다. 우리는 나지가 떠났다는 걸 즉시 알아챘다. 타밈이 일어나 라디오에서 한마디라도 더 들으려 귀를 기울이고 있는 우리에게 왔다. "엄마, 아빠, 무슨 일 있어?"

"사람들이 나지 아저씨를 죽였대." 나지는 1987년 7월 22일 총에 맞았다. 공교롭게도 라드와와 나의 결혼기념일이었다. 우리의 개인적인 기념일들은 이런 사건들이 자꾸만 겹치면서 하나씩 의미가 바뀌어 갔다. 비극적인 사건들이 우리의 기념 달력을 갈기갈기 찢어 바람에 날려 버렸다.

그보다 오래전인 1972년 7월 8일은 토요일이었다. 그날 생일을 맞은 나는 정오 무렵 카이로의 마스페로 골목에 있는 방송국에 앉아 라디오 프로그램의 문학 인터뷰를 녹음하고 있었다. 샤피 샬라비가 계단을 달려 내려와, 팔레스타인의 저항 시인 가산 카나파니가 베이루트에서 살해됐다고 알려 주었다. 나는 술레이만 파야드[14]와 함께 『알 아흐람』*Al Ahram* 신문사 사무실로 유수프 이드리스[15]를 찾아갔다. 우리는 베이루트에서 열리는 가산 카나파니의 장례식에 맞춰, 카이로에서도 상징적인 장례식을 열고 싶다고 얘기했다. 오후에 카페 리셰에서 유수프 이드리스, 나기브 수루르, 압둘 무흐신 타하 바드르, 야히야 알 타헤르 압달라, 술레이만 파야드, 사이드 알 카프라위, 이브라힘 만수르, 갈리 슈크리, 라드와, 그 밖에 이름은 기억나지 않지만 여러 작가들이 모였다. 이제는 가산이 살해된 것도 사반세기 전

---

14 술레이만 파야드(Sulayman Fayyad, 1929~) : 이집트의 작가. 단편소설과 드라마 각본 등을 주로 썼다.

15 유수프 이드리스(Yusuf Idris, 1927~91) : 이집트의 극작가·소설가. 원래 카이로 대학에서 의학을 공부했으나 작가로 돌아섰다. 전통 연극과 민담을 현대화한 극작법으로 유명하다. 나세르를 지지하는 등 정치 활동에도 적극적이었고, 유력 일간지 『알 아흐람』의 칼럼니스트로도 활약했다.

의 일이 되었다.

그날 모인 사람들은 얼추 50명에 이르렀다. 야히야 알 타헤르 압달라가 아름다운 필치로 플래카드를 썼다. 우리는 조용히 장례식의 형식을 갖춰 술레이만 파샤 거리에 있는 카페 리셰에서 압둘 칼리크 사르와트 거리까지 행진했다. 작가 조합 사무실까지 간 우리는 거기서 기다리던 보안 병력과 맞부딪쳤다. 그들은 유수프 이드리스를 안으로 불러들이더니 우리는 작가 조합 마당에서 기다리라 했다. 보안 장교는 유수프 이드리스에게 질문 하나를 던졌다. "행진을 한 일행 중에 팔레스타인 사람이 있나요?"

유수프는 말했다. "우리 50명 전원의 이름을 내주리다. 받아 적으시오. 유수프 이드리스, 유수프 이드리스, 유수프 이드리스, 유수프 이드리스……."

장교는 그의 말을 중단시키더니 대화를 끝내고 자리를 떠났다. 유수프는 마당에서 기다리던 우리에게 와 무슨 일이 일어났는지 얘기해 주었다. 그리고 우리는 흩어졌다.

슬픈 상황이었음에도 야히야가 우겨서 플래카드에 써놓은 글귀를 보고서는 웃지 않을 수 없었다. 거기엔 이렇게 쓰여 있었다. "저들은 말馬을 쏜다. 그렇지 않은가?"[16] 라드와와 내가 집에 돌아가, 기다리고 있던 라티파 알 자야트에게 우리가 한 일과 플래카드의 그 특별한 글귀에 대해 얘기해 주자, 그녀는 만면에 웃음을 띠며 말했다. "거리에서 자네들을 본 사람들이 웃느라고 바빴겠네. 사람들이 이해할

---

16 가산 카나파니의 작품 중에는 "아들아 네가 말이라면"이라는 단편소설이 있다. 소설에 나오는 아버지는 아들이 말이었으면 하고 바란다. 어느 날 아들이 이유를 묻자 아버지는 "그러면 쏘아 죽일 수 있었을 테니까!"라고 답한다. 플래카드의 문구는, 이스라엘인들이 말을 사냥하듯 가산 카나파니를 비인간적으로 살해했다는 야유를 담고 있다.

수 있는 글을 쓰지 그랬어?" 유수프 이드리스가 한 행동에 대해서도 얘기해 주었더니 그녀는 이렇게 말했다. "그게 바로 유수프야. 진짜 영웅의 마음을 가진 사람이지. 당황하고 예민하고 겁에 질린 채로 있다가도, 그 반대로 행동해 버린다니까. 다들 운이 좋았네."

나지, 이제 당신이 죽었으니 앞으로 이날을 우리 부부가 어떻게 기념할 수 있을까? 가산, 이제 당신이 죽었으니 내 생일을 어떻게 축하할 수 있을까? 우리가 기억해야 하는 것은 무엇이고 잊어야 하는 것은 무엇일까?

이것은 나 한 사람에게만 해당되는 개인적인 문제가 아니다. 우리의 재앙, 우리의 고통은 날마다 반복되고 증폭된다. 갑자기 기대와는 정반대의 사건이 닥쳐오면서 우리의 모든 기념일을 망쳐 버린다. 달력은 엉망이 되어 고통으로 덮이고, 소멸의 냄새와 쓰디쓴 농담만 남는다. 이제는 결코 중립적일 수 없는 숫자들. 그 숫자들은 언제나 한 가지를 의미한다. 1967년 6월의 패배 이후로 나는 '67'이라는 숫자만 보면 패배의 느낌을 맛보지 않을 수 없다. 전화번호에서나, 호텔 객실 문에서나, 자동차 번호판에서나, 이 세상 어느 거리에서나, 공연장이나 영화관의 입장권에서나, 펼쳐진 책장에서나, 사무실 혹은 집의 주소에서나, 열차 차량번호에서나, 세계 어느 곳의 공항 전광판에 점멸하는 항공편 숫자에서 '67'이라는 숫자는 눈에 띈다. 액자 안에 갇혀 굳어 버린 숫자. 캄캄한 홀에 남겨진 칠판 위에, 밀랍과 화강암과 납과 지워지지 않는 분필로 새겨진 숫자, 조각상이 되어 버린 숫자. 그 숫자를 나쁜 징조처럼 받아들인다는 뜻이 아니라, 단지 그걸 기억하고, 마음속에 등록해 놓게 된다는 뜻이다. 그것은 무의식에서 의식으로 덧없이 흘러 다니며, 바다를 항해하는 돌고래처럼 움직이면서 사라졌다 나타나곤 한다. 어떤 결론이 나오는 것도 아니고, 전율한다거나 슬퍼지거나 촉각을 곤두세우는 것도 아니다. 나는 그저 오감으로 그 숫자를 받아들인다. 마치 전부터 알고 지낸 이의 얼굴처럼, 내 삶의 일부분이지만 나는 그 일부가 아닌 얼굴처럼, 바닷속을 들여다보지는 못해도 거기 돌고래가 있음을 알 듯이 언제나 거기에 있다는 것을 우리 모두가 알고 있는 무엇처럼. 그 6월의 패배가 내게 특정한 심리적 문제를 불러온 것일까? 우리 세대에게? 이 시대의 아랍인들에게? 그 후로도 많은 사건들이 일어났고, 그 사건만큼이나 실망스럽고 치명적인 후퇴가 반복됐다. 전쟁이 잇따랐고, 학살이 자행됐고, 정치적·지적 담론들은 변질됐다. 그럼에도 '67'은 다르다. 우리는 아직까지도 그때 받은 청구서의 값을 치르고 있다. 이 시대 우리에게 일어난 사건들 중에 67년과 관련되지 않은 것은 아무것도 없다.

카이로 모한디신에 있는 우리 집으로 돌아가는 길이었다. 한번은 우연히 그 시절 가장 친한 친구 중 하나였던 야히야 알 타헤르 압달라를 마주쳤다. 1973년 10월 전쟁[17]이 나흘째인가 닷새째인가를 맞았을 때였다. 내 곁에서 걷던 그는 유난히도 행복해 보였고, 그 옆의 나는 우울하고 기가 죽어 있었다. 그는 갑자기 길 한가운데에서 걸음을 멈추더니 말했다. "왜 그렇게 까마귀처럼 풀죽은 거야?"

---

17 제4차 중동전쟁. 이스라엘은 유대교의 속죄일인 욤 키푸르(Yom Kippur)에 일어났다 해서 욤 키푸르 전쟁으로, 아랍 측은 라마단 금식성월에 일어났다 해서 라마단 전쟁으로 부른다. 1973년 10월 6일 시작돼 10월 26일까지 전투가 벌어졌다. 이집트와 시리아가 주축이 된 아랍 연합군이 시나이반도와 골란 고원을 기습하면서 일어났다. 원래 이스라엘 남쪽의 시나이반도는 이집트의, 북쪽의 골란 고원은 시리아의 땅이었지만 1967년 제3차 중동전쟁에서 이스라엘이 무력으로 점령했다. 철저한 기습 작전을 통해 아랍 연합군이 초반 우세를 보였고 이집트는 시나이반도를 되찾았다. 시리아도 골란 고원을 불법 점령한 이스라엘군을 거의 몰아냈으나 이스라엘이 반격해 땅을 되찾는 데에는 실패했다. 골란 고원 반환 협상은 지금도 진행 중이다.

"그래, 나 까마귀 맞네. 온 천지에 깍깍하는 소리가 들리니 말이야. 야히야, 이 전쟁은 잘 끝날 것 같지가 않아."

10월 16일 화요일, 전쟁이 시작되고 열흘째였던 그날, 나는 라티파 알 자야트의 집에서 텔레비전 앞에 앉아 사다트 대통령의 의회 연설에 귀를 기울이고 있었다. 어깨에서 허리까지 훈장이 주렁주렁 달린 군복을 입은 사다트는 "이스라엘과의 평화를 위한 나의 계획"이라며 뭔가를 설명하고 있었다. 다음 날이 되자 데버서[18] 바닷가에서 무슨 얘기가 오갔는지가 분명해졌다. 며칠이 지난 뒤 미국 국무장관 헨리 키신저Henry Kissinger가 그 동네에 나타났고, 지금은 잘 알려진 일련의 사건들이 진행됐다. 결과는 이집트아랍공화국의 대통령이 이스라엘을 거쳐 미국으로 건너가 캠프 데이비드 협정[이집트-이스라엘 수교 협정]을 맺는 것으로 나타났다.

카이로 시내에는, 마흐무드 무크타르[19]가 1919년 혁명[20]의 불멸성을 조각으로 형상화한 〈이집트의 르네상스〉에서부터 1백 미터 간격으로 이스라엘 깃발이 걸렸다. 카이로 대학의 돔 강당에서 겨우 3백 미터밖에 떨어져 있지 않은 유니버시티 브리지University Bridge에도 나일강물 위로 이스라엘 깃발이 휘날렸다. 한번은 내가 대학생이던 시절, 그곳에서 자와할랄 네루Jawaharlal Nehru, 요시프 브로즈 티토Josip Broz

---

18 데버서(Deversoir) : 지중해에 면한 항구로, 카이로 북동쪽 116킬로미터 위치에 있다. 영국군 기지가 있었던 곳으로, 제2차 세계대전 이전에는 미군이 북아프리카에서 추축국 세력을 공격하기 위한 기지로 썼고, 이후 미 공군기지로 사용되다가 이집트군에 넘어갔다.

19 마흐무드 무크타르(Mahmoud Mokhtar, 1891~1934) : 이집트의 조각가. 젊은 나이에 사망했지만 기념비적인 작품을 많이 남겨 현대 조각의 선구자로 불린다. 〈이집트의 르네상스〉는 카이로 대학 정문에 있다.

20 이집트의 망명 운동가 사아드 자글룰(Saad Zaghlul, 1859~1927)의 지도 아래 이집트인들과 수단인들이 영국 식민 지배에 맞서 일으킨 혁명.

Tito, 저우언라이周恩來, 크와메 은크루마[21]와 가말 압둘 나세르의 연설을 들으러 온 사람들이 몰고 온 차량들의 행렬이 이어지던 광경을 본 적이 있다. 대리석 계단을 올라 페스티벌 홀로 들어선 그들은 자신의 저작著作과 자료 뭉치가 쌓인 테이블에 자리를 잡고는, 데이르 가사나의 산골 마을에서 온 어린 소년 앞에서 잊지 못할 말들을 쏟아 냈다. 독립, 개발, 자유의 말들을. 말, 말, 말, 오 덴마크의 왕자여![22]

나는 사다트라는 인물과 그의 정치, 그의 목소리와 모습조차 도저히 용납할 수 없었다. 1972년 겨울, 나와 라드와는 카이로 대학 학생들이 점거한 돔 강당의 나세르 홀에 종종 들렀다. 학생들과 함께 앉아 한나절이고 온종일이고 이야기를 나누고, 토론이 길어지면 의자에 앉아 밤을 지새우곤 했다. 그런 행동들이 큰 의미가 있었는지는 잘 모르겠다. 정부는 이집트 국적이 아닌 사람이 그런 행동을 하는 것은 '첩자 짓'이라 여겼다. 내가 언제나 경멸했던 말.

1월 24일 아침, 집을 나섰던 라드와가 한 시간도 채 못 되어 다시 돌아오는 걸 보고 나는 깜짝 놀랐다. 아내는 수업 준비를 하기 위해서 샌드위치를 들고 나보다 먼저 카이로 대학으로 출근했다. 그런 사람들이 라드와 말고도 여럿 있었다. 라드와가 학교에 도착하자 대학을 둘러싼 보안 병력이 아무도 캠퍼스 안으로 들어가지 못하게 막았다. 나중에 알게 된 일이지만, 경찰이 강당에서 연좌 농성을 하던 학생들을 전원 체포해 구속시켰다. 경찰 호송차 창문으로 고개를 내민 학생들은 여자애들이나 남자애들이나 몇 날 며칠 계속된 철야와

---

21 크와메 은크루마(Kwame Nkrumah, 1909~72) : 가나의 독립운동가. 영국 식민 지배에 맞서 서아프리카 해방 투쟁을 벌였다. 1957년 아프리카의 서방 식민지 중 가장 먼저 독립을 쟁취하며 가나의 초대 대통령이 됐다.

22 『햄릿』에 나오는 대사를 빗댄 것.

쪽잠에 지쳐 눈이 충혈되어 있었다. 싸움에 진 슬픈 새벽녘, 학생들은 잠에 빠진 카이로 시내를 바라보며 차창 밖으로 종이 뭉치를 던졌다. 종이에는 학생들이 쓴 두 마디, "깨어나라 이집트."Wake up Egypt라는 문구가 들어 있었다.

1967년 이후로, 국제정치의 바둑판에서 아랍은 그저 패착만 두었을 뿐이다. 뒤로 후퇴하고, 그전까지의 모든 것을, 심지어 희망적인 것들마저도 무위로 돌리는 짓들이었다. 팔레스타인과 요르단 사람들이 적들에 맞서 함께 싸웠던 알 카라마al-Karama의 전투[23]가 끝나자 우리 아랍인들끼리 싸운 '검은 9월'[24]이 왔다. 1973년 전쟁[제4차 중동 전쟁]에서 이겨 수에즈운하를 건넌 뒤에는 캠프 데이비드로 갔다. 캠프 데이비드 협정에 반대해 놓고, 그러고 나서 우리는 그 협정을 아랍화하고 일반화했다. 그렇게 해서 당초 생각보다 더욱 쓸모없고 골칫덩이인 그 협정을 받아들였다. 이스라엘이 레바논을 침공했을 때 영웅적으로 싸웠던 PLO는 내부 싸움에 몰두했고, 적들이 내놓은 조건에 적응하고 거기 맞춰 순화되었다. 팔레스타인 땅에서 인티파다라는 대중투쟁이 일어난 뒤에 우리는 오슬로로 갔다. 우린 언제나 적들의 조건에 맞춘다. 67년 이래로 그렇게 맞춰 왔다. 그리고 이제 이스라엘의 베냐민 네타냐후 총리는, 아랍인들이 결국은 자신의 그

---

23 1967년 전쟁에서 승리한 이스라엘군은 여세를 몰아 이듬해 3월 요르단 암만 근교 알 카라마 일대의 팔레스타인 난민촌을 공격했다. 하지만 수적으로 훨씬 열세였던 아라파트의 페다인(민병대)과 요르단 군대가 이스라엘군을 막아내는 데에 성공했다.

24 1970년 9월 요르단의 후세인 국왕은 친미 노선을 천명하면서 난민촌을 근거지로 활동하는 팔레스타인 게릴라 토벌 작전을 벌였고, 이 과정에서 게릴라와 난민, 요르단 군인 등 수천 명이 숨졌다. 이듬해까지 이어진 이 전투로 PLO는 요르단에서 쫓겨나 레바논으로 옮겨 갔으며, 이후로는 레바논이 팔레스타인-이스라엘 분쟁의 격전장이 됐다. 팔레스타인의 일부 과격 세력은 '검은 9월단'을 만들어 1972년 독일 뮌헨 올림픽 때 이스라엘 선수단을 공격했다.

거친 행태에도 적응할 것이라며 미국을 안심시키고 있다. 아랍인들은 늘 순응하고 받아들여 왔다면서.

67년을 생각하면 괴로운가? 그렇다. 나는 괴롭다. 유월의 패배는 아직 끝나지 않았다. 전쟁 이튿날, 라디오에선 국가와 찬가가 점점 더 크게 울려 퍼지던 그날, 대학생들은 모병소로 쏟아져 나와 전선으로 가겠다고 자원했다. 나도 자원병 행렬에 줄을 서서 내 이름을 적어 냈다. 그들은 내 이름이 적힌 작은 녹색 카드를 건넸다. 거기엔 "1967년 6월 12일 징병 예정"이라는 문장이 쓰여 있었다.

그리고 6월 9일, 나는 자말렉에 있는 작은 아파트에 앉아 텔레비전을 보았다. 전선에서 무슨 일이 일어났는지, 무슨 일이 일어나고 있는지를 알고픈 모든 이들이 그날 밤 가말 압둘 나세르의 입에 귀를 기울였다. 아파트 주인은 유난히 덩치가 큰 금발 여성이었는데, 나는 그녀를 마담 소소스트리스[25]라 불렀다. 그녀도 내 옆에 앉아 나세르의 연설을 들었다. "우리는 후퇴했습니다." 그러더니 나세르는 즉각 대통령 자리에서 물러나 퇴임하겠다고 선언했다.[26] 나는 의자에서 벌떡 일어나 문을 열고 뛰쳐나갔다. 거리엔 나 말고도 그 순간 쏟아져 나온 수백만 명이 모여 암흑 같은 거리에서 암흑 같은 미래를 바라보고 있었다.

그 뉴스가 귀에서 발걸음으로 이어지는 데까지 1분도 걸리지 않았다. 눈 깜빡할 사이에 온 나라가 거리로 쏟아져 나왔다. 우리 모두 그날 밤을 거리에서 지새우며, 나일 강의 다리들을 정처 없이 걸었

---

25 마담 소소스트리스(Madame Sosostris) : T. S. 엘리엇(T. S. Eliot)의 시 "황무지"(The Waste Land)에 나오는 인물로, 엉터리 카드 점을 치는 여인.

26 나세르는 제3차 중동전쟁 패배의 책임을 지고 사퇴한다고 밝혔으나 대중적인 지지 시위에 힘입어 계속 대통령직을 지키다가 1970년 9월 급서했다.

다. 다음 날 저녁때까지 우리는 거리에서 지냈다. 날이 가고 해가 가고 나서야 우리는 그것이 나중에 역사가들이 '6월 9, 10일 시위'라 부른 사건이 되었음을, 그리하여 결국 압둘 나세르가 권좌에 복귀하게 되었음을 알아차렸다.

그 후로는 아무도 우리더러 자원병으로 나오라 말라 하지 않았다. '6일 전쟁'은 나세르의 그 연설과 함께 끝나 버렸다. 사람들의 미래는 여전히 불투명했다. 정치인들은 매번 미래를 확실히 보여 주겠다고 했지만 그럴 때마다 더 오리무중이 되어 갔다. 나세르가 죽고 사다트가 대통령 자리에 오르자 안개는 더욱 짙어졌다. 10월 전쟁, 그리고 10월 전쟁이 최후의 전쟁임을 분명히 한 캠프 데이비드 협정과 함께 안개는 더 자욱해졌다. 미궁 속에 빠진 우리의 미래는, 이스라엘이 레바논을 침공하면서 더더욱 알 수 없는 지경이 되었다. 난민촌들에서 벌어진 전쟁, 그리고 오슬로 협정. 우리의 미래는 여전히 미지수다. 지금도, 오늘까지도.

1967년 6월 5일 이후로 우리의 인생은 점점 더 길어져 가는 패배의 그늘 속에 던져졌으며, 그 패배는 아직도 끝나지 않았다. 그 전쟁이야말로 훗날을 결정지은, 그리고 지금까지도 우리를 따라다니는 이정표였다. 그래, 67년은 그 시절 젊은이였던 나의 마음에 찍힌 영원한 낙인이다.

나도 내가 전문적인 정치 활동에는 소질이 없다는 사실을 알고 있다. 나는 세상사에 직관이나 감정으로 반응하기 때문이다. 그런 것들은 정치에 필요한 덕목들과는 맞지 않는다. 나는 시위에 참가할 때조차도 소리 내어 구호를 외치지 못한다. 내 입장을 알리기 위해 집회에 참가할 뿐, 큰 소리로 구호를 외치거나 소리 높여 무언가를 요구하지는 못한다. 설령 그 구호들에 동의할지라도 말이다. 내 마음속에 남아 있는 시위의 이미지는 사람들 어깨에 올라타고 남자들이 리듬에 맞춰 구호를 외치는, 에이젠슈타인[27]의 영화에 나오는 것 같은 다소 코믹한 풍경이다. 이 열성적인 시위대는 희고 불규칙한 치아들로 가득한 거대한 입으로 변해 기억 속의 화면을 메운다. 시위대의 머리 위로 허공을 가르는 주먹들과 치켜세운 팔들을 보면, 나는 웃음이 나온다. 속으론 그런 내가 부끄럽기도 하고, 또 주위를 둘러싼 이들에게 자칫 오해를 사지 않을까 걱정되지만 말이다.

아부 타우피크는 취재진의 지프차에 뛰어들어 차를 몰고 "오, 우리의 아름다운 순교자!"라는 노래 구절을 되풀이해 부르며 베이루트 시내 파키하니 거리를 달리곤 했다. 그러고는 방금 전 우리 곁을 떠나간 순교자가 얼마나 좋은 사람이었는지 손을 꼽아 가며 얘기했다. 처음엔 그런 것들이 감동적이었다. 하지만 순교자가 점점 늘고, 장례식이 반복되고, 아부 타우피크가 외치는 "오, 우리의 아름다운 순교자!"라는 구절이 되풀이되면서 비극은 낯익은 일상이 되어 빛이 바랬다. 그것들은 날마다 겪는 슬픔 속을 파고든 어색한 희극처럼 되어 버렸다.

죽음의 희극, 장례식의 희극. 싸움이 수십 년 이어지다 보니 용기와 굳건함에도 그늘이 지기 시작했다. 허무주의가 드리우고 운명은 아무렇게나 조소의 대상이 됐다. 한 걸음 앞으로 가려 했다가 금세 뒤로 물러나 버리는 퇴각이 되풀이되면서 그늘은 갈수록 짙어졌다. 조소는 우리가 삶을 이어갈 수 있게 해주는 심리적인 도구가 됐다.

순교자들의 희생이 반복되자 아부 타우피크도 그런 희생에 점점

---

27 세르게이 에이젠슈타인(Sergey Eisenstein, 1898~1948) : 오늘날의 라트비아에서 태어난 옛 소련의 영화감독. 〈파업〉(Stachka)(1924), 〈전함 포템킨〉(Bronenosets Potemkin)(1925), 〈10월〉(Oktiabr)(1928) 등을 만들었다.

익숙해졌다. 순교자들의 장례식 행렬에 섰던 우리도 반복되는 구호에 익숙해졌다. 말로는 순교자들이 팔레스타인으로 돌아간다 했지만 그들이 실제로 가는 곳은 무덤이었다. 순교자들의 얼굴이 그려진 포스터로 파키하니의 담벼락이 뒤덮일 만큼 점점 더 많은 이들이 스러져 갔다. 포스터로 가득한 담벼락에는 새로운 포스터가 전에 있던 포스터를 덮었다. 장례식은 팔레스타인 사람들의 삶에서 온전히 한 부분이 되었다. 고향에 있든 망명 중에든, 조용할 때에든 인티파다의 날들에든, 아니면 전쟁 중에든 학살로 누더기가 된 평화 시에든.

그랬다. 이츠하크 라빈이 그토록 능란하게 이스라엘인들을 순전한 희생자로 묘사하면서 비극 운운했을 때, 백악관 안뜰에 모인 사람들이 그의 말에 귀를 기울이고 전 세계 사람들의 눈망울이 촉촉이 젖었을 때, 그가 했던 말을 나는 오래도록 잊지 못할 것이다.

"우리는 전쟁과 폭력의 희생자입니다. 우리의 어머니들은 아들들을 애도하며 울지 않을 때가 한 달도, 한 해도 없습니다."

그때 느꼈던 전율은 내겐 익숙한 것이었다. 내가 제 몫을 해내지 못했음을, 실패했음을 깨달았을 때 느껴지는 떨림. 라빈이 모든 것을 가져갔구나, 우리의 죽음에 담긴 사연마저도.

저들의 지도자는 어떻게 해야 세계가 이스라엘의 피를, 모든 이스라엘인들의 피를 빠짐없이 애도해 줄 것인지를 잘 알고 있었다. 그는 어떻게 해야 세계가 이스라엘의 눈물을 떠받들어 줄 것인지를 알았다. 그 결과 이스라엘은 우리의 범죄에 의한 희생양으로 자리매김할 수 있었다. 그는 사실을 뒤바꾸고 사건의 전후를 뒤집어 우리를 중동에서 발생하는 폭력의 주범으로 만들었다. 그렇게 말하는 그의 화법은 능숙했고, 분명했고, 설득력이 있었다. 라빈이 그날 했던 말을 나는 한 마디도 빠짐없이 기억한다.

"피범벅이 되어 전쟁에서 돌아온 우리의 군인들은, 우리 형제와 친구들이 눈앞에서 죽어 나가는 것을 지켜보았습니다. 장례식에서 우리는 그 어머니들의 눈을 차마 마주볼 수 없었습니다. 오늘, 우리는 영원한 사랑을 담아 그들 하나하나를 되새깁니다."

작은 거짓말로 진실을 흐리는 건 쉬운 일이다. '두 번째' 이야기에서 시작하면 되니까. 라빈이 한 짓이 바로 그것이었다. 그는 먼저 일어난 일은 가볍게 빠뜨렸다. '두 번째' 일어난 일에서부터 이야기를 시작하면 온 세상이 거꾸로 된다. '두 번째로'라는 말로 이야기를 시작하면 붉은 인디언들의 화살이 주범이 되고 백인들의 총은 온전히 희생자로 탈바꿈한다. '두 번째' 이야기부터 시작하면 백인들을 향한 흑인들의 분노를 야만적인 것으로 만드는 일은 아무것도 아니다. '두 번째'부터 시작하면 간디는 영국을 비극으로 몰고 간 장본인이 된다. '두 번째' 이야기부터 꺼내기만 하면 된다. 그러면 불에 탄 베트남 사람들이 네이팜탄으로 인류애에 상처를 입힌 자들이 되고, 산티아고의 스타디움에서 수천 명을 학살한 피노체트의 총탄 대신 빅토르 하라[28]의 노래들이 부끄러운 일이 되어 버린다. 내 외할머니 움 아타를 범죄자로 만들고 아리엘 샤론을 그 희생양으로 만들고 싶다면 '두 번째'부터 시작하기만 하면 된다.

이 얼토당토않은 세상의 한복판에서 아부 타우피크인들 지프에 올라타서 무엇을 할 수 있겠는가? 이스라엘인들은 우리 집을 빼앗고도 자기네들이 희생양이라 하고, 우리를 살인자라고 한다. 이스라엘은 세상을 현혹해 자기들에게 손을 내밀게 만든다. 라빈은 말했다.

---

28 빅토르 하라(Victor Jara, 1932~73) : 칠레의 민중 가수. 독재에 맞선 라틴아메리카 문화 운동의 하나인 '누에바 칸시온'(Nueva Cancion, 새노래운동)을 이끌었다. 피노체트의 쿠데타 때 처형됐다.

"이스라엘군의 전사로서 전쟁을 겪었던 내게, 원칙을 선언하고 서명하는 것은 쉬운 일이 아닙니다. 디아스포라로 흩어진 유대인들이나 이스라엘 국민들에게나 이것은 쉽지 않은 일입니다."

우리네 언덕에 집을 지은 자들이, 마구잡이로 쫓겨나 디아스포라로 내몰린 우리 앞에서 선언을 하겠다고 한다. 우리가 난민촌에 사는 걸 좋아해도 이해해 주겠다고. 마치 우리가 집을 버리고 떠날 테니 불도저로 밀고 들어와 우리 눈앞에서 집을 부숴 달라고, 자기네들한테 구걸이라도 했다는 듯이. 해 질 녘 데이르 야신 마을에서 우리네 주검을 산처럼 쌓았던 그 관대한 총구멍으로 우리를 용서해 주겠다고 한다. 베이루트에 있는 우리 순교자들의 무덤을, 그들의 전투기로 용서해 주겠다고 한다. 우리 아이들의 부서진 뼈를, 그들의 군대가 용서해 주겠다고 한다. 뜨겁고 붉은 용서의 칼날로 '희생자' 이스라엘은 번쩍번쩍 빛나고 있다.

세계적인 축하 분위기 속에서 그 누구도, 심지어 우리조차 아부 타우피크가 외치던 '아름다운 순교자'를 기억해 주지 않았다.

날마다 심판의 날

베개에는 우리의 삶이 등록돼 있다. 날마다 새로운 밤을 맞으며 우리는 베개 위에 잉크 없이 글을 쓰고 소리 없이 말을 한다. 베개는 우리 이야기가 적히는 첫 원고, 어둠 속에서 쟁기질되고 거름과 물로 비옥해지는 기억의 밭이다.

사람에겐 저마다 자기만의 어둠이 있다.

모두가 저마다의 어둠을 누릴 권리가 있다.

지금 하는 이야기들은 순서도 없고 구조도 없이 마음속을 넘나드는 낙서다. 베개는 만지기에는 부드럽지만, 잔인한 선고가 내려지는, 흰 면綿으로 된 법정이다. 머리를 떠받치는 순간 베개는 기쁨과 만족감 혹은 손실과 치욕으로 가득 찬다. 베개는 곧 양심이다. 베개 위에서 우리는 날마다 심판의 날을 맞는다. 살아 있는 사람이라면 누구나 맞아야 하는 자기만의 심판의 날. 마침내 영원한 평화 속으로 들어갈 수 있을 때까지 기다려 주지 않고서 미리부터 찾아오는 심판의 날.

법에는 걸리지 않으며 세심히 주의를 기울여야만 알 수 있는 우리의 작은 죄들도 어둠 속에서 베개라는 불빛 아래 낱낱이 밝혀진다. 베개는 비밀을 지켜 주지도 않고, 잠자는 이를 변호해 주지도 않는다.

눈에 보이지 않는 우리의 아름다움은 너무 친숙해서, 혹은 서두른 탓에 망가져 버린다. 우리가 지닌 가치도 매일 깎여 나가 오직 여기서만 되살아난다. 우리가 오직 여기에서만 매일 밤 스스로의 아름다움과 가치를 되살리며 다음 날의 게임, 다음 날의 인생을 계속해 나갈 힘을 얻기 때문이다.

베개는 아무것도 주장하지 않는다. 확성기는 거짓말을 할 수 있다. 부드러운 사랑의 말, 강연, 숫자, 편지, 보도, 설교자들, 지도자들, 의사들, 심지어 어머니도 거짓말을 할 수 있다. 하지만 베개는 우리의 진실로 짜여 있다. 낮 동안의 계산속에 숨겨진 은밀한 진실.

패배한 자들이 승리했다고 주장하고 자신들도 그렇게 착각한다. 하지만 설혹 그 자신은 부인할지라도, 작은 베개에 머리를 뉘면 베개가 진실을 말해 준다. 나는 이기지 않았다고. 입을 열지 않은 채 자기 자신에게 그렇게 말한다. 대중들 앞에서는 승자인 양 다시 나타날 수 있을지 모른다. 누군가에게는 지지받을 수도 있다. 하지만 그런 사람들이라도 계산된 입장과 꿰매어 붙인 지지를 벗어나 한밤중에 홀로 누우면 차가운 떨림을 느끼지 않을 수 없을 것이다.

삶의 가치, 자기 확신, 자존감, 한 이야기 대신 다른 이야기를 고를 권리. 사람들에 둘러싸여 경쟁과 갈등의 열기에 들떠 있는 낮에는 이 모든 것이 확실해 보이지만 베개에 닿는 순간 확신 없는 가설로 변한다. 베개는 무자비한 검증을 요구하는 걱정덩어리로 둔갑한다.

머리 뒤로 깍지를 낀 채 침대에 누워 있다. 무엇 때문에 눈을 감지 못하고 천장을 바라보고 있는지 나도 모르겠다. 천장은 이제 사라지고 완전한 어둠뿐인데, 잠과 나는 영 거리가 멀다. 잠은 남들을 위한 것일 뿐이다. 오늘이 라말라에서의 마지막 밤이다. 이 작은 방에서의, 무수한 질문들을 향해 난 창문, 유대인 정착촌을 향해 난 창문 아래에서의 마지막 밤. 그 작은 나무다리를 건넘으로써 나는 내 삶 앞에 설 수 있었다. 나는 지나온 날들을 내 앞으로 불러냈다. 아무 이유 없이 어떤 일들은 세세하게 생각했고, 마찬가지로 아무 이유 없이 어떤 일들은 무시하고 넘어갔다. 사람들 눈에는 내가 침묵하고 있는 것으로 보였겠지만 나는 나의 온 인생과 이야기를 나눴다.

나는 금지된 다리를 건넜고, 흩어진 나의 조각들을 갑자기 모으게 되었다. 마치 추운 날 코트 깃을 여미듯, 먼 길을 걸어 돌아오는 학생이 바람에 날려 들판에 흩어진 시험지를 주워 모으듯. 베개 위에서 나는 웃음과 분노와 눈물과 어리석음으로 가득한 낮과 밤들을 그러모았다. 한 번뿐인 인생에서 침묵과 경외만으로는 모두 간직하기 힘든 대리석 기념비들을.

작은 가방을 꾸려 돌아갈 준비를 한다. 다리로, 암만으로, 카이로로, 그러고 나서는 라바트에서 열리는 시 축제에 참가하기 위해 모로코로 갈 것이다. 라바트에서 일주일이 채 안 되게 머물고 나면 카이로로 되돌아가 라드와와 타밈과 함께, 암만에 있는 어머니와 알라아를 찾아가 여름을 보낼 것이다. 암만에서 타밈의 입국허가를 기다릴 생각이다. 아이와 함께 다시 이곳으로 돌아올 테다. 타밈은 라말라를 볼 것이다. 라말라에 있는 나를 보고, 그러고 나서 우리는 궁금한 모든 것에 대해 이야기를 나눌 것이다.

오늘 밤, 이 집에 있는 모든 사람이 잠에 빠져 있고 여명이 곧 다가오려 하는데 나는 시간이 결코 답해 주지 못하는 질문을 던진다.

색깔의 영혼을 빼앗은 것은 무엇인가?

몸통을 쏜 것은 침략자들의 총탄 말고 그 무엇이 있겠는가?

옮긴이 후기

팔레스타인 시인이 30년의 망명 뒤 고향인 요르단 강 서안에 돌아와 기억을 되새긴다. 지나온 세월의 기억이 남긴 메시지는 바로 이것이다. '당신은 다시는 집에 돌아갈 수 없다.'

바르구티는 이스라엘이 1967년 6일 전쟁에서 이겼을 무렵 카이로에서 대학에 다니고 있었다. 그가 고향을 다시 밟을 수 있었던 것은, 오슬로 평화협정이 체결되고 난 뒤인 1996년에 이르러서였다. 누구인들 마찬가지였겠지만 바르구티는 고향을 다시 찾아가 친척들과 친구들을 재회했다. 라말라에서 살고 있는 그 사람들, 라말라의 물리적인 풍경에 일어난 변화들을 보면서 바르구티는 추방됐던 자신과 똑같이 시간과 공간의 흐름에서 '추방'된 고향을 발견하게 된다. 그가 적을 용서할 수 없는 것은 적들이 애초에 저질렀던 범죄 때문만은 아니다. 그가 이스라엘을 바라보며 느끼는 분노는, 그들과 맺었다는 평화협정이 결코 평화를 보장해 줄 수 있는 것이 아님을 알기 때문이다. 카이로에 살고 있는 바르구티는 시인의 섬세한 눈과 언어를 가지고, 라말라 여행기를 통해 아랍 세계 전체의 이야기를 그려낸다.

—『퍼블리셔스 위클리』*Publishers Weekly* 서평

뿌리내릴 곳 없는 자의 슬픈 여행기

마음의 울림이 참 컸다. 읽으면서 가슴이 시큰했고, 오며 가며 책장을 넘기다가 갑자기 서글퍼져 눈물이 핑 돌기도 했다. '살아남은 자의 슬픔'이 있다면 바로 이것이다. 뿌리내릴 곳 없는 자의 슬픔.

저자 무리드 바르구티는 팔레스타인 사람이다. 바르구티는 1944년 7월 8일 팔레스타인 라말라 부근에 있는 데이르 가사나라는 곳에서 태어났다. 바르구티라는 성姓은 아주 흔해서, 팔레스타인에서는 '열 명 중 하나는 바르구티'라고 한다. 실제로 팔레스타인 자치정부PA 지도부에도 바르구티라는 성을 가진 이들이 여럿 있어서, 외신에서는 심심찮게 이 이름을 볼 수 있다.

라말라는 요르단 강 서안 지구의 중심 도시다. 팔레스타인은 아직 공식적으로 독립국가가 되지는 못했지만 사실상의 독립국가로 인정받고 있고, 한국도 팔레스타인과 수교해 대표부를 두고 있다.

팔레스타인 땅은 당초 제2차 세계대전 뒤 정해진 영토가 있었으나 이스라엘이 네 차례의 전쟁으로 야금야금 빼앗아 가고 이웃한 요르단이 끼어들어 대부분의 땅을 집어삼켰다. 그래서 지금은 이스라엘의 서쪽과 동쪽으로 영토가 나뉘어 있는 지경이 됐다. 서쪽에는 이스라엘과 이집트 사이에 낀 작은 땅 가자 지구가 있다. 가자 지구는 이스라엘의 잦은 봉쇄 때문에 외부로 오가는 길이 막혀 유엔 구호 기구의 구호 식량에 의존하고 있다. 2014년 7월 이스라엘이 가자 지구를 또 다시 침공해 사망자가 1천4백여 명에 이르는 등 팔레스타인에 엄청난 희생을 안겼다. 죽어 가는 팔레스타인 사람들을 보면서 웃고 있는 이스라엘인들의 사진과 동영상이 소셜 미디어를 통해 세계에 알려지기도 했다. 이것이 팔레스타인 사람들이 지난 수십 년간

맨몸으로 겪어 왔던 일들임을 모르는 이들이 이제는 거의 없게 되었다. 비록 미국은 이런 진실을 비웃으며 이스라엘을 옹호하고 있지만 말이다. 이스라엘은 가자 지구를 장악한 무장 정치조직 하마스를 '테러 집단' 리스트에 올리고 '무력화'하겠다며 수시로 공격하곤 한다.

라말라, 나라 아닌 나라의 수도 아닌 수도

라말라는 이스라엘 동부에 있는 요르단 강 서안 지구에 있다. 라말라는 자치정부가 있는 곳이다. 독립국가가 출범하면 동예루살렘을 수도로 삼겠다는 것이 팔레스타인의 생각이지만 이스라엘이 자기네 땅으로 합의를 본 서예루살렘을 넘어 동예루살렘까지 사실상 점령하고 있어 쉽지 않은 문제다. 이 때문에 현재로선 사실상 라말라가 팔레스타인의 수도 노릇을 하고 있다. 라말라를 중심으로 한 서안 지구에서는 자치정부의 주축인 파타(아라파트가 이끌던 팔레스타인해방기구PLO의 최대 정파)가 권력을 잡고 있다.

무리드 바르구티는 라말라에서 태어나 청소년기를 그곳에서 보냈다. 그러나 그 이후의 인생은 자기 고향에서 보낼 수 없었다. 그뿐만 아니라 자기 고향을 다시 밟기도 힘들었다. 이집트 카이로에 유학을 갔던 그는 그곳에서 1967년의 전쟁을 맞는다. 이스라엘이 팔레스타인 땅 대부분을 앗아간 '점령'the Occupation으로 귀결됐던, 이른바 '제3차 중동전쟁'이다. 그의 고향 라말라와 요르단 강 서안, 아니 사실상 팔레스타인 전체가 이스라엘에 '점령'됐고 국경은 막혔다. 이제 그는 집으로 돌아갈 수가 없다. 그렇게 그는 난민이 되었다.

1980년 안와르 사다트 이집트 대통령은 '전격적으로' 이스라엘과 손을 잡는다. 중동 아랍권의 맹주라는 이집트가 아랍 국가들 중 (요르단을 제외하면) 처음으로 이스라엘이라는 국가의 존재를 인정하고 평화협정을 맺은 것이다. 이제 이집트는 팔레스타인의 편이 아니다. 이집트를 기반으로 활동하던 팔레스타인 망명 단체들과 운동가들은 추방당한다. 카이로에서 대학을 나와 이집트 여성과 결혼해 시인으로 살고 있던 바르구티 역시 추방 대상이 됐다. 이렇게 그는 '이중의 난민'이 됐다. 문인이자 대학교수인 아내 라드와와 돌배기 어린 아들을 카이로에 남겨둔 채, 그는 이집트에서마저 쫓겨나 세상을 떠돈다. 이 책은 그렇게 뿌리 뽑힌 채 살아가야 했던 한 지식인의 자기 기록이다. 떠돌아다니는 사람, 세상 어디에도 '나만의 풀뿌리 하나' 심을 곳 없는 사람.

> 떠돌이는 어디에 가든 주거지 등록을 갱신해야 하는 사람이다. 그는 주거지 등록 신청서의 빈칸을 채우고 인지를 사 붙인다. 그는 끊임없이 '증거'를 제출해야 하는 사람, 언제나 "어디 출신입니까?"라는 질문을 받아야 하는 사람이다. …… 떠돌이는 존재하는 장소와의 관계가 어긋나 있는 사람이다. 그는 그곳에 다가가려 하지만 그 장소는 그를 곧바로 밀쳐 낸다. …… 그 월요일 정오에 나는 추방당했다.

팔레스타인인들에게 '67'이라는 공포의 숫자로 남은 그 전쟁으로 바르구티는 추방displaced되었다. 이집트의 '두 번째 집'에서도 추방되었다. 영어 그대로 해석하면 '잘못된 장소에 놓인 사람', '있어야 할 곳에 있지 못하게 된 사람'이 된 것이다.

팔레스타인 사람들은 너나없이 이렇게 정처를 잃었다. 아버지는 요르단에, 어머니는 팔레스타인에, 큰아들은 돈 벌러 사우디아라비아에, 작은아들은 공부하러 카이로에, 딸들은 시집가서 아랍에미리트에, 삼촌은 불법 이주 노동자로 프랑스에. 이런 일이 허다하다.

뿌리 뽑힌 바르구티는 곳곳의 아파트와 호텔을 전전한다. 집 없이 어디를 가든 호텔에 머물러야 하는 사람에게는 꽃병의 물을 갈아 줄 의무가 없다. 그래서 그는 화분 하나, 꽃병 하나를 보면서도 슬픔을 느낀다. 그의 글은 슬프다. 여러 나라로 흩어진 가족의 전화를 늘 기다리지만, 혹시나 그 전화가 이스라엘군의 총에 맞은 누군가의 죽음을 알리는 전화일까 늘 두렵다. 살아 있다는 것만으로도 죄책감을 느껴야 하는 나날들이다.

•

일상의 언어로 '역설'을 쓰는 시인

1993년 이스라엘의 이츠하크 라빈 총리와 PLO의 지도자 야세르 아라파트는 빌 클린턴 미국 대통령의 중재로 오슬로 평화협정을 체결한다. 『나는 라말라를 보았다』에는 여러 가지 층위가 있는데, 이 책의 제목과 관련된 두 번째 층위는 거기에서 시작한다. PLO가 세계에서 인정받는 정치적 실체로 부상하고, 이집트의 호스니 무바라크 정부는 십 수 년 전 쫓아냈던 팔레스타인 망명자들에게 다시 문호를 연다. 오랜 방황 끝에 이집트의 집으로 돌아갔더니 어느새 바르구티의 아들은 고등학생이 되어 있다.

그리고 3년 뒤, 1996년 어느 날 드디어 바르구티는 고향 라말라에 갈 기회를 얻었다. 이스라엘이 국경을 '개방'해 준 것이다. 그 땅은 이스라엘의 것이 아님에도 국경의 통제권을 이스라엘이 갖고 있다. 이스라엘-팔레스타인 공동 통제라고 하지만 실제로는 이스라엘이 모든 권한을 갖는 그런 협상, 그런 개방이다. 그것이 오슬로 평화협정의 한계이자 실체였다고는 하지만, 어쨌든 그 협정 이후로 팔레스타인은 라말라에 자치정부를 세웠고, 국가의 모양을 조금씩 갖춰 갈 수 있게 되었다.

책은 수십 년 만에 단 며칠 동안 고향을 방문한 바르구티가 느낀 것들, 돌아본 것들을 담고 있다. 라말라로 가는 다리를 건너는 그 순간이 그에게는 천년의 시간이자 인생의 모든 것을 되새기게 하는 시간이다.

그렇게 돌아간 도시는 그에게 무엇이었을까. 시간이 멈춰 버린, 과거도 현재도 미래도 모두 이스라엘에 빼앗겨 버린 도시에서 그는 절망과 희망, 슬픔과 기쁨을 동시에 맛본다. 이 세상 모든 곳이 '발전'하고 있을 동안 라말라는 '헤브루 국가 주변의 언덕배기 시골'이 되어 버렸다. 점령은 그곳 사람들에게서 상상력과 배움은 물론 모든 기회를 앗아갔다. 바르구티는 미래에 대한 꿈을 이제부터 다시 꾸어야 하는 사람들, '고향의 이방인'이 되어 버린 그들과 자기 자신을 바라본다.

이 책은 팔레스타인인들의 비애와 고통을 담고 있지만 그렇다고 '정치 얘기'에 치중하지는 않는다. 오히려 정치적인 부분에 대한 설명은 최소한으로 제한되어 있고, 이스라엘에 대한 이야기조차 많이 나오지 않는다. 그저 자기 마음에 흐르는 생각들, 자신에게 강요된 느낌들을 보여 주고 눈에 비친 것들을 전해 줄 뿐이다.

바르구티는 나기브 마흐푸즈 문학상을 받은 시인이다. 나기브 마흐푸즈는 이집트의 작가로서, 『게벨라위의 아이들』(『우리동네 아이들』, 정성호 옮김, 중원문화, 2013)이라는 소설로 1988년 노벨문학상을 받았다. 현대 아랍 문학의 아버지로 불리는 대문호다. 나기브 마흐푸즈 문학상을 받았다는 건 아랍권 작가에게는 엄청난 영광이다.

바르구티는 에세이 성격의 『나는 라말라를 보았다』로 나기브 마흐푸즈 문학상을 받았고, 이 책이 2000년 이후 영어로 출간되면서 구미권에도 이름이 알려졌다. 하지만 실은 그는 12권의 시집을 낸 시인이다. 가장 최근 발표한 것은 2005년 베이루트에서 펴낸 『한밤』*Muntasaf al-Lail*이라는 시집이다. 떠돌이처럼 살아온 인생을 반영하듯 그의 글은 이집트나 레바논 등지에서 주로 출간됐다. 2000년 팔레스타인 시인상Palestine Award for Poetry을 받기는 했지만 아직까지 고향에서 펴낸 책은 없다.

『나는 라말라를 보았다』는 미국 랜덤하우스에서 영역본이 발간됐고, 영국에서는 블룸즈버리 출판사에서 발간됐다. 오리엔테 이 델 메디테라네오 출판사를 통해 스페인어 번역본도 나왔다. 한국어판인 이 책은 미국에서 나온 영역본을 옮긴 것이다. 아랍어 원문은 아니지만, 영어로 된 이 책의 문장은 너무나 아름다웠다. 정제된 슬픔, 담담한 희망을 잘 전해 주는 문체. 영역을 한 아흐다프 수에이프는 이집트의 대표적인 작가 중 한 명이라고 한다. 권두의 추천사는 에드워드 사이드가 썼다. 사이드는 『오리엔탈리즘』으로 세계적인 명성을 얻은 팔레스타인 출신의 지식인이다. 사이드 역시 바르구티처럼 팔레스타인 태생이면서 카이로에서 공부를 했다.

사이드는 『나는 라말라를 보았다』에 대해 "팔레스타인 사람들의 추방을 가장 잘 묘사한 실존적 기록 중의 하나"라고 평했다. 영국의 비평가 겸 작가인 존 버거John Berger는 "잊을 수 없는 기억들, 날 선 통찰력과 추방의 쓰라린 고통이 들어 있는 책"이라고 썼다. 요르단의 시인으로 아랍출판연구소의 기관지 편집장인 주하이르 아부 샤예브Zuhair Abu Shayeb는 2008년 12월 『가디언』*The Guardian*에 실린, 이 책에 대한 인터뷰 기사에서 "바르구티는 현대 아랍 시들의 유행처럼 되어 버린 영웅주의적인 톤과 슬로건들을 모두 버렸다"면서 바르구티의 작품이 흔한 '저항시' 혹은 '저항문학'과는 다르다는 점을 지적했다.

다음은 바르구티가 홈페이지에서 밝힌 "나의 글"이다.

인생은 단순화할 수 없는 것이다. 지나치게 삶을 단순화하는 건 시인인 나에게는 적이나 다름없다. 지나온 내 인생 50년 동안 내가 속한 세상에선 정상과 비정상이 노끈처럼 비비 꼬여 있었다. 전쟁과 이주와 억압과 불확실성이 극단으로 넘나드는 역사적인 순간에도 사람들은 매일매일의 일상을 찾아간다. 나는 내 작품들을 통해, 전형화할 수 없는 세상을 전형화된 언어로 표현하는 관행에 도전하려고 애썼다. 나는 일상생활 속에서 경이를 발견하려 애썼고, 극단 속에서도 일상을 찾으려 노력했다. 팔레스타인의 역설이란 바로 그런 것이다. 폭격을 받았다는 것보다도 한 가족이 만났다는 게 더 큰 뉴스가 되는 현실! 나 역시도 그런 일상과 비일상의 직조織造에 작가로서 매료되곤 한다. 평범한 식구들이 아침 식탁에서 전쟁과 평화를 이야기하는, 그런 이상한 일이 늘 일어나지만 그 자체가 나를 둘러싼 세상에선 이상하지 않은 일이다. 나는 그런 것들을 표현하고 싶다.

나의 언어는 실체적이고 정확하고 눈에 보이는, 견고한 언어였으면 한다. 일상적인 보통의 언어를 통해 비정상적인 상황을 드러내 보이고 싶다. 그러기 위해서 나는 고관들이 쓰는 웅장한 수식어구나 현란하고 거짓된 말들을 모두 거부하고, 이차원적인 평범한 메타포에 복잡한 현실을 압축한 새로운 언어를 제시해 보이려 애쓰고 있다.

나는 이론 따위에 짓눌리지 않는다. 아름다운 한 편의 시와 글 속에 드러난 우리네 삶은, 어떤 문학 이론으로도 전복시킬 수 없을 만큼 풍성하니까.

팔레스타인을 둘러싼 역설은 오슬로 협정 이후는 물론 지금까지도 그대로다. 바르구티는 라말라 방문 이후 잠시 자치정부에서 일하기도 했다. 1999년 그는 라말라에 돌아가 세계은행의 지원으로 운영되는 팔레스타인 고고학·문화유적 자료 조사 프로그램 담당관으로 일했다. 하지만 3년간 세계은행에서 받은 기금은 누군가의 주머니 속으로 들어가 버리기 일쑤였다. 바르구티는 "추한 일들을 접할 때마다 고개를 절레절레 흔들며 나 자신만을 탓할 수밖에 없었다."

위조된 기금 사용 영수증을 찾아내 '윗사람들'을 찾아간들, 윗사람들 모두가 횡령한 이를 두둔하는 상황에 맞부딪칠 뿐이었다. 바르구티는 결국 물러났고, 짧은 근무는 '너무나 고통스러운 경험'으로 끝나 버렸다. 뒤에 바르구티는 영국 『가디언』과 인터뷰하면서 자치정부에서 일했던 기억과 팔레스타인 자치정부를 둘러싼 현실을 솔직하게 털어놨다.

> 팔레스타인 사람들이 아름답기만 한 것은 아니다. 실수도 하고, 부패를 저지르기도 한다. 내가 횡령한 범인을 찾아내 끌고 가면 사람들은 '바르구티는 그중 얼마를 챙겼는지'를 궁금해했다. 사람들이 지원받은 예산으로 내 사무실에 가죽 의자들을 새로 들여놓은 걸 봤을 땐 화가 나서 미칠 것 같았다. 그래서 물러났다.

바르구티의 이런 경험은 그 혼자만 겪은 것은 아니었다. 아랍의 몇몇 산유국들과 유엔, 국제 구호 기구들이 자치정부를 지원하고 있지만(미국과 이스라엘은 팔레스타인을 압박하고 싶을 때면 이들의 자금줄을 막는 수법을 쓴다) 그렇게 모은 돈이 팔레스타인 사람들을 위해서 온전히 쓰이는 것은 아니다. 자치정부의 부패와 관료주의, 비효율성 등은 팔레스타인 독립국가 설립 운동의 정당성과 단결을 갉아먹는 가장 큰 요인이 되고 있다. 2006년 총선에서 가자 지구에 기반을 둔 무장 정치조직 하마스가 승리해 전 세계를 깜짝 놀라게 한 것도, 파타를 중심으로 한 자치정부 주류의 부패와 무능에 분노한 사람들이 하마스에 표를 던졌기 때문이었다.

이스라엘과 팔레스타인의 비틀린 역사

바르구티의 인생에서 벌어진 일들, 그리고 지금도 계속되고 있는 팔레스타인의 상황을 이해하려면 20세기 이후 열강에 의해 결정된 '유대 국가 수립'으로부터 시작되는 이스라엘-팔레스타인 지역의 역사를 알 필요가 있다.

발단은 1917년 영국의 밸푸어 선언이었다. 당시 팔레스타인(오늘날의 이스라엘과 요르단 등을 포함하는 지역)에는 당연히 팔레스타인 사람들, 즉 아랍계 주민들이 살고 있었다. 그런데 이 지역으로 이주해 오는 유대인들이 갈수록 늘기 시작했다. 19세기 후반부터 러시아를 비롯한 동유럽에 거주하던 유대인(아슈케나지)들이 2천 년 전 자신들의 고국이었다고 주장하며 팔레스타인으로 '귀환'하고 나선 것이다. 근거가 희박한 성서고고학 차원의 역사적 사실을 거론하며 유대인들은 팔레스타인이 자기네 선조의 땅이라고 주장했다.[1] 일부 유대인 집단은 자금을 모아 조직적으로 유대계 유럽인들의 중동 이주를 추

1 학문이라기보다 이데올로기의 성격을 띤 성서고고학의 허상에 대해서는 키스 W. 휘틀럼, 『고대 이스라엘의 발명』(김문호 옮김, 이산, 2003)에 상세히 나와 있다.

진하기도 했다.

제1차 세계대전 말미에 영국은 자기네가 점령하고 있던 이 땅에 유대 국가를 세우게 해주겠다고 유대인 정치 집단에 약속했다. 그래서 나온 것이 영국 총리였던 아서 밸푸어Arthur Balfour(1848~1930)의 이른바 밸푸어 선언이었다.

1920년 영국은 '팔레스타인 위임통치령'을 발표해, 일부 지역을 위임통치 지역으로 만들고 그 나머지 점령지에는 '요르단왕국'을 세운다는 결정을 내렸다. 다만 여기에는 '요르단도 영국의 보호령으로 한다'는 조건이 붙었다. 그 후 팔레스타인에선 영국의 공식·비공식적 지원을 받는 유대인 이주자 집단과 아랍계 주민들 간 유혈 갈등이 벌어졌다.

1929년이 되자, 예루살렘을 향후 출범할 유대 국가의 수도로 삼겠다는 유대계 이주자들과 이에 반대하는 아랍계 사이에 대규모 충돌이 일어나기도 했다. 훗날 예루살렘은 두 부분으로 나뉘어 서예루살렘은 이스라엘령, 동예루살렘은 팔레스타인령이 됐지만, 이스라엘은 1967년 전쟁으로 동예루살렘마저 무력 점령했다. 이스라엘은 지금까지도 유엔 결의안 등을 모두 무시한 채 동예루살렘을 불법 점령하고 있다. 이것이 바로 '예루살렘 귀속 문제'다. 사실상 현재 이스라엘의 수도는 텔아비브, 팔레스타인 자치정부의 수도는 라말라다. 하지만 이스라엘은 예루살렘 전체를 차지하려 하고 있고, 반대로 팔레스타인은 독립국가를 세워 동예루살렘을 수도로 삼으려 하고 있다. 예루살렘은 그 사이에 끼어 억압과 테러와 갈등의 도시가 됐다.

나치를 피해 독일 내 유대인들이 팔레스타인으로 대거 이주한 까닭에, 1930년대 중반이 되자 이 지역의 유대인 인구 비율은 거의 3분의 1로 늘어났다. 영국제 무기로 무장한 유대계 민병대가 아랍계 주민들을 공격·학살하는 일이 종종 일어나면서 갈등이 고조됐다.

제2차 세계대전이 시작되자 영국은 아랍계의 지원을 얻기 위해 1939년 잠시 '유대 독립국가 건설을 유보한다.'는 입장을 발표했다. 그리고 팔레스타인으로의 유대인 이민을 뒤늦게 제한하기 시작했다. 팔레스타인 상황을 아수라장으로 만들어 놓고 정치적 줄타기를 했던 셈이다.

그러자 이번에는 유대계의 반대가 거세졌다. 제2차 세계대전이 끝난 1946년, 훗날 이스라엘 총리가 된 강경파 시오니스트 메나헴 베긴이 이끄는 유대계 테러 집단 '이르군'이 예루살렘 시내 다윗 호텔에 차려진 영국 위임통치 당국을 공격해 91명이 사망했다. 이듬해 시오니스트들은 팔레스타인 내 영국 점령 당국을 상대로 전쟁을 선포했다. 영국이 제2차 세계대전 기간 실시했던 유대인 이민 제한 조치에 반감이 쌓여 왔던 게 가장 큰 원인이었다. 동시에 유대계는 유대 독립국가를 세울 구체적인 준비에 들어갔고, 1948년 마침내 이스라엘이라는 국가가 수립되었음을 선언했다. 유대인들 입장에선 '건국'이지만, 팔레스타인인들에겐 '알 나크바'(대재앙)가 일어난 것이다.

갓 창설된 유엔은 중동 분할 계획을 만들어 이스라엘과 아랍계의 땅을 구분했지만 이스라엘은 유엔이 정한 팔레스타인 지역까지 공격해 점령하고 주민들을 내쫓았다. 그 이후로 요르단·레바논·팔레스타인에는 거대한 팔레스타인 난민촌이 형성돼 수십 년간 이어지고 있다. 특히 이스라엘이 건국되면서 쫓겨난 이들까지 모여 살게 된 가자 지구는 사실상 세계 최대의 난민촌과 다름없게 되었다.

1950년 유엔 구호 캠프에 공식 등록된 팔레스타인 난민 수는 96만 명이었다. 하지만 그들의 2세, 3세들로 인구가 불어나면서 오늘날에는 4백만 명이 훨씬 넘는 것으로 추산된다. 그중에는 바르구티처럼 이집트를 비롯한 팔레스타인 주변국으로 이주한 사람들도 있고, 이스라엘에서 밀려나 요르단 강 서안 지구 혹은 가자 지구의 난민촌에 들어가 살고 있는 사람들도 있다. 지금은 바르구티의 아들처럼 한 번도 '부모의 고향'에서 살아보지 못한 난민 2세대, 3세대가 팔레스타인 디아스포라의 주류를 차지하고 있다. 이 난민들을 팔레스타인에 귀환하도록 허용해 줄지가 오슬로 협정 협상에서 논란거리가 됐는데, 이스라엘은 절대 반대하는 입장이었다. 이 때문에 그 문제는 결론 없이 넘어간 채 지금까지도 잠복해 있다.

'알 나크바'와 잇단 중동전쟁

1949년 이스라엘은 유엔에 가입함으로써 명실상부 독립국가가 됐다. 유엔은 예루살렘을 국제 관할 아래 둔다는 결의안을 채택했다. 이스라엘 동쪽, 요르단 강 동안에 위치한 트랜스 요르단은 영국으로부터 독립해 요르단 하셈 왕국으로 변경됐다. 오늘날의 요르단이다.

알아 둬야 할 것은, 팔레스타인 사람들의 땅을 야금야금 빼앗아 간 것이 이스라엘만은 아니라는 사실이다. 1950년 요르단은 요르단 강 서안 대부분 지역을 병합해 버렸다. 이집트는 시나이반도를 빼앗은 뒤 그 위쪽에 있는 가자 지구를 지배하에 두었다. 뒤에 이집트가 가자 지구를 돌려주긴 했지만, 이집트와 요르단 역시 이스라엘과 결탁해 팔레스타인 땅을 빼앗아 간 사실만은 분명하다.

요르단 강 서안과 가자 지구는 나중에 사실상의 국가인 팔레스타인의 자치 지역이 됐지만, 안타깝게도 두 지역은 물리적으로 이스라엘을 사이에 두고 떨어져 있다. 이스라엘은 툭하면 가자 지구를 봉쇄하고 서안과 가자 사이의 소통을 막는다. 그래서 팔레스타인 사람들끼리도 오가지 못하는 상황이 된다.

1950년대부터 1970년대까지 이스라엘이 개입된 전쟁이 여러 차례 일어난다. 이스라엘 건국이라는 결과를 불러온 이른바 '독립 전쟁'(제1차 중동전쟁) 이후 두 번째 중동전쟁이 발발한 때는 1956년이다. 이집트의 가말 압둘 나세르 대통령이 수에즈운하를 국유화하면서 '수에즈 위기'가 일어났다. 이스라엘은 영국·프랑스와 함께 이집트를 공격하고 이집트 땅이던 시나이반도를 점령했다. 중동전쟁을 원치 않았던 미국이 압력을 넣어 점령군은 물러났으며 이스라엘군은 이듬해 시나이반도에서 철수했고, 가자 지구는 다시 유엔 통치령으로 돌아갔다.

1964년 아랍연맹의 지원 아래 PLO가 창설됐다. 그 3년 뒤 이스라엘이 동예루살렘을 점령하면서 제3차 중동전쟁이 일어났다. 바르구티가 팔레스타인 사람들의 뇌 속에 각인됐다고 한 숫자 '67', 바로 그 전쟁이다. 전쟁의 결과는 팔레스타인 사람들에겐 참혹함 자체였다. 팔레스타인 땅은 요르단 강 서안과 가자 지구로 두 조각났고, 전쟁에 개입했던 시리아는 골란고원을 이스라엘에 빼앗겼다. 이집트는 뒤에 되찾긴 했지만 시나이반도를 잠시 점령당했다. 예루살렘은 이스라엘 수중에 떨어졌고, 팔레스타인을 떠나 있던 이들은 귀환이 불가능해져, 이스라엘 건국 때 생겨난 '1차 난민'에 이은 '2차 난민'이 됐다.

팔레스타인 난민·망명자 그룹은 팔레스타인 밖에서 독립을 위한 저항운동을 거세게 펼친다. 1969년 야세르 아라파트가 PLO 집행위원장에 취임하면서 팔레스타인의 지도자로 떠올랐다. 하지만 저항운동 진영 내 좌파 그룹에 해당되는 팔레스타인인민해방전선PFLP 같은 분파들이 항공기 납치 등을 일으키며 테러를 결합한 전술을 펼쳐 독자적인 공격을 감행하기도 했다.

이 과정에서 아랍국들과 팔레스타인의 관계도 복잡해졌다. 1970년 요르단의 후세인 국왕은 자국 내 팔레스타인 난민촌을 공격했다. 명분은 팔레스타인 무장 집단인 '검은 9월단' 게릴라들을 소탕한다는 것이었다. 변변한 자원이 없는 요르단은 독립 이후의 짧은 혼란 뒤 후세인 국왕이 오랫동안 집권하면서 기틀을 닦았다. 이른바 '줄타기 외교'의 달인인 후세인은 팔레스타인 출신들을 억압하고 이스라엘과 협상하면서 미국의 원조를 받아 냈다. 후세인 시절 요르단이 중동 정세의 지렛대 역할을 할 수 있었던 것은 거의 전적으로 그의 개인적인 역량 덕분이었다(팔레스타인 문제는 요르단에서는 해결되지 않는 이슈다. 요르단 국민의 55퍼센트가 요르단 강을 건너온 팔레스타인인이며, 후세인의 아들인 현 국왕 압둘라 2세의 부인 라니아 왕비조차 팔레스타인계다).

요르단 강 주변 상황이 복잡하게 돌아가고 있을 무렵, 가자 지구에서는 난민촌 지도자 셰이크 아흐마드 야신이 PLO의 세속적 민족주의에 반대하고 나섰다. 야신은 훗날 가자 지구에서 무장 정치조직 하마스를 창설한 인물이다. 일각에선 숱한 신체적 장애를 안고 있던 야신이 직접 하마스를 만들었다기보다는 정신적 지주 역할을 했을 뿐이라고 보기도 한다. 야신은 2004년 이스라엘의 악명 높은 '표적 암살'로 무참히 살해됐다.

요르단 정부의 탄압으로 세력이 악화되긴 했지만, '검은 9월단' 게릴라들은 1972년 독일 뮌헨 올림픽에서 이스라엘 선수들의 숙소를 공격하는 테러를 저질렀다. 이 사건은 팔레스타인 저항 세력에 '테러 집단'이라는 부정적인 인식을 덧씌운 계기가 됐다.

이듬해 라마단 달인 10월(유대력 '욤 키푸르')에 이집트-시리아 연합군이 이스라엘을 공격하면서 제4차 중동전쟁이 일어난다. 초반엔 이집트-시리아 연합군이 우세를 보였다(이 책에도 이 전쟁 초반부 아랍권의 선부른 승리감 등에 대한 기억이 등장한다). 하지만 전쟁은 이번에도 이스라엘의 승리로 끝났고, 아랍국들은 아무것도 얻지 못했다. 장기적으로는 영향이 없지 않았다. 걸프의 산유국들이 서방에 맞서 석유 수출을 끊으면서 1차 석유파동이 일어나 세계적인 충격을 안겼다. 그 뒤 미국과 서방은 팔레스타인 문제를 '역내 분쟁'으로만 보던 시각에서 벗어나 중동 석유 지정학이라는 구도에서 접근하기 시작했다.

오슬로에서 캠프 데이비드까지

"지금 나는 한 손에 올리브 가지를, 한 손에는 총을 들고 있다. 내 손이 올리브 가지를 놓지 않게 해달라." 아라파트가 1974년 유엔에서 했던 유명한 연설이다. 아라파트와 PLO는 팔레스타인을 대표하는 세력으로 국제적 '공인'을 받았다. 그러나 팔레스타인을 둘러싼 역내 상황은 극으로 치달았다. 레바논 특유의 기독교 일파인 마론파는 레바논 내에서 PLO가 세력을 확대하자 불안감을 느끼고 1975년 공격을 시작했다. 이로써 레바논 내전이 벌어지고, 이스라엘-시리아의 개입으로 이어졌다. 레바논 땅에서 사실상 대리전이 벌어진 것이다. 그 후 30년 가까이 레바논은 사실상 시리아의 점령 아래 들어갔다. 이 점령은 2004년 레바논의 '백향목 혁명' 뒤에야 끝났다.

나세르의 뒤를 이어 이집트 대통령이 된 안와르 사다트는 미국의 원조를 노리고 점점 이스라엘과 밀착하더니, 예루살렘을 방문해 크네세트(이스라엘 의회)에서 연설하기까지 한다. 아랍권 전역에선 이집트의 이 같은 움직임에 거센 반발이 일었다. 하지만 사다트는 끝내 1978년 이스라엘의 메나헴 베긴 총리와 손을 잡는다. 미국 캠프 데이비드의 대통령 별장에서 지미 카터 미 대통령의 중재로 평화 협상을 타결시킨 것이다. 이듬해 이집트와 이스라엘은 평화협정을 맺었다. 이집트를 근거지로 활동하던 PLO 등 팔레스타인 저항운동가들은 물론이고, 심지어 바르구티 같은 체류민들조차 모두 쫓겨나게 된 것이 이 평화협정의 후폭풍으로 일어난 일이다.

1981년 사다트는 이집트 군부 내 이슬람 과격파에 의해 암살됐으며 호스니 무바라크 부통령이 권력을 승계한다. 무바라크 역시 팔레스타인계에 대한 가혹한 추방과 탄압을 멈추지 않았다. 1980년대 내내 레바논·튀니지·이집트 등 곳곳에서 팔레스타인 저항 세력은 현지 당국의 탄압과 이스라엘의 공격, 내전 등으로 극심한 상처를 입었다.

분위기가 바뀐 것은 1987년이다. 바깥이 아닌 팔레스타인 안에서, 난민촌에서 나고 자란 10대, 20대들이 돌을 들고 거리로 나선 것이다. 이것이 팔레스타인의 제1차 인티파다(민중 봉기)다. 이전까지의 해방운동 주도 세력이 아라파트 같은 '난민 1세대'였다면, 이때부터는 한 번도 나라를 가져 보지 못한 새로운 세대가 저항의 중추로 나선다. 여기에 힘입어 가자 지구에서는 1988년 하마스가 창설됐다.

아라파트의 PLO는 10대들의 목숨 건 싸움의 승리를 고스란히 가져갔다. PLO가 주축이 된 팔레스타인국민협의회PNC는 1988년 11월 독립국가를 세우겠다고 선언했고, 25개국이 팔레스타인 망명정부를 승인했다. 그 대신 아라파트는 유엔 총회 제네바 특별 회의에서 이스라엘을 국가로 인정한다는 뜻을 함축한 결의안을 받아들였다. 일각에선 "아라파트가 팔레스타인 아이들의 목숨 값을 자치정부 정권과 맞바꿨다."고 비난하기도 한다.

1993년 중동 평화 구상의 획기적 전환점으로 평가받는 오슬로 협정이 체결됐고, 1994년에는 요르단의 후세인 국왕과 이스라엘 라빈 총리가 평화조약을 맺었다. 그리고 라말라의 자치정부PA가 탄생했다. 아직 유엔의 공식 회원국은 아니지만, 이때부터 팔레스타인은 사실상의 독립국가로 인정받고 있다. 최근에는 유엔 산하 기구들에도 잇달아 가입했다. 라빈과 아라파트, 그리고 이스라엘 부총리였던 시몬 페레스는 1994년 나란히 오슬로에서 노벨평화상을 받았다. 하지만 라빈은 이듬해 유대 극우파 카흐네차이에 의해 암살됐다. 아라파트는 1996년 자치정부 수반(대통령)으로 선출됐다.

분쟁은 끝나지 않았다

2001년 이스라엘의 아리엘 샤론이 총리가 됐다. 군 출신인 샤론은 1980년대 초반 레바논을 공격하면서 아랍권 전역을 두려움에 떨게 했다. 국방부 장관을 지내다가 레바논 내 팔레스타인 난민촌 학살을 지원했던 사실이 드러나 사임하기도 했다. 주택부 장관을 역임할 때에는 팔레스타인 땅에 유대인 정착촌을 공세적으로 세워 점령을 계속했다. 총리가 되기 직전 2000년 말 팔레스타인 무슬림들의 성지인 예루살렘 알 아크사 모스크를 일부러 방문해 팔레스타인의 '제2차 인티파다'를 촉발했고, 이렇게 갈등을 자극하는 수법으로 이듬해 선거에서 승리해 집권했다.

2003년 미국이 이라크를 침공한 사이 이스라엘은 가자 지구 등지에서 유혈 살상을 계속했다. 수년에 걸친 제2차 인티파다 기간에 이스라엘은 팔레스타인 주민 4천 명 이상을 살해했다. 2004년 아라파트가 숨지고 카리스마가 약한 마흐무드 압바스가 대통령이 됐다. 가자 지구에서는 하마스가 득세하면서 팔레스타인 내부 분열도 가속화했다.

이스라엘군은 1967년 전쟁 이래 사실상 점령하고 있던 가자 지구에서 2005년 철수하는 제스처를 보였지만 식량도 의약품도 오가지 못하게 막으며 가혹한 봉쇄와 탄압을 계속했다. 그리고 이스라엘은 2008년 말 가자 지구를 공습하면서 '가자 전쟁'을 시작했다. 명분은 팔레스타인 측의 로켓포 공격을 중단시키겠다는 것이었지만, 공포 효과를 노린 끔찍한 전쟁이자 가자 지구 주민 전체에 대한 '집단 징벌'이었다. 2009년 1월 지상군까지 투입해 가자를 침공한 이스라엘은 가자 지구 유엔 본부까지 공격했으며 생화학무기인 백린탄을 쓰는 등 국제법상 금지된 온갖 공격을 저질렀다.

이 전쟁으로 가자 지구가 초토화된 것은 물론이지만, 이스라엘 역시 치명적인 상처를 입었다. 이스라엘 일간지 『하레츠』*Ha'aretz* 등 유력 언론들은 '비정상 국가'가 되어 혼자만의 성에 고립돼 버린 이스라엘의 현실을 개탄했고, 이스라엘의 정신적·물질적 지주인 돈 있고 교육받은 뉴욕 유대인들, 이른바 '브루클린 유대인들'마저 이스라엘에 눈살을 찌푸리게 만들었다.

2010년 2월에는 아랍에미리트 두바이에서 하마스 지도자를 표적 암살해 도마에 올랐고, 5월에는 가자 지구로 향하던 터키 선적 구호 선박을 이스라엘 특수부대가 공격해 아홉 명을 사살했다. 2012년 하마스 무력화를 내세워 가자 지구를 공습했고, 2014년 다시 침공했다. 이렇게 되풀이되는 악순환은 언제나 끝날까.